LA CHANTEUSE D'OPÉRA

Le sénateur Brandon s'enfonça délicatement dans le fauteuil qu'un serviteur zélé lui avançait avec obséquiosité. Son gendre s'était levé, très poliment, et l'observait, en souriant sous sa moustache noire.

– Trop de cheval, sénateur ? J'ai entendu parler de cette chasse au renard, chez le commodore.

Brandon portait encore beau et il avait conservé son allure distinguée. Il eut une moue de dégoût et prit le breuvage que lui tendait un domestique :

– Chasse au renard ! Les Anglais peuvent bien garder pour eux ces coutumes surannées. J'ai dit au commodore Vanderbilt que la prochaine fois qu'il viendrait en Californie, j'organiserai à son intention une véritable partie de chasse. Ces collines, derrière le ranch, regorgent de renards. (Il prit une gorgée de bourbon, avant de lancer un regard interrogateur à son compagnon.) Et vous ? Avez-vous chassé, ces temps-ci ? Louis Van Rink m'a confié vous avoir vu à l'Opéra avec une ravissante brune. Pas la Paoli, tout de même ? Je croyais que cette dame ne vous adressait plus la parole.

– Je le crains bien, sénateur. Cette dame-ci avait très envie d'entendre une de ses rivales dans le grand air de *Lucia* et comme elle avait besoin de quelqu'un pour l'accompagner...

Un sourire paresseux flotta sur les lèvres de Steve Morgan et gagna bientôt ses yeux. Il s'appuya au dossier de sa chaise et scruta son beau-père. Brandon plissait le front. Il refusa pourtant de commenter la chose.

— Ah, fit-il, un homme ne saurait rester seul à New York, je suppose, surtout lorsque sa propre épouse ne semble pas manquer de partenaires à Paris, Londres ou Saint-Pétersbourg.

Steve Morgan haussa légèrement les épaules, mais sa physionomie demeura tout aussi imperturbable que celle d'un Indien :

— Ginny est allée en Europe pour s'amuser et renouer quelques vieilles amitiés. Nous avons conclu un accord, sénateur.

— Ah, je n'arrive pas à comprendre ces prétendus mariages modernes, répliqua Brandon. Ma fille a besoin d'être tenue d'une main ferme, vous devriez le savoir. Et elle paraît en faire par trop à sa tête. Que sont ces histoires ? J'entends dire que Ginny pose pour un sculpteur, à Paris ? D'après ce que j'ai compris, ce jeune homme se spécialiserait dans...

— Dans les nus. En l'occurrence, pourtant, il y aurait quelques voiles artistiquement arrangés pour masquer les formes, du moins d'après ce que m'écrit Ginny.

Steve vit que Brandon rougissait et il s'empressa d'ajouter :

— Il s'agit d'une statue sans visage. Nul doute que lorsqu'elle sera exposée, on jasera beaucoup sur l'identité du modèle.

Steve allongea négligemment ses longues jambes, puis, fermant à demi ses yeux bleus, il lança :

— Après tout, je me chargerai peut-être de l'acheter moi-même !

Le sénateur en laissa tomber son verre, sur la table.

— Par Dieu, Steve ! Je suis surpris que vous preniez aussi à la légère les escapades de Ginny. Si c'était ma femme, je préparerais mon fouet. Maintenant, écoutez-moi ! (Brandon se pencha vers son gendre, tout en appelant le garçon qui vint remplir son verre.) Qu'est-ce qui se passe entre vous deux ? Ce n'est pas la peine de me lancer des regards pareils, Sonya m'envoie des lettres aussi. Vous avez entendu les mêmes rumeurs que moi, j'en suis convaincu. Elle a vu bien trop souvent ce comte français auquel elle a été fiancée autrefois et cela n'a guère plu à sa femme, semble-t-il. Qu'allez-vous faire? Elle n'écoute les conseils de personne. Lorsque Sonya s'est risquée à protester, Ginny l'a plantée là et s'en est allée louer un appartement pour elle toute seule. Comme si elle n'était qu'une... Vous devriez lui couper les vivres sur-le-champ et lui ordonner de rentrer.

– Quoi? et lui permettre de s'informer de mes propres peccadilles? rétorqua Steve. (Mais son visage de pirate se ferma un instant et il se passa quelques secondes avant qu'il retrouve son sourire.) Je m'excuse de paraître si agressif, monsieur. Vous vous inquiétez et c'est bien naturel. Mais je comprends bien ce qui se passe dans la tête de Ginny. Pour la première fois de sa vie, elle se retrouve indépendante et libre. Par nature, elle aime flirter. Mais je crois qu'elle se contente de s'amuser et qu'elle trouve du plaisir à choquer les gens.

Brandon secoua la tête :

– Je ne vous comprends ni l'un ni l'autre. Autant être franc : votre mariage a fait du bruit. Pendant l'année que vous avez passée ensemble, vous vous êtes conduits en amant et maîtresse bien plus qu'en mari et femme respectables. Mais, par Dieu, quand vous vous êtes séparés...

– Comme vous n'avez pas manqué de me le rappeler, sénateur, et il n'y a pas très longtemps, il faut bien s'occuper dans la vie.

Brandon ne put s'empêcher de lancer un regard aigu à Steve, sans s'arrêter à son ton enjôleur. Puis, résigné, il s'empara du menu qu'un serveur venait d'apporter. Certes, tout cela ne le regardait plus. A présent, Steve Morgan était responsable de Ginny. Il ne pouvait qu'espérer, pour leur salut à tous, qu'elle se déciderait bientôt à rentrer au pays, à moins que Steve ne finisse par perdre patience et par partir à sa recherche. Nul doute qu'il ne manquerait pas de tuer quelques-uns de ses amants au passage. A moins que... Sa liaison avec Francesca di Paoli serait-elle une affaire sérieuse?

Brandon avait eu le temps de s'habituer et même d'envier l'effet que Steve produisait sur les femmes. Dès qu'il pénétrait dans une pièce, leurs yeux brillaient. On aurait cru qu'elles voulaient le dévorer vivant. Il avait acquis un certain vernis de civilisation mais il restait quelque chose de sauvage chez Steve Morgan et les femmes le sentaient bien. Elles prenaient toutes conscience de leur féminité sous le regard hardi de ses yeux bleus.

En tant qu'homme, ce dont le sénateur se rendait compte, c'était que les femmes aimaient Steve et que certaines le lui montraient trop. Il s'amusait de la façon dont elles poursuivaient son gendre. Steve s'ennuyait vite et n'hésitait pas à le montrer. Il n'était pas le genre d'homme à perdre son temps avec une femme mariée. En fait, jusqu'à cette Paoli, le sénateur n'avait rien remarqué d'autre chez Steve Morgan que de la simple courtoisie envers les femmes rencontrées ici ou là.

Il ne pouvait certes lui poser de questions. Mais lorsque les deux hommes se quittèrent, le déjeuner terminé, Brandon se cala dans les coussins de sa voiture et mordit son cigare avec bien plus d'énergie que d'habitude. L'ennui, c'était que Francesca di Paoli n'était pas femme à se laisser facilement écarter. Elle n'appartenait d'ailleurs à aucune catégorie bien définie. C'était une princesse italienne, ultime héritière d'une famille ruinée mais incontestablement d'antique lignée. Elle possédait aussi une voix exceptionnelle de *soprano coloratura,* beaucoup de détermination et guère de complexes.

Elle avait été applaudie dans toute l'Europe. On s'était battu en duel pour elle. Elle avait repoussé l'offre de mariage d'un roi. Elle avait maintenant décidé de conquérir le Nouveau Monde. De surcroît, cette femme ne ressemblait en rien à la traditionnelle chanteuse d'opéra. Elle était mince, avec des courbes volupteuses aux bons endroits. Elle était exceptionnellement belle, avec un visage de madone. Ses yeux noirs éclairaient des traits classiques. Les joyaux les plus rares ornaient son cou de cygne. C'étaient des dons de ses admirateurs. Non, ce n'était certainement pas une femme ordinaire. Pas plus que Steve Morgan n'était un homme ordinaire. Le sénateur perçut là un danger. Il aurait été encore plus préoccupé s'il avait connu les sentiments nourris par la signorina di Paoli à l'égard du plus récent de ses admirateurs. Tel quel, il songea avec soulagement que Steve avait évoqué un prochain retour en Californie, où l'appelaient quelques affaires. Ce serait fini, alors. Peut-être devrait-il se charger lui-même d'écrire à Ginny pour lui rappeler les obligations du mariage et faire quelques discrètes allusions...

Francesca, princesse di Paoli, était une femme habituée à mener sa vie à sa guise. Elle avait toujours ses bonnes raisons de se lancer dans une aventure avec un homme. Il avait de l'argent et pouvait l'aider dans sa carrière. Ou bien il l'émouvait et elle s'en servait pour rassasier ses désirs. De toute façon, elle restait le maître. C'est elle qui manipulait les hommes. Mais, cette fois, c'était bien différent. Elle se trouvait mise au défi. Ils étaient pareils, elle et lui, confia-t-elle à son habilleuse, qui était aussi son ancienne nourrice. Ils étaient à la fois égaux et semblables.

— Tu m'as souvent dit que j'étais un animal sauvage, prêt à griffer et à mordre pour obtenir ce qu'il veut. N'est-ce pas, Costanza ? Tu vois, il est comme moi. Il y a chez lui quelque chose de dangereux et d'effrayant. Une sensualité primitive, oui. Il refuse de me prendre au sérieux et cela me rend folle. Parfois, je voudrais enfoncer mes ongles dans sa chair, mais j'ai peur. Tu imagines ? J'ai peur, moi !

Elle était l'enfant chérie, applaudie par deux continents. Une femme dont les amants et les directeurs de théâtre craignaient les caprices et les colères. Et voilà que, sur le tard, elle se retrouvait, telle une adolescente, malade d'amour pour un homme qui la traitait tout aussi légèrement qu'elle-même avait toujours traité ses amants.

– Suppose que j'accepte de chanter dans ton Opéra de San Francisco. Ils m'ont offert des tas d'argent, d'ailleurs, mais je ferai ce qui me plaira. Si j'acceptais, viendrais-tu m'entendre ?

Il lui avait offert des diamants, tout comme on offre des fleurs. Ils étincelaient à ses oreilles. Ils mettaient en valeur sa beauté de brune. D'ailleurs, à l'exception de ces pendants d'oreilles, elle était nue.

– Bien sûr que je viendrais, mon cœur. A condition que je me trouve à San Francisco ce soir-là, bien sûr.

– Mais... (Une nuance d'inquiétude se glissa dans sa voix.) Mais supposons que ta femme soit de retour ?

Les yeux bleus de Steve se promenèrent paresseusement sur le corps de la jeune femme.

– Eh bien, je te la présenterais, naturellement.

– Mais alors, tu ne m'accompagnerais pas ensuite, à la grande fête qu'ils donneront en mon honneur ?

– Je ne sais pas, Cesca. D'ailleurs, d'ici là, tu auras peut-être trouvé d'autres sujets de distraction. Il y a des tas de millionnaires à San Francisco. Et au Texas aussi, ajouta-t-il, méchamment.

Il savait en effet qu'elle s'était engagée à chanter à San Antonio, avant d'apparaître à la Nouvelle-Orléans. Ses yeux se rétrécirent et elle sanglota presque, les dents serrées.

– Je me demande si tu sais à quel point tu me mets en colère. Je te l'ai déjà dit, Stefa, je me moque de tous ces gens-là.

De répulsion, son nez se fronça et elle interrogea très vite, sans reprendre son souffle :

– Pourquoi donc ne m'aimes-tu plus ? Tu ne me trouves plus assez belle, ni assez désirable ?

De sa main brune, il dessina le contour de ses seins :

– Tu es très belle. Et si j'étais assez sot pour tomber amoureux de toi, tu me taillerais en pièces, avec tes ongles de chatte.

Elle soupira, rêveusement, et le serra très fort entre ses bras.

– Pourquoi nous ressemblons-nous tant? Je pourrais presque te détester, à cause de cela.

– Presque? Je crois que j'aime bien la manière dont tu me détestes?

Leurs lèvres se touchèrent. Elle caressa sa peau bronzée, jusqu'à ce qu'elle sente le désir monter en elle, jusqu'à ce que les baisers de Steve deviennent exigeants et presque cruels.

Il exigeait. Elle donnait. Elle, Francesca di Paoli, pour qui des hommes s'étaient tués. Et tout cela parce que ce grand étranger, ce Californien aux yeux bleus, était entré dans sa vie une nuit où elle s'ennuyait épouvantablement. Il l'avait tranquillement évaluée du regard, comme si elle n'avait été qu'une prostituée. Il l'avait déshabillée des yeux et lorsqu'il avait détourné son regard pour l'ignorer tout le reste de la soirée, elle avait failli s'évanouir de regret.

34

Mr Bertram Fields, financier devenu promoteur, avait réservé trois étages entiers de l'hôtel Astoria pour la soirée qu'il donnait en l'honneur des débuts américains de la fabuleuse Paoli. Francesca di Paoli était déjà devenue la coqueluche du Tout-New York. Non seulement, elle était une vraie princesse, mais, de plus, elle était belle, savait chanter et jouer la comédie. Les femmes détestaient la chatte sauvage qu'elles devinaient sous la cantatrice. Les hommes, tous les hommes, étaient fous d'elle. Tous rêvaient de passer une nuit en sa compagnie. Même les critiques ne trouvaient rien à lui reprocher. Elle triomphait. Elle était « l'incomparable ». Francesca tenait sa cour au sommet de l'hôtel, dans la salle de bal. Seule, l'élite des invités y était admise.

Encadrée d'un côté par Mr Fields, de l'autre par

Luigi, son impresario, Francesca s'appuyait à la balustrade de marbre. Elle acceptait gracieusement les compliments que lui adressaient ces gens distingués qui faisaient la queue pour lui être présentés. Les hommes, du moins ceux qui n'étaient pas accompagnés de leur épouse, la suppliaient de leur accorder une danse. Même les plus riches réclamaient le privilège de quelques minutes de valse.

– Peut-être, répondait-elle en souriant.

Elle ne perdait jamais son aplomb. Elle conservait un sourire à la fois aimable et provocant. Seul, son impresario percevait son ennui et en devenait nerveux. Entre deux amants, ou lorsqu'elle était lasse de l'élu du moment, Francesca s'ennuyait toujours. On pouvait faire confiance à son tempérament pour le montrer.

Elle avait été présentée au président des États-Unis et à sa femme, à quelques sénateurs choisis pour leur influence, à des millionnaires qui jonglaient avec des chemins de fer et des puits de pétrole. Quelques-uns de ces hommes rêvaient de l'éblouir par leur richesse, de l'acheter ne serait-ce que pour une nuit, pour quelques heures au moins. Car tout le monde savait maintenant qu'elle refusait de se consacrer à un seul homme, qu'il soit monarque ou simple roturier.

– Francesca, ma chère, puis-je vous présenter Mr Gould ?

– Mr Jay Gould ?

Comme s'il existait un autre Gould !

Francesca tendit la main à un homme trapu et lui adressa un sourire éblouissant. Il lui parla avec un accent anglais très exagéré, tout comme cet autre homme qu'ils appelaient « le commodore ». Pourquoi ces Américains cherchaient-ils à tromper leur monde ?

Comme ils étaient ennuyeux, tous ! Quelle perte de temps ! Tous ces ouvrages sur l'Amérique qu'elle avait si soigneusement étudiés avant de débarquer ici. Elle s'attendait à trouver des hommes merveilleux, virils, forts, à l'image de leur pays immense et encore à demi sauvage. Elle n'avait découvert qu'une bande d'hypocrites et de prétentieux. Singeant les Français, singeant les Anglais, se conduisant comme s'ils avaient honte de leurs origines. Elle eut une moue méprisante.

– Ce ne sont pas des hommes du tout! souffla-t-elle à Luigi. Où sont ces aventuriers tannés dont tu me vantais les mérites pour me convaincre de m'embarquer dans cette aventure? Je ne vois que des pantins déguisés. Je crois que je vais mépriser tous les Américains.

Mine de rien, elle balaya la pièce de son regard furieux tout en faisant semblant de se passionner pour ce que lui racontait Mr Fields. C'était un ex-amant, assez vieux et assez sage pour accepter docilement son congé avec une certaine philosophie. Il conservait même une certaine tendresse pour son ancienne amie. Il s'esclaffa tout à coup :

– Vous n'avez pas écouté un seul mot de tout ce que je vous ai dit, n'est-ce pas? Voulez-vous encore un peu de champagne pour vous remonter? Je vais en commander.

– Comment? Bertram...

Elle lui prit subitement le bras. Toutes les bagues de ses doigts étincelèrent. Il vit une petite flamme sombre dans ses yeux.

– Qui est-ce? Dites-moi, vite?

– Lui?

Fields suivit son regard et eut un petit rire amusé. Volontairement, il fit semblant de ne pas la comprendre.

– Eh bien, *illustrissima,* c'est William Brandon, sénateur des États-Unis, de Californie exactement. Encore bel homme, non? Si je ne me trompe pas, il est accompagné de l'épouse de son bon ami, le sénateur Hartman, malheureusement souffrant ce soir.

Francesca s'énerva :

– Vous savez très bien que je ne songeais pas à ce vieux beau. Il a bien l'air d'un sénateur. Je ne vous aurais rien demandé. Non, je pensais à l'autre, à cet homme avec lui, qui est habillé comme un gentilhomme mais a tout de la physionomie du bandit sicilien. Ce grand gaillard aux yeux bleus, là, avec une cicatrice sur la figure.

– Oh !

Fields s'efforça de conserver une voix indifférente, mais il fronçait les sourcils. Il jeta un autre regard sur les nouveaux arrivants. Ils se tenaient toujours près de la porte et, visiblement, ils n'étaient pas pressés de faire la connaissance de l'invitée d'honneur.

L'homme brun dépassait le sénateur de dix bons centimètres. Présentement, il se penchait pour écouter les propos de la blonde vaporeuse qui l'accompagnait. De ses deux mains, elle s'accrochait quasi désespérément à son bras. Il y avait, à ses poignets, des bracelets de perles et de saphirs !

– Eh ! c'est un pique-assiette, cet inconnu ? Qu'avez-vous à hésiter ainsi ?

En italien, Francesca exprima sa colère mais elle revint à son anglais parfait pour accueillir un invité : « Merci, signor ! J'ai eu beaucoup de plaisir à me produire pour d'aussi fins connaisseurs que vous ! » Le gentleman lui baisa la main et s'éloigna. Bertram Fields se rapprocha alors de Francesca :

– Je suppose que vous pensiez au compagnon du sénateur, fit-il, de son ton le plus léger. Celui qui ressemble à un pirate ? C'est Steve Morgan et c'est notre plus récent millionnaire californien. En plus, c'est le gendre du sénateur.

– Il a une femme ? Ce n'est pas son genre. C'est cette blonde enfant, je suppose, celle qui s'accroche à lui comme si elle craignait qu'il s'envole ?

– Non, elle, c'est la fille du sénateur Hartman. La femme de Mr Morgan voyage en Europe avec sa belle-mère, d'après ce que j'ai compris.

– Comme c'est intéressant ! ronronna Francesca, battant des cils. Il ne ressemble pas du tout à un homme marié, celui-là. Il a tout à fait l'air d'un bandit... (Elle ajouta, d'une voix volontairement amère :) Je suppose que c'est un vantard comme les autres. S'est-il enrichi dans les mines ou dans les trains? Ou bien tout simplement en épousant quelque laideronne, fille de sénateur?

Cette fois, Fields ne cacha pas sa joie :

– Rentrez vos griffes, Francesca. La fille du sénateur est bien loin d'être laide. Mr Morgan est issu d'une des plus riches familles du Mexique et sa fortune, il l'a méritée à force de travail. Je vous accorde cependant que nombreux sont ceux, ici, qui le considéreraient volontiers comme un bandit. Mais en vérité, je pense...

– Ce que vous pensez, vous me le direz plus tard, fit Francesca à mi-voix. Conduisez-vous, en attendant, en véritable ami. Je crois que vos derniers invités se décident enfin à venir nous saluer.

La princesse di Paoli réserva son plus séduisant sourire au sénateur de la Californie. Elle se fit plus froide pour accueillir Steve Morgan qui lui baisa la main, du coup, avec un sourire mi-amusé mi-moqueur. Quel homme arrogant! Il l'avait détaillée, des yeux, avec une insolence voulue, comme pour lui faire savoir qu'elle était à vendre.

Espérant le troubler, Francesca s'adressa à lui en italien, avec un sourire figé. Il méritait d'être remis à sa place.

– Et vous, *signor,* seriez-vous aussi l'un de ces chercheurs d'or, peu accoutumés encore à l'ambiance des salons? En cela, vous ressembleriez à la plupart de vos pénibles compatriotes.

Elle était convaincue qu'il ne la comprendrait pas. Il sourit et elle remarqua alors que, lorsqu'il souriait, de petites rides se formaient au coin de ses yeux, tandis que ses dents brillaient sur sa peau bronzée.

– Votre humeur corrosive n'a d'égale que la beauté de votre voix, *signorina.* Vos yeux sont magnifiques, surtout lorsqu'ils lancent des éclairs.

– *Signor,* vous me flattez, fit-elle, platement, en anglais. Il faut me pardonner. J'ai la déplorable habitude de m'oublier, par moments, et de revenir à ma langue habituelle. Quelle surprise, *signor,* de vous entendre parler si couramment l'italien.

Francesca dédicaça le programme que lui tendit timidement miss Hartman. Du regard, elle défiait toujours Steve Morgan qui l'ignora et inclina aimablement la tête. Il y avait à peine une minute, elle avait aperçu dans ses yeux une dangereuse lueur. Maintenant, elle s'était évanouie pour laisser place à l'indifférence. Francesca le chercha ensuite des yeux, à plusieurs reprises. Il s'occupait toujours, en galant homme, de miss Hartman. Il ne dansa avec aucune autre femme, à l'exception de la mère de la jeune fille. Et, insulte supplémentaire, tous partirent de bonne heure!

– Quel barbare! Je me demande bien pourquoi je suis obligée de supporter tous ces Américains incultes.

Furieuse, Francesca di Paoli arpentait sa chambre tandis que sa servante, habituée à ses coups de colère, pliait tranquillement ses vêtements dans un coin. Francesca tonnait en direction de son impresario, Luigi Rizzo, et il se faisait tout petit sur sa chaise. Dans ces cas-là, elle avait tendance à lui jeter à la figure tout ce qui lui tombait sous la main. S'interrompant enfin, la princesse mit les poings sur ses hanches, comme une harengère sicilienne, resta silencieuse une minute, puis se remit à interpeller le malheureux Rizzo :

– Cet homme! Pourquoi l'a-t-on invité à ma réception? Avez-vous vu comme il m'a regardée? Avec une insolence! Si j'avais été un homme, je l'aurais frappé, rien que pour ce regard.

– Mais, *principessa...*

– Ne m'adressez pas la parole. Il n'y a pas d'homme à mes côtés. Et lui, ce bandit noir, il ne m'a pas même invitée à danser, ce qui m'a privée de la joie de le lui refuser. Dites-moi, quel genre d'homme est-ce? M'examiner de la tête aux pieds comme si j'étais à l'étal d'un magasin et puis se conduire en hypocrite... Parce que son beau-père était là? Parce qu'il a peur des femmes? Peur des femmes! C'est pour cela sans doute qu'il préfère la compagnie de petites filles insignifiantes.

Deux jours plus tard, Francesca di Paoli resta insensible à l'ovation que lui rendait son public, debout. Elle venait d'apercevoir dans une loge sa bête noire, accompagné d'une blonde éblouissante. De retour dans sa loge, elle brisa tous les vases de cristal et piétina toutes les fleurs, devant son habilleuse résignée. Elle revint sur scène pour le second acte, interpréta le rôle de la très soumise Violetta avec son talent habituel et rentra dans sa loge pour exploser encore. Sans y prêter garde, Costanza balayait consciencieusement les débris.

– Alors, dites-moi, le bandit, il aime le genre nordique et glacé ? Au moins, ces femmes-là ne mettent pas sa virilité au défi. Sa femme doit être comme ça : des cheveux pâles et un corps frigide comme de la glace.

Désireux de complaire à son ex-maîtresse, Bertram Fields avait pris quelques renseignements sur Steve Morgan. Il intervint :

– D'après tous les témoignages, sa femme ressemble à une bohémienne hongroise. Elle a eu, pour premier mari, un prince russe qui a mystérieusement péri en mer. Je prendrais garde à ce Mr Morgan si j'étais vous, *principessa*. J'ai entendu dire qu'il n'est pas loin d'être un véritable bandit. Il était une sorte de mercenaire, avant de surgir ici, costumé en millionnaire. Il s'est battu pour Juarez au Mexique. Il paraîtrait qu'auparavant, sa tête avait été mise à prix. Il existe d'autres hommes, non ? Et vous les aimez bien apprivoisés et prosternés à vos pieds, non ?

– Comme vous, jeta-t-elle cruellement.

Il soupira, désemparé.

– Tout est fini entre nous depuis bien longtemps, *bellissima !* Pour l'heure, vous ne représentez pour moi qu'un considérable investissement. Qu'y a-t-il ? Votre carrière ne compte plus pour vous ? (Et d'une voix ferme, il ajouta :) Contentez-vous de ce genre d'hommes heureux de vous accompagner n'importe où et de vous envoyer des fleurs et des bijoux, de ces hommes ravis d'attendre que vous en ayez fini avec votre spectacle. Oubliez ce Steve Morgan. De toute façon, il repart prochainement pour la Californie.

Par une de ces soudaines sautes d'humeur qui la caractérisaient, Francesca cessa de picorer tristement dans son assiette. Elle souleva son verre de cristal et sourit tendrement :

– Vous croyez ? Mais je le reverrai bien avant son départ, faites-moi confiance.

Bertram Fields ne reconnaissait que trop bien cette lueur dans ses yeux. Elle finit gaiement son vin et se pencha vers lui :

– Je suis encore capable d'obtenir ce qui me plaît. Je sais me battre pour cela, vous le savez bien, Bertram. Puisque je représente pour vous un si bel investissement, vous allez vous efforcer de me faire plaisir. Vous êtes un homme si gentil ! Aussi, nous accepterons l'invitation de ce très riche Mr Gould. Nous passerons le week-end dans sa propriété. Je pense qu'il invitera également le sénateur William Brandon, de la Californie. Et son gendre aussi, naturellement.

35

Elle vit à peine Bertram Fields durant ce week-end fatal qui suscita bien des commérages. Francesca di Paoli s'était d'ailleurs toujours moquée de ce que les gens pouvaient bien raconter sur son compte. Ce n'était pas maintenant qu'il s'agissait de Steve Morgan qu'elle allait commencer à s'en soucier.

Le fait qu'il soit marié ne comptait pas pour Francesca. La plupart de ses anciens amants l'avaient été aussi. Le plus terrible, ce fut de découvrir qu'elle ne pouvait pas se l'attacher. Il la désirait et le lui montrait bien. Mais il préférerait se passer de ses faveurs que la supplier pour les obtenir, elle s'en rendait parfaitement compte. Elle avait l'impression qu'il serait capable de l'oublier du jour au lendemain, tout comme elle avait effacé de son esprit bien des amants dont elle s'était lassée.

Certes, il se conduisait correctement, conformément aux convenances. Il lui offrait des bijoux de prix, il lui envoyait des fleurs. Mais il se contentait d'y ajouter ses initiales. Elle ne trouvait jamais de mots d'amour, enfouis sous un bouquet. A l'occasion, il l'accompagnait au théâtre ou à un dîner. Mais seulement lorsque cela l'arrangeait, lui. Jamais pour lui faire plaisir à elle. Parfois, il disparaissait tout à fait pour plusieurs jours. Elle risqua une scène à ce propos, il partit en claquant la porte et elle n'en entendit plus parler pendant deux semaines. Elle avait l'habitude de voir des hommes se traîner à ses pieds, se rendre ridicules à force de dévotion. Décidément, Steve ne ressemblait à personne. Sinon à elle-même. Mais il la battait à son propre jeu et il vint un moment où Bert Fields, qui pourtant connaissait bien Francesca, commença à se faire du souci. Il préféra se taire et rassurer au contraire Costanza et Luigi. Il tenta de se convaincre que cela ne durerait pas. Francesca changeait d'amour comme une autre de robe. Et Steve Morgan n'était pas homme à prendre une femme au sérieux. Pas même la sienne, apparemment.

Quand il apprit que Morgan s'apprêtait à rentrer en Californie, Fields poussa un soupir de soulagement. Allons, tout était bien qui finissait bien. Le temps qu'elle rejoigne elle-même San Francisco, Francesca aurait trouvé quelques autres amants. Fields ignorait tout des projets de la princesse et cela valait bien mieux pour la paix de son âme. Au bout du compte, ce fut le sénateur Brandon, tout aussi inquiet que lui, qui fit avancer les choses. Il déjeunait régulièrement avec son gendre et il avait remarqué que Steve, d'ordinaire insouciant, avait tendance ces jours-ci à plisser le front. Depuis un mois, ils n'avaient pas parlé de la signorina di Paoli, le sénateur espérant que l'incendie s'éteindrait de lui-même. A présent, même la presse publiait des échos où, entre les lignes, on informait le public qu'une liaison plus que tumultueuse unissait maintenant la coqueluche du Tout-New York à un jeune millionnaire californien. Steve, avec son mépris habituel des conventions, s'était montré fréquemment en public avec la Paoli. Le résultat ne s'était pas fait attendre. Le sénateur demanda tout de go :

– Avez-vous eu récemment des nouvelles de Ginny?

Immédiatement, Steve cessa de froncer les sourcils et ses yeux se rétrécirent :

– Pas depuis plusieurs semaines. Je n'écris moi-même pas très régulièrement, aussi je ne puis guère lui faire de reproches.

Cette fois, Brandon n'était pas d'humeur à se contenter d'une simple rebuffade. Il poursuivit donc :

– Moi, j'ai reçu ce matin une lettre de Sonya. Elle me dit que depuis son retour de Russie, Ginny n'a guère passé à Paris plus d'une semaine d'affilée. Elle se trouve maintenant à Madrid où l'a invitée un matador. Virginia aurait l'intention d'apprendre à danser le flamenco avec les Gitanes de Madrid.

Brandon s'éclaircit maladroitement la gorge avant de continuer :

– Écoutez, il vaut mieux que vous le sachiez, il y a eu là-bas aussi, dans les journaux, des échos à votre sujet. Et, bien sûr, Sonya reçoit également la presse new-yorkaise. Elle veut revenir, mais Ginny...

Ginny. Qu'avait-elle encore en tête? Elle n'était pas restée longtemps en Russie. Elle avait préféré se promener à travers les capitales européennes. Steve aussi avait entendu des rumeurs et il se disait que Ginny faisait peut-être bien de prolonger son séjour au delà des mers. Il ne répondait pas de lui, dans son humeur présente. Il était bien capable de lui tordre le cou. Il avait oublié son intention de se montrer patient, de la laisser seule décider de son sort. A présent, il regrettait de l'avoir laissé partir. Il en avait assez d'être patient et compréhensif. Ginny était la seule femme capable de le faire sortir de ses gonds. Rien que de penser à elle, il devenait enragé.

Steve Morgan sourit à demi à son beau-père :

– Ginny est libre de décider elle-même de ce qu'elle

veut faire. Moi, je compte partir bientôt pour le Texas. Je m'y arrêterai sur le chemin de la Californie. J'y ai à faire et la signorina di Paoli doit donner un concert à Austin, je lui ai donc promis de l'accompagner.

En fait, Steve n'avait pas encore songé à emmener Francesca. Il s'y était décidé à l'instant. Pourquoi pas, après tout ? Brandon devint morose et Steve s'en amusa.

— Je risque d'être absent deux mois environ. Je profiterai de mon séjour au Texas pour aller voir cette propriété que vous m'avez donnée, près de Baroque. La prochaine fois que vous écrirez à Mrs Brandon, demandez-lui donc d'expliquer à Ginny que je serai bien trop occupé pour songer à lui envoyer des lettres.

Brandon pensa qu'il avait enfin compris ce que son gendre avait dans l'esprit. Il passa le reste de l'après-midi à écrire à sa femme. Il condamna vigoureusement dans sa lettre la conduite de sa fille et prit la défense de son gendre. Steve n'était pas aussi indifférent qu'il le prétendait. Il avait vu son visage se durcir lorsqu'il avait évoqué la dernière escapade de Ginny. Brandon ne comprenait guère ce mariage mais il avait eu l'impression que Ginny n'avait pas été tellement heureuse de partir pour l'Europe. Il importait d'agir avant qu'il ne soit trop tard. Il reprit donc sa plume dans l'espoir que Sonya montrerait la lettre à sa fille. Elle avait besoin d'être secouée. Il y ajouta donc quelques coupures de journaux, assez précises.

36

— Cela fait deux soirs de suite que tu te prétends obligé de me quitter de bonne heure. Et maintenant, tu m'annonces que tu vas jouer aux cartes.

Francesca protestait mais elle s'efforçait de ne pas faire entrer trop de colère dans sa voix. D'un mouvement félin, elle se redressa et observa l'homme couché près d'elle.

– Pourquoi donc les hommes aiment-ils tant jouer aux cartes? Tu paries gros? l'ami dont tu me parles, celui que nous avons rencontré au Parc l'autre jour, il ne me paraît pourtant pas riche.

A dessein, Steve gardait les yeux clos. Elle se pencha avec un rire taquin et saisit ses cils entre ses doigts :

– Ce n'est pas juste qu'un homme possède des cils pareils! Ce n'est pas juste non plus que tu fasses semblant de dormir parce que tu ne veux pas répondre à mes questions. Tu crois que je ne réussirai pas à te réveiller, si j'essaie vraiment?

– Tu sais que tu en es capable et je le sais aussi. Ce n'est donc pas la peine de le prouver à tout prix, espèce de chatte italienne.

D'un coup, Steve la fit rouler sous lui et se saisit de son corps. Ses yeux étaient grands ouverts maintenant et il ne sourit pas, en approchant les lèvres de son oreille :

– Je dois y aller, Cesca, et tu le sais fichtrement bien. Tous tes sortilèges ne parviendront pas à me faire rester ici, ce soir.

– Si je comptais vraiment pour toi, tu ne me quitterais pas ainsi.

– Tu ne vas pas commencer à rouspéter!

Elle frémit lorsque les lèvres de Steve caressèrent son oreille, puis sa tempe. Elle sentait bien qu'il la désirait, en dépit de sa détermination de partir. Mais elle avait appris à ne jamais agacer cet homme. Aussi, elle murmura :

– Non, bien sûr. Je ne rouspéterai pas. De toute façon, tu ne m'écouterais pas. Mais tu reviendras à temps pour prendre ton petit déjeuner avec moi? Tu as la clé. Tu peux venir à n'importe quelle heure, ça m'est égal. Je promets que je te laisserai dormir tant que tu le voudras, si tu es fatigué.

Elle avait entrepris de masser les épaules de Steve et, l'espace d'un instant, il fut tenté de demeurer auprès d'elle et d'oublier son rendez-vous. Francesca était une créature compliquée, moitié chatte moitié banquier. Mais il la comprenait bien. Il l'avait encouragée à parler de son enfance, de son passé. Elle voulait réussir par elle-même. Elle avait du talent, certes. De plus, elle était intelligente. On ne s'ennuyait pas en sa compagnie. Il n'était pas du tout amoureux d'elle et il ne la soupçonnait guère de l'aimer, non plus. Mais pour l'heure, elle lui convenait parfaitement.

D'une certaine manière, Francesca lui rappelait Ginny. Elles avaient toutes deux tendance à se vouloir conquérantes au moment même de leur capitulation. Mais il suffisait à Steve de songer à Ginny pour que la moutarde lui monte au nez. Il s'arracha donc des bras de sa maîtresse et quitta ce lit, où, pourtant, il trouvait l'oubli.

Allongée sur le dos, Francesca le regarda s'habiller :

– Alors, tu vas vraiment jouer aux cartes ? Tu rentreras bien pour le petit déjeuner ? Pas la peine de froncer ainsi les sourcils, je n'ai pas l'intention de te garder contre ton gré. Je n'essaie même pas, tu vois.

– Je vois, fit-il sèchement.

Mais il pensait déjà à son rendez-vous. Il était en retard et il n'écoutait plus sa maîtresse. Elle, s'étirant comme une chatte, s'efforçait de le retenir encore un instant :

– Comme tu refuses de me parler de toi, je vais jouer aux devinettes. Voyons ! Tu es allé en prison. C'est de là que doivent dater toutes tes cicatrices. Peut-être que ce vieil ami que tu dois rencontrer se trouvait en prison en même temps que toi ? Pourquoi t'a-t-on mis sous les verrous, Stefano ? C'est vrai, tu es un bandit. Je l'ai deviné dès que je t'ai vu. Tu es peut-être un assassin aussi ? Allez-vous préparer un nouveau coup, tous les deux ? Si tu as besoin d'une femme complice, je suis à ton service. Nous nous enfuirons ensuite au Texas ensemble.

– Tu devrais écrire des romans, *cara*. Tu es douée d'une imagination sans bornes.

Francesca pouffa :

– Avec toi, tout est possible. Par exemple, pourquoi portes-tu toujours un revolver? Je compte un juge parmi mes admirateurs. Il vit justement au Texas. Il ne cesse de m'envoyer des petits cadeaux par la poste. Si jamais tu avais des ennuis, je pourrais le convaincre d'user de son influence pour te tirer d'affaire.

Steve s'apprêtait à sortir. Il se tourna soudain vers elle, le visage tendu. Elle se demanda un instant si, par hasard, elle ne serait pas enfin parvenue à le rendre jaloux. Mais non, c'était impossible.

– Il faudra que tu me parles plus longuement de cet admirateur, *mi amore.* Mais pas maintenant. Je suis déjà en retard.

Il héla un fiacre. La partie de poker était sûrement commencée. Les rues étaient encombrées, il eut donc le temps de réfléchir en chemin.

Coïncidence ou pas? Jim Bishop surgissait toujours dans sa vie aux plus mauvais moments. Comme cet après-midi dans le parc, par exemple. Comment savait-il qu'il avait promis d'y emmener Francesca? Seule la présence de la cantatrice l'avait empêché de montrer sa colère. Après avoir échangé quelques politesses sans conséquence, Bishop avait invité Steve à lui rendre visite. Il ne perdrait pas son temps, lui avait-il dit. Il y aurait là quelques vieux amis qu'il aurait sans doute plaisir à revoir.

Il se demandait si Bishop avait voulu le menacer ou, au contraire, le mettre en garde. Est-ce que cela avait quelque chose à voir avec ses affaires? Le « Département » s'y intéresserait-il? Bishop s'était bien débrouillé. En présence de Francesca, Steve n'avait pas pu lui poser de questions.

L'appartement était situé dans un quartier plutôt délabré. Les hommes étaient en manches de chemise. La table était recouverte d'une toile cirée. Un bébé pleurait de l'autre côté du mur. Steve fut accueilli par un nommé Ron Draper, petit homme à l'aspect inquiet qui commença par s'excuser du désordre. Sa femme était allée rendre visite à sa mère.

Tout le monde s'installa autour de la table. On distribua promptement les cartes. Draper sortit quelques bouteilles de bourbon. La scène était familière à Steve. Bishop était, à sa connaissance, le seul homme capable de se concentrer sur son jeu tout en parlant d'affaires.

Sur les cinq hommes qui se trouvaient là, en plus de Draper et de Bishop, Steve en connaissait quatre. C'étaient des gens de l'Ouest. D'habitude, ils se déplaçaient en bande. Il y avait un manquant.

Steve se dispensa des préliminaires et posa la question que tous attendaient, sans doute :

– Où est Paco ?

Quelqu'un toussota, gêné. Bishop répondit, avec décontraction.

– Il est à l'hôpital. Il a été grièvement blessé, mais le médecin assure qu'il s'en tirera. Seulement, ça prendra du temps. Il va donc falloir que j'envoie quelqu'un d'autre. Il semblerait que les bons citoyens de Baroque et plus particulièrement une veuve nommée Lassiter et son beau-frère, le juge Nicholas Benoit, n'aiment pas les étrangers. Paco a plutôt eu de la chance. Il n'est pas mort, comme les autres.

– Baroque ?

Steve alluma un cigare. Relevant la tête, il rencontra le regard froid de Bishop.

– Je savais que ce nom te rappellerait quelque chose. Shangai Pierce a gagné au poker l'un des plus gros ranches de la région. Quelques semaines plus tard, il l'a reperdu en pariant avec ton beau-père. D'après ce que j'ai compris, le sénateur Brandon te l'a donné parce qu'il estimait avoir gagné ce pari grâce à toi.

Steve éteignit l'allumette, s'enfonça dans son fauteuil et étudia son jeu :

– Tu es parfaitement informé. Pour t'aider, j'ajouterai ne pas avoir encore vu cette terre. J'ai l'intention d'aller voir sur place si on pourrait y faire passer une ligne de chemin de fer. Y aurait-il quelque chose d'illégal dans cette acquisition ? Est-ce de cela qu'il s'agit ?

– Non. Ce domaine t'appartient. C'était son destin.

Mais c'est tout de même à ce propos que j'ai organisé cette petite réunion. Tu te souviens de Dave Madden ?

Les yeux bleus de Steve Morgan s'assombrirent :

– Je me souviens de lui. Il s'est retiré il y a longtemps déjà, après s'être marié. Mais peut-être ne permets-tu à personne de prendre congé ?

Bishop demeura imperturbable :

– Dave vivait dans cette région. Il y possédait un petit terrain. Et puis les spéculateurs sont venus. Et les soldats. Il a dû affronter le clan Benoit-Lassiter. Dave était quelqu'un de bien. Il s'est tout de suite aperçu que quelque chose clochait. Il s'est rendu compte qu'il allait devoir défendre sa peau. Je suppose que c'est pour cela qu'il a hésité avant de prendre contact avec nous.

D'un air ennuyé, Bishop secoua la cendre qui était tombée sur sa chemise. Le visage de Steve s'était durci. Bishop reprit, d'une voix monotone :

– Dave Madden est en prison. Pour meurtre. Son ranch a été saisi, parce qu'il n'avait pas payé ses impôts. La propriété a été vendue aux enchères. Et sa femme... Tu te souviens peut-être de Renate ? C'était une très jolie blonde, d'origine allemande. Toi et Dave étiez ensemble, je crois, lorsqu'ils se sont rencontrés sur la rivière.

Steve était soudain si attentif que Bishop se demanda s'il s'était passé quelque chose entre lui et Renate, avant qu'elle ne décide d'épouser Dave.

– Qu'est-il arrivé à Renate ?

– Elle travaille dans une maison de passe, à Baroque. Avant, elle était à Baroque et avant encore, dans la jolie maison du juge Nicholas Benoit. D'après les rumeurs, elle se serait précipitée chez lui pour le convaincre de sauver Dave. Et quand il s'est lassé d'elle...

Steve Morgan posa précautionneusement son cigare dans le cendrier et se versa un verre de bourbon.

– Pourquoi ?

– Un endroit intéressant, Baroque, reprit Bishop, du

même ton. Une terre très fertile. Un lieu stratégique même, si on pense chemin de fer, comme toi. Pas très loin de la frontière de la Louisiane. Irrigué par la rivière Rouge. Des marais, d'un côté. De bons terrains pour le bétail, de l'autre. D'excellentes récoltes. Avant la guerre, quelques familles se partageaient la région. Après... les Texans avaient misé sur le mauvais cheval, pendant la guerre de Sécession. Ils ont été punis. Les nouveaux venus de l'Est s'enrichissent. C'est dur pour des gens qui se sont battus pour défendre leurs convictions. Mais...

Il y eut un silence. Bishop observa les hommes autour de lui. Son regard s'attarda sur Steve Morgan, qui s'efforçait de rester impassible.

— ... Mais si vous étiez une femme, une veuve, décidée à se montrer amicale avec les soldats nordistes, dès leur arrivée ? Et si vous aviez un beau-frère qui habitait dans le Nord lorsque la guerre a éclaté ? Vous vous trouveriez du bon côté, alors. Surtout que le beau-frère a pris de l'importance et est devenu juge fédéral. Messieurs, l'appétit de puissance et de richesse, c'est ce qu'il y a de plus dangereux. Nous le savons tous, je pense. Et cet appétit est encore plus dangereux lorsqu'il bénéficie de la protection de la loi.

Steve attendait la suite. Il ne réagit pas.

— Les petits propriétaires ont tous été chassés, l'un après l'autre. Des histoires d'impôts, des dettes, n'importe quoi. Certains ont pris les devants et sont partis d'eux-mêmes, avec leurs familles. Les anciens planteurs, pourtant, continuent à élever du bétail sur cette terre fertile. Et comme je l'ai déjà dit, tout étranger qui s'aventure par là risque de voir survenir quelque déplorable « accident ». Vous comprenez ce que je veux dire ?

Oui, Steve avait maintenant compris où Bishop voulait en venir. Bishop exhiba alors une carte et la déploya sur la toile cirée :

— Tu comprends pourquoi je t'ai, hum ! invité ce soir ? Le domaine de Pierce n'a pas encore été touché jusqu'ici, parce que tout le monde connaît Shangai

Pierce et sa réputation de tueur. A présent, le juge Benoit sait qu'il a changé de propriétaire et, pour lui, comme pour la veuve Lassiter, tu n'es qu'un millionnaire de l'Est. Tu dois être curieux de voir ce que tu as gagné, mais sans doute pas très intéressé par cette région. Tu as donc une parfaite excuse pour te rendre à Baroque. Ils n'oseront pas te toucher. Tu peux même y séjourner quelque temps. Nous avons seulement besoin de quelques précisions pour compléter le dossier. Je le remettrai ensuite au Président en personne et nous pourrons agir.

– Et, bon Dieu, qu'avez-vous fait pour Dave ? Envisagez-vous au moins de faire quelque chose ? Renate... Jim, vous n'avez pas de cœur. Tout ce temps où j'ai travaillé pour vous, j'ai...

Steve se souvint de la brûlure du fouet sur son dos nu, de la « prison » où on l'avait envoyé. C'était une mine d'argent, tout au fond des entrailles de la terre (1). Il avait fini par oublier à quoi ressemblait la lumière du jour. D'accord, Dave avait abandonné la profession à la demande de Renate. Mais, en fait, on ne quittait jamais ce métier. Bishop l'avait bien fait comprendre à Steve lorsqu'il était venu le chercher au Mexique, pour lui parler de Ginny.

Les fenêtres étaient fermées et une fumée épaisse emplissait la pièce. Jim Bishop avait peut-être deviné les pensées qui agitaient Steve car il poursuivit aussi calmement que s'il n'avait pas été interrompu. Il voulait exposer ses plans, préparer une stratégie.

– Ce sont des gens malins et, sur place, ils ont la loi pour eux. Il y a un colonel Vance, l'officier qui commande le fort. Un soldat de métier, jusqu'ici très soucieux de sa réputation, mais il approche de l'âge de la retraite et il a besoin d'argent. Et comme la plupart des hommes de la région, il en pince pour Antoinette Lassiter. Elle est bien jeune pour une veuve. Nick Benoit est

(1) Du même auteur, dans la même collection, lire *Amour tendre, amour sauvage*, 952****.

le cerveau de la bande mais c'est elle qui tient les rênes, croyons-nous. Benoit est le demi-frère de son défunt mari. On dit que lui aussi est un peu amoureux de Toni. Ce serait sa seule faiblesse, à un détail près.

Ce détail, il était d'importance. Steve ne pouvait plus croire que sa rencontre avec Bishop était due au hasard. Quelle coïncidence, en effet! Car Nicholas Benoit avait une passion, l'opéra, et il admirait éperdument une certaine signorina Francesca di Paoli. Il l'adorait, même. Il la bombardait de lettres, de fleurs, de présents coûteux. Il avait usé de toute son influence pour inciter Mr Fields à faire chanter sa protégée au Texas. Et il avait fallu beaucoup d'argent pour convaincre Francesca d'aller se produire dans des lieux aussi retirés qu'Austin, San Antonio ou Houston.

Steve rencontra le regard de Bishop.

– Je vais réfléchir, dit-il – et il se demanda aussitôt pourquoi il n'avait pas refusé, d'emblée.

Nonobstant, Bishop tint à poursuivre son exposé. « A tout hasard », dit-il.

– Il y a les Carter. Ils s'appelaient Cartier autrefois, mais le vieux a changé de nom après avoir épousé la sœur de Benoit. L'aîné, Matthew, a refusé la défaite. Il est devenu un hors-la-loi, mais il est prêt à tout pour les beaux yeux d'Antoinette. John Lassiter l'avait ramenée de Louisiane juste avant de s'en aller mourir à la guerre. Elle a aussitôt pris la direction des affaires. Elle raconte que sa famille possédait une importante plantation et qu'elle s'est enfuie de chez elle parce qu'on voulait la marier de force.

– Apparemment, vous en savez déjà plutôt long sur tous ces gens.

C'était Greg Porter, dit Port, qui venait d'intervenir, avec impatience. Steve se rappela alors que Port était très lié avec Dave Madden et avec Paco. Et Paco était à l'hôpital, en bien piteux état.

– Mais nous ignorons ce qu'ils sont en train de préparer. Nous avons des soupçons et pas de preuves.

– Et pendant ce temps, Dave pourrit aux travaux

forcés et sa femme... Dis-moi, Jim, il sait ce qui est arrivé à sa femme ?

Un instant, Steve se mit à la place de Dave. Et Ginny à celle de Renate. Maudit soit Bishop et tout son sang-froid ! Mais Steve se dit aussitôt que Bishop ne pouvait pas faire libérer Dave sans ces fichues preuves.

– Quand partiras-tu ?

Tous le regardaient. Port ne le quittait pas des yeux. Il y serait bien allé lui-même mais il était trop connu dans la région. Steve s'étira, puis se versa un autre verre de bourbon.

– La semaine prochaine, dit-il à Bishop. Je vous tiendrai au courant. Dis-moi quels seront les contacts. Inutile de me prévenir qu'il faudra que je me débrouille tout seul.

37

Les journalistes se mêlaient aux invités à bord du clipper qui venait tout juste d'être rebaptisé la *Lady Francesca.* La Paoli venait de fracasser un magnum de champagne contre le flanc du bateau. La cérémonie marquait le début des festivités qui se poursuivraient jusqu'à l'aube. Les invités seraient ensuite raccompagnés à terre et le navire cinglerait vers le large.

La Paoli était éblouissante, ce soir. Ses yeux noirs brillaient comme des étoiles. Luigi Rizzo, son impresario, ressemblait à un phoque malheureux, avec sa moustache noire tombante. Il ne cessait de boire. Bertram Fields, qui était du voyage, était très affairé à refuser de répondre aux questions des journalistes. Mais contrairement à son habitude, la cantatrice se montra fort aimable à leur égard.

– *Signorina,* cette émeraude, ce ne serait pas une bague de fiançailles, par hasard ?

Francesca eut le sourire de la Joconde pour répondre :

– Oh non, pas encore !

– Est-il vrai que cette émeraude vous a été offerte par un riche Californien ?

– Elle m'a été offerte par un ami.

– Mr Morgan ira-t-il jusqu'à Austin avec vous, *signorina ?*

Elle battit des cils :

– Demandez-le-lui.

Steve Morgan, très élégant dans son costume sombre qu'éclairait un gilet broché, eut un regard narquois pour les reporters.

– Je vais au Texas pour affaires, messieurs. Et maintenant, si vous voulez bien m'excuser...

– Votre femme prévoit-elle de rentrer bientôt aux États-Unis, monsieur ?

Aucun muscle ne bougea sur le visage de Steve. Il prit un ton amusé pour répondre :

– Elle prévoit de rentrer lorsqu'elle en aura envie.

Puis, inclinant légèrement la tête en signe d'adieu, il s'éloigna, laissant légèrement les journalistes agglutinés autour de la radieuse *prima donna.*

– *Signorina,* excusez-moi, fit timidement une femme journaliste, on vous voit partout avec Mr Morgan. Serait-il question d'amour entre vous ?

Francesca lui lança un sourire sensuel :

– Il se trouve que nous nous amusons beaucoup ensemble.

– Mais on dit que Mr Morgan aurait l'intention de divorcer, insista la jeune femme, se souvenant des instructions de son rédacteur en chef.

– Un gentleman laisse à son épouse le soin de décider du divorce, fit Francesca, d'un ton gentiment réprobateur.

Journalistes et échotiers avaient l'impression de n'avoir pas perdu leur temps.

– Vous avez vu comme elle prend son bras de manière possessive ?

– Et la façon dont il la regarde? Ma chère, ces yeux bleus dans ce visage tanné me font littéralement trembler.

– Quel beau couple ils feront, vraiment! soupira une femme sentimentale.

Moins sentimental, son voisin chuchota :

– Vous avez remarqué, son beau-père, le sénateur Brandon, n'était pas là, ce soir. Plutôt étrange, n'est-ce pas?

Le sénateur Brandon avait préféré faire ses adieux à Steve dès le matin. Cette réception lui rappelait celle qu'il avait offerte, quelques mois plus tôt, en l'honneur de sa femme et de sa fille qui partaient pour l'Europe. Il savait que son absence serait remarquée mais il ne voulait pas paraître donner sa bénédiction aux fredaines de son gendre. Il n'aurait jamais pu regarder Sonya en face si elle avait appris qu'il avait assisté à une fête célébrant le départ en croisière de Steve et de sa maîtresse. Quant à Steve, eh bien! le sénateur espérait qu'il savait ce qu'il était en train de faire.

Francesca di Paoli et Steve Morgan n'étaient pas gens à passer inaperçus. On jasait partout sur leur passage. Francesca exhibait sans cesse les bijoux qu'il lui avait offerts. Rien que cette émeraude devait coûter une fortune. C'était le genre de bague qu'un homme offre à sa fiancée ou à son épouse. Que dirait Ginny? « Si Ginny attend de moi que je me conduise en mari, elle n'a qu'à commencer par se conduire en épouse », fut le seul commentaire de Steve, lorsque le sénateur tenta de protester. Estimant que, pour l'heure, il avait fait son devoir, Brandon n'ajouta rien et Steve haussa négligemment les épaules.

La cabine de la Paoli était voisine de celle du maître du navire. Elle avait été redécorée spécialement pour elle. Le léger mouvement de balançoire du bateau ajoutait une nouvelle dimension à leur amour. Leurs corps s'éloignaient, se rapprochaient, se séparaient encore pour mieux s'étreindre enfin. Les hublots éclairaient faiblement leur couche. Steve caressait doucement le visage de sa maîtresse :

– Tu ressembles à une Madone, mon amour. Et tes cheveux sont comme de la soie entre mes mains.

Il se conduisait comme s'il était seulement en train de la découvrir pour la première fois, et pourtant Francesca tressaillit. Elle eut l'impression qu'il voulait lui dire adieu. Comment pouvait-il se détacher ainsi d'elle, juste après lui avoir fait l'amour ? Parviendrait-elle jamais à gagner son amour ? Sur ce bateau, au milieu de l'océan, Steve n'avait pas la possibilité de l'abandonner pour s'enfuir en courant. Elle pouvait tenter de lui parler :

– On dit que tu es un corsaire. Enlève-moi. Emmène-moi dans une contrée sauvage où personne ne me reconnaîtra. Pourquoi ne m'emmènes-tu pas au Mexique ? Tu m'as raconté que tu y vivais autrefois. Je voudrais bien voir à quoi ressemble ce pays. Stefano, je t'en prie ! (Elle entreprit de le supplier, d'une voix ardente :) Dis-moi que tu y réfléchiras ! Nous avons du temps devant nous, non ? Juste un tout petit voyage. T'ai-je jamais rien demandé ?

– Tu n'obtiendras jamais rien de moi de cette façon-là, dit-il sèchement.

Mais ses doigts qui caressaient les épaules nues de Francesca démentirent ses paroles. Francesca se crut alors autorisée à se coller tout contre lui et à murmurer un « je t'en prie » dans le creux de son oreille, avant de l'embrasser. Il répondit à son baiser avec une violence qui la suffoqua. Elle s'accrocha à lui, comme une noyée. Elle ne voulait plus penser à rien qu'au plaisir qu'il savait si bien lui donner.

Le sénateur Brandon envoya une nouvelle lettre à sa femme et cette fois encore, il n'oublia pas d'y ajouter quelques coupures de journaux relatant la réception à bord du *Lady Francesca.*

A bord, Bertram Fields observait la diva devenir chaque jour plus radieuse et il ne pouvait s'empêcher de s'en inquiéter. Il alla jusqu'à avertir Francesca :

– Attention, *principessa*. Votre bandit ne tient jamais compte des règles des jeux.

Costanza tint à ouvrir plus franchement son cœur :

– Vous êtes en train de tomber amoureuse. Vous ne pouvez pas me mentir. Je vous ai vue naître. J'ai longtemps souhaité que vous rencontriez enfin un homme, un vrai. Mais celui-là, ce n'est pas ce qu'il vous faut. Il est mauvais pour vous. Il est marié. Faites attention, *cara mia*.

– Je ne suis pas une idiote, Costanza, répliqua vertement Francesca. (Mais aussitôt, elle se radoucit :) Il est si différent des autres. Ils étaient tous si bêtes. Lui, mon vilain bandit, je commence tout juste à le comprendre. Il veut qu'une femme reste fière et ne tente pas de l'attacher. Il ne veut pas qu'une femme s'accroche à lui. Je suis exactement la femme qu'il souhaite. Et il n'est pas là, comme tous les autres hommes, à me répéter sans cesse : « Francesca, je vous aime, Francesca, je vous adore, je mourrai si vous ne voulez pas de moi... » Non. Lui ne dit jamais rien de ce genre. Pourtant, il ne fait pas semblant de ne pas me désirer, juste pour me faire marcher. Il commence à bien m'aimer, Costanza. La preuve, nous parlons de tas de choses ensemble. Il ne me considère pas comme une jolie créature sans cervelle. Il sait que j'ai aussi un cerveau. Il en tient compte.

– Vous êtes amoureuse et c'est tout, rétorqua sèchement la vieille femme.

Francesca secoua la tête :

– Non, non, je ne suis pas amoureuse. En ce moment, nous jouons à qui sera le plus fort, au bout du compte. Je me demande ce qui se passera ensuite, Costanza. Tu sais que j'ai consacré toute ma vie à la musique. Et lui, c'est un homme exigeant, qui mène sa vie comme il l'entend. (Elle se tordit les mains.) Ne me gronde pas, Costanza ! Pour l'instant, cela me suffit. Nous nous sentons bien ensemble. Tu comprends, cet homme, je le veux et je ne le laisserai pas partir. Enfin, pas tout de suite.

– Et sa femme? Vous oubliez qu'ils ont été unis à l'église et devant Dieu. Il lui appartient et vous ne voulez pas entendre parler de le laisser partir?

Costanza refusait de se laisser fléchir. Elle affrontait tranquillement les yeux noirs qui lançaient des éclairs.

– Sa femme, peuh! Elle ne mérite pas un tel mari si elle n'est pas capable de le garder. Pourquoi est-elle partie pour la France? Pourquoi y traîne-t-elle si longtemps? Si Stefano la désirait encore, il ne serait pas ici avec moi, il serait parti la chercher. Il l'aurait ramenée en la traînant par les cheveux, il en est bien capable aussi.

– Vous pensez donc au mariage, n'est-ce pas? Que ferez-vous, s'il quitte sa femme pour vous? Espérez-vous qu'il vous épousera? Oh, ma petite fille entêtée! Vous abandonneriez donc tout, rien que pour élever ses enfants?

– Qui parle de mariage? rétorqua Francesca, d'une voix désespérée. C'est maintenant, maintenant qui compte, maintenant seulement. Le présent me suffit amplement.

A sa grande surprise, Francesca parvint à convaincre Steve de faire une brève escale au Mexique. Le temps était chaud et humide lorsqu'ils débarquèrent.

– Je vous avais avertie, *cara*. Le voyage sera inconfortable, jusqu'à l'*hacienda* de mon ami, près de Monterey. Vous ne préféreriez pas faire demi-tour et aller tout droit à la Nouvelle-Orléans?

– Je suis habituée à la chaleur, Costanza aussi.

Mr Fields les avait quittés à la Nouvelle-Orléans pour y préparer l'apparition de la diva. Francesca en était ravie. Lui se serait sans doute plaint de la chaleur torride et du manque de confort. Quant à elle, elle était bien décidée à prouver à Steve qu'elle était femme à tout affronter.

– Tout le pays est-il ainsi, Steve?

– Matamoros est bien trop proche de la frontière pour être représentatif du Mexique, mon cœur. C'est pour cela que j'ai pensé que vous aimeriez vous arrêter chez mon ami.

Tout à coup, elle regrettait de l'avoir convaincu de modifier ses projets. Lorsqu'il parut vêtu en cow-boy, revolver sur les hanches, elle eut l'impression qu'il avait délibérément choisi de se déguiser en froid étranger. Il paraissait préoccupé depuis qu'ils avaient été arrêtés à l'improviste par un *capitan* que Steve avait accueilli comme un vieil ami, longtemps perdu de vue. Ils avaient échangé à toute vitesse des propos qu'elle n'avait pu comprendre. Elle fut encore plus ennuyée le lendemain matin losqu'elle se réveilla, couverte de sueur, pour découvrir que Steve était déjà parti, dès l'aurore, en compagnie de ce même *capitan* Altamonte.

– Il s'était encore habillé en *banditti,* avec deux revolvers au lieu d'un, grommela Costanza. Quel horrible endroit!

– Oh, tais-toi, fit Francesca, avec impatience. Tout le Mexique ne peut pas être comme ça et il sera bientôt de retour.

Il ne revint pourtant que très tard, dans l'après-midi. Et il avait ce regard noir que Francesca avait appris à craindre. Elle avait passé l'après-midi à arpenter la chambre et elle était furieuse.

– J'ai traversé la frontière, je suis allé à Brownsville, dit-il, devançant ses questions. Je suis désolé, Cesca. Je devais voir des gens que je connaissais, dans le temps.

– Tu es désolé, vraiment?

Il l'interrompit, sèchement :

– Je suis désolé aussi de t'avoir emmenée ici. C'est impardonnable de ma part de ne pas m'être renseigné auparavant. Il y a une épidémie de typhus.

Soudain, il parut fatigué. Sa voix tomba. Francesca en oublia sa colère. Elle se jeta contre lui mais il la repoussa, agacé :

– Pour l'amour de Dieu! J'ai parlé cet après-midi à un mourant. Je n'ai appris qu'ensuite qu'il avait le typhus. Éloigne-toi donc jusqu'à ce que j'aie pris un bain et changé de vêtements.

En maugréant, elle alla s'asseoir à l'autre bout de la pièce et le regarda jeter sur le sol ses habits poussiéreux. Une jeune femme hilare vint apporter un baquet d'eau chaude.

— Laisse-moi t'aider ! Je peux au moins te frotter le dos. Stefano, ces précautions sont ridicules. Simplement, parce que tu as bavardé avec un homme...

— Qui est mort du typhus ! Cesca, attends que je me sois nettoyé. Je suis sérieux.

Elle le regarda, encore incrédule.

— Mais nous ne partons pas, tout de même ? Nous venons tout juste d'arriver. Nous pouvons aller ailleurs.

— Bien sûr que nous partons ! Aussitôt que ta femme de chambre aura bouclé tes valises, nous ficherons le camp d'ici. (Il avait une voix inflexible :) Tu peux discuter avec moi tant que cela te plaira, jusqu'à la Nouvelle-Orléans si tu en as envie. En tout cas, nous quitterons cette ville avant le coucher du soleil.

Tout dégoulinant d'eau, il sortit du baquet. Machinalement, Francesca lui tendit une serviette. Elle s'aperçut avec fureur qu'elle était en train de se demander comment sa femme aurait réagi, elle.

38

Tout comme elle s'y attendait, Virginia Morgan eut à affronter la désapprobation de sa belle-mère, au retour de sa folle équipée en Espagne. Sonya était trop énervée pour remarquer la pâleur et la fatigue de Ginny, qui n'avait pas même pris la peine d'ôter sa longue cape de voyage en velours.

— Tu es enfin de retour ! Où est donc passé ton beau matador ? Je m'attendais à ce que tu le ramènes ici, en le traînant par le bout du nez.

Pour une fois, sa belle-fille n'eut pas la repartie piquante que Sonya attendait. Elle enleva son bonnet à la mode, le jeta négligemment sur une chaise et s'enveloppa encore plus frileusement dans sa cape.

– Il a décidé de rester à Madrid. Ce n'est pas la peine de me regarder comme ça ! Il ne s'est rien passé de mal entre nous. C'était vraiment un gentleman. Je n'ai même pas eu à le remettre à sa place. Sauf une fois.

Ginny s'approcha du petit bureau, près de la fenêtre, où Sonya avait l'habitude de s'asseoir pour rédiger sa correspondance :

– Y a-t-il des messages pour moi ? Ai-je reçu des lettres pendant mon absence ?

– Des hommes de tes amis sont venus s'enquérir tous les jours de la date de ton retour. Le comte d'Arlingen s'est dit inquiet. Il y a eu ce jeune duc anglais avec qui tu as fait quelques promenades à cheval, tu t'en souviens ? Et naturellement, ton mari t'a écrit. Sa lettre est arrivée le lendemain de ton départ. Elle est sur le bureau. Assieds-toi et lis-la.

Ginny s'efforça de dissimuler sa hâte. Sonya se conduisait vraiment de façon désagréable. Et pourquoi cette lettre était-elle si brève ? Maudit soit Steve et maudite soit Sonya avec tous ses grands airs !

– Qu'avez-vous à me parler de Steve sur un tel ton ? Réellement, vous êtes tout aussi pénible que lui. Rien qu'une page... (Oubliant que Sonya l'observait, Ginny se mordit les lèvres de dépit.) Autant ne pas m'écrire du tout !

– Il était peut-être trop occupé pour t'écrire plus longuement !

Ginny ne prit pas garde au ton sarcastique de sa belle-mère. Elle dévorait la lettre de son mari. Il ne lui disait rien du tout, sauf que New York commençait à l'ennuyer et qu'il pensait retourner bientôt en Californie. Il espérait que, en revanche, elle s'amusait bien et lui conseillait de ne pas hésiter à sortir de la banque autant d'argent qu'elle le voudrait.

Pourquoi ses lettres paraissaient-elles toujours si

indifférentes ? Était-il possible qu'elle ne lui manque pas et qu'il soit, au contraire, soulagé de la savoir absente ? Pendant des mois, elle avait donné libre cours à son imagination. Elle avait espéré qu'il viendrait la chercher et qu'il la ramènerait de force aux États-Unis. Il lui avait terriblement manqué. Elle avait pleuré à s'en fendre l'âme. Elle pensait bien trop à lui pour pouvoir se distraire un instant. Même en Russie... Il ne lui envoyait que de très courtes lettres, à de longs intervalles. De l'argent, aussi. Agissait-il ainsi pour la maintenir à l'écart ?

– Alors, que te dit-il ? Serait-ce un secret ?

Les yeux de Ginny étaient brouillés de larmes. Elle secoua la tête pour y voir plus clair :

– Il n'y a pas de secret, bien sûr. N'importe quel domestique pourrait lire cette lettre, sans se cacher. Steve dit seulement qu'il retournera prochainement en Californie.

– Ah ! il pourrait bien avoir changé d'avis, alors. J'ai reçu entre-temps plusieurs lettres de ton père. D'après lui, ton mari était en route pour le Texas.

On ne pouvait s'y tromper. Il y avait du venin dans la voix de Sonya.

– Le Texas ? répéta Ginny, pour se donner le temps de réfléchir.

– Tu ferais mieux de les lire, ces lettres de ton père. Je les ai classées par ordre d'arrivée, avec les coupures de journaux qu'elles contenaient. Et pour l'amour de Dieu, enlève donc cette cape. Il ne fait pas si froid.

– Je préfère la garder, merci. Paris est glacial après l'Espagne, Sonya.

– Mais oui, tu trembles. Je vais commander du thé chaud, à moins que tu ne préfères un porto ? Continue à lire, je t'en prie. Je ne te dérangerai pas.

Plongée dans les lettres, Ginny oublia bien vite la présence de Sonya. Elle avait de plus en plus froid. Les mots se mélangeaient les uns aux autres sous son regard humide. Son père aussi était en colère et il ne le cachait pas. Comment avait-il pu prendre pour argent comptant toutes ces sottises imprimées par des feuilles à scandale, ces commérages de douairières à l'esprit étroit? Elle ne put s'empêcher de faire part de son ressentiment à sa belle-mère.

– Des ragots? rétorqua celle-ci. Que veux-tu donc que les gens pensent lorsque tu passes tout un week-end, seule, avec l'un de tes anciens soupirants? Ou toute une semaine à Londres sans personne pour te chaperonner? Mais si tu penses que tous les échos que publient les journaux ne sont que bavardages, tu ne prêteras pas attention à ce qu'ils disent sur ton mari.

D'un mouvement vif, Ginny repoussa les lettres de son père et s'empara des coupures de presse. Il y avait le récit dithyrambique des débuts, à l'Opéra de New York, d'une princesse italienne. La liste des invités à la réception offerte par Mr Bertram Fields, milliardaire devenu promoteur. Et puis des photographies : *« La Paoli aux courses, accompagnée comme d'habitude par le millionnaire californien, Steve Morgan », « La Paoli préfère dîner aux chandelles en compagnie d'un certain Mr S. M. qu'affronter les lumières de la rampe », « Devinez qui a offert cette émeraude à la Princesse de l'Opéra, ses initiales sont S. M. ».*

– Des ragots, de sales ragots! Je ne comprends pas pourquoi mon père s'est donné la peine de confier de telles ordures à la poste. Une cantatrice italienne! Une grosse dame à la voix perçante! Jamais Steve ne...

Ginny jeta les papiers par terre.

– Tu oublies comme tous ces journalistes semblent admirer la beauté de cette dame et tu traites ton père, lui aussi, de semeur de ragots. Tu ferais mieux de lire ses deux dernières lettres, Ginny. Il raconte que ton mari a rebaptisé son bateau, qu'il y a donné en son honneur une fastueuse réception et qu'il lui a vraiment offert cette émeraude, qu'elle considère comme une bague de fiançailles.

Ginny se leva d'un bond. Elle serrait les poings et ses yeux lançaient des éclairs :

– Oh! je sais pourquoi vous me racontez tout cela.

Vous voulez m'effrayer. Le sale type, il ne cherche qu'à me rendre jalouse, c'est tout.

– Virginia, surveille ton langage. Pourquoi Steve se donnerait-il tant de peine pour te rendre jalouse ? Il vient de partir en voyage avec cette Paoli. Il l'a quasiment enlevée. Peut-être espère-t-il que tu demanderas le divorce ? En tout cas, c'est ce que laisse entendre l'un de ces journalistes.

Sonya se demanda aussitôt si elle n'était pas allée trop loin. Courbée en deux sur sa chaise, Ginny suffoquait presque :

– Ce n'est pas vrai ! Steve ne l'aime pas ! Il est incapable d'aimer une femme. Je suis bien placée pour le savoir.

– Je n'apprécie certes pas sa conduite. Mais William paraît penser...

– Voilà qui est paradoxal ! s'exclama amèrement Ginny. Mon propre père se met à soutenir Steve. C'est à moi qu'il adresse des reproches parce que je me trouve être une femme.

– Tu n'as pas ménagé ta réputation.

– Oh ! je vous en prie !

– Très bien, je ne dirai plus rien. (Sonya reposa violemment sa tasse de thé, sans pouvoir cacher son agitation :) Continue à agir comme bon te semble. Nul ne t'en empêchera. Pour ma part, j'ai déjà réservé ma cabine. Je rentre au pays. En fait, si je suis encore là, c'est parce que j'ai tenu à t'attendre pour t'en parler. Tu as quitté Paris depuis deux mois. Je me demandais même si tu avais l'intention d'y revenir un jour.

Ginny se leva. Elle ne tenait plus en place. Ses yeux contemplaient, sur le tapis, une photographie du baptême de la *Lady Francesca*. La cantatrice avait dit à une journaliste qu'un gentleman abandonne toujours à son épouse le soin de demander le divorce. Steve pouvait-il vraiment aimer une autre femme ?

– Ginny, reprit Sonya avec une note d'ennui dans la voix. As-tu seulement écouté ce que je viens de te dire ? Je t'ai demandé quels étaient tes projets.

Ginny se retourna d'une pièce. La lumière de la fenêtre mettait sa silhouette en relief et Sonya eut une exclamation de surprise et d'horreur. Aussitôt, Ginny releva fièrement le menton. Cette fois, elle ne chercha pas à ramener les plis de la cape autour d'elle.

– Oui ! Inutile de m'interroger plus avant. Je suis enceinte, hélas ! Ne nous le dissimulons pas plus longtemps.

Sonya avait pâli. Elle ouvrit la bouche, mais ne put trouver les mots qui convenaient à la situation.

– Pour l'amour de Dieu ! Le choc a été bien plus grand pour moi.

Ginny avait beau défier sa belle-mère du regard, elle se tordait les mains.

– Je me suis demandé pendant tant d'années si j'étais stérile. J'ai consulté je ne sais combien de spécialistes. Et voilà que ça m'arrive, en un moment pareil.

– Oh, Ginny !

– C'est tout ce que vous avez à dire ? Je m'attendais à quelque longue tirade sur la justice immanente qui guette toujours les pécheurs. Si j'avais eu assez de courage, vous n'auriez jamais rien découvert. Je n'ai pas passé ces deux mois en Espagne. Je me suis rendue en Suisse. On y trouve des médecins qui acceptent de... Mais je n'ai pas pu m'y résoudre. Et pourtant, j'avais déjà tout essayé : les corsets serrés, les folles chevauchées, les danses échevelées. Tout cela ne m'a servi de rien. Je ne peux plus dissimuler ma grossesse, à présent. Et voilà qu'il... Que vais-je faire ?

– Si seulement tu m'avais fait confiance !

Sonya était partagée entre le désir de courir vers Ginny et de la prendre dans ses bras et le simple bon sens qui lui ordonnait de conserver son calme.

– Pourquoi croyez-vous que j'ai déménagé ? Je voulais un appartement pour moi toute seule, pour y être malade tout mon soûl. Au début, je croyais que c'était l'estomac, les nourritures européennes. En Russie, le comte Chernikoff m'a révélé mon état.

– Qu'allons-nous faire ?

A son tour, Sonya se posait la question.

– Ginny, comprends-moi ! Il doit y avoir une solution. Surtout si personne n'est au courant.

Elle chercha à faire preuve de tact.

– L'as-tu dit au père de cet enfant ? Peut-être qu'il... si tu demandes le divorce, en tout cas, peut-être qu'il...

Ginny éclata d'un rire qui s'acheva en un torrent de larmes. Elle s'agrippa au bureau et réussit à prononcer, parmi les sanglots, quelques mots indistincts que Sonya eut du mal à comprendre.

– Vous aussi ! Le père... pensez-vous donc vraiment que... Alors, que vous figurez-vous que Steve croira, lui... Et maintenant, ça lui est peut-être tout à fait égal.

Ginny n'arrivait plus à se maîtriser. Il y avait eu d'abord ce long voyage, tout ce temps perdu à se tourmenter avec des doutes et des regrets. Il y avait eu tous ces mois pendant lesquels elle avait fait semblant de s'amuser alors qu'elle espérait tant avoir un « accident » qui la délivrerait de son fardeau. Puis, elle avait décidé de rentrer, si Steve ne se chargeait pas de la rappeler à temps. Mais rien ne s'était passé comme elle l'avait espéré. Elle était prise au piège. Elle n'était plus qu'une épouse abandonnée.

Ginny sanglotait toujours. Sonya ferma la porte à clé, s'approcha de sa belle-fille et tenta de la réconforter. Elle ne devait pas se laisser aller, elles trouveraient une solution.

– J'ai déjà annoncé mon retour à ton père, mais je peux encore...

– Ce n'est pas la peine de partager mon triste sort.

Ginny avala le verre de porto que lui tendait Sonya et retrouva en partie ses esprits :

– En fait, j'ai déjà arrangé quelque chose. Je me suis confiée à Pierre. Ne me regardez pas comme cela ! Il fallait bien que je me confie à quelqu'un et Pierre a toujours été très proche de moi. Je vais partir en vacances avec lui et ma tante Cécile, pour me chaperonner. Il a un château en province, dans un endroit perdu où nul ne songera à nous rendre visite. J'accoucherai là-bas et je déciderai ensuite de ce qu'il me conviendra de faire.

Comment Ginny pouvait-elle passer ainsi des larmes au sang-froid le plus total? Sonya songea avec désespoir que, vraiment, elle ne comprendrait jamais sa belle-fille. Elle se demanda s'il fallait informer William de la situation. Ginny la regardait, ses yeux verts brillaient comme des pierres dures.

– Mais après? Tu es encore une femme mariée. Ton enfant portera donc un nom mais que diras-tu à Steve? Demanderas-tu tout de même le divorce?

– Le divorce? fit Ginny d'une voix perçante. Pourquoi lui faciliterais-je les choses, à Mr Steve Morgan? Si cela dépend de moi, cette maudite femme ne l'aura jamais. Je porte son enfant. Il en partage la responsabilité. Il ne s'en débarrassera pas si facilement.

Son humiliation laissait place à la colère. Penser que pendant des mois elle avait presque détesté cet enfant, en songeant que cette grossesse risquait d'entraver ses relations avec Steve. Et lui, pendant tout ce temps, il faisait la cour à une autre femme.

D'abord, elle avait délibérément cherché à le rendre jaloux. Lorsqu'elle avait posé, presque nue, pour ce jeune sculpteur, elle n'avait cessé de penser à ce que dirait Steve, à ses réactions. Elle se dit qu'elle aurait mieux fait de prendre tous ces amants dont on l'accusait à présent. Il était trop tard aujourd'hui. Elle était enceinte de huit mois et ressemblait à un ballon. Elle se trouvait affreuse, irrémédiablement laide.

– Ginny, ma chérie, reprit Sonya d'une voix étonnamment gentille. Excuse-moi de t'avoir montré si peu de sympathie. Tu t'es conduite si stupidement! Si seulement tu avais écrit à Steve pour le mettre au courant, dès le début.

– Vous ne comprenez vraiment rien, fit Ginny, l'air misérable. Je n'avais pas du tout envie de partir pour l'Europe. Il avait décidé un an plus tôt de m'y expédier, parce qu'il était en colère après moi. Je ne sais pas ce qui s'est passé. Je n'avais pas le choix. Si seulement Steve m'avait laissé entendre, juste une fois, qu'il ne voulait pas de cette séparation... Mais à quoi servent les remords maintenant ?

— Ma parole, tu l'aimes vraiment.

Sonya ne pouvait s'empêcher d'en être surprise.

— Bien sûr que je l'aime ! Même lorsqu'il s'arrange pour que je le déteste. Je ne laisserai pas cette fichue Italienne lui mettre le grappin dessus.

Sonya avait quelques doutes là-dessus mais elle préféra les garder pour elle plutôt que d'ajouter au chagrin de Ginny. Ce serait déjà assez difficile d'expliquer tout cela à William... Quelle serait alors la réaction de Steve ? Ginny s'était montrée si légère. Et maintenant, elle se trouvait en France, enceinte de huit mois, tandis que son mari faisait le joli cœur au Texas, aux côtés d'une princesse italienne...

39

— Ainsi, tu ne m'accompagnes pas même jusqu'à la Nouvelle-Orléans !

Francesca di Paoli était enrouée, à force de lancer des injures à Steve :

— Dis-moi, Stefano, quelle femme es-tu si pressé de retrouver ? Et ne me parle pas encore d'affaires. Je ne crois pas aux rendez-vous d'affaires qui, d'un coup, transforment un homme en un parfait étranger. Tu me traites comme une fille des rues. Tu me ramasses, tu m'utilises tout ton content et puis tu me jettes. Qui est-ce ? Tu l'as rencontrée dans cette horrible ville que tu prétendais en proie au typhus ? Menteur ! Crois-tu pouvoir me traiter ainsi ?

Elle avait déjà brisé tout ce qui pouvait l'être dans la pièce. Des peignes et des brosses gisaient par terre parmi des éclats de verre. Elle griffa Steve au visage. Il lui saisit le poignet et le tordit jusqu'à ce qu'elle gémisse de douleur et de rage :

– Ça suffit. Cesse de te conduire comme une fille des rues et je te traiterai différemment. A présent, je suis à bout de patience, comprends-tu ? Je ne t'appartiens pas, Cesca. Je te laisse parfaitement libre, toi aussi. Nous n'avons échangé aucune promesse, souviens-toi ! Je te quitte dans quelques heures et si tu n'as pas envie d'aller à la Nouvelle-Orléans, va au diable si cela te chante ! En attendant, je ne supporterai pas plus longtemps tes hurlements de harengère.

– Comment oses-tu ?

– Garde donc ton talent d'actrice pour la scène. Il y sera mieux employé.

Il avait coupé court à sa crise de nerfs menaçante. Elle resta sans voix. Steve Morgan contempla un instant ce visage bouffi de larmes. Il ne ressentait que de l'impatience et Francesca dut s'en apercevoir car, oubliant sa colère, elle laissa échapper un court sanglot :

– Stefano ! Ne me parle pas comme ça ! Tu comprends sûrement pourquoi je suis un peu fâchée. D'abord, tu refuses de me toucher à cause d'un prétendu typhus. Ensuite, tu fais état d'affaires si urgentes qu'elles t'empêchent de m'accompagner à la Nouvelle-Orléans, comme tu me l'avais promis. Tu avais dit que nous y passerions quelque temps ensemble, ne mens pas ! Je n'ai jamais supplié un homme de ma vie et voilà que... sois donc un peu honnête avec moi, à la fin !

Longtemps après l'avoir quittée, à bord de l'embarcation qui l'emmenait jusqu'à Brown's Bluff, Steve se rappela ses derniers mots. Il contemplait l'eau verte et boueuse de la rivière Sabine et songeait à Ginny. Elle lui avait lancé les mêmes mots au visage, les yeux brillants de larmes. Pourquoi, en face de Ginny, se conduisait-il donc toujours en adolescent boutonneux et malade d'amour ? Il avait été honnête avec elle, un moment, et puis l'orgueil avait repris le dessus. Tous deux avaient attendu que l'autre s'abandonne le premier. Alors, il avait laissé partir Ginny et il avait trouvé Francesca qui ressemblait bien un peu à Ginny, mais qui n'était pas Ginny. Elle ne pouvait pas être Ginny, sa femme, qui le comprenait trop bien et qui, seule, était parvenue à lui entrer dans la peau, à pénétrer insidieusement son esprit et sa chair, de sorte qu'à présent, il ne pouvait plus s'en délivrer. Il n'avait pas voulu qu'elle découvre sa faiblesse et il l'avait laissé s'échapper...

Et, comme d'habitude, rien que de penser à Ginny, la moutarde lui montait au nez. Fichue Ginny ! Elle s'amusait bien, avec l'Europe à ses pieds. On avait beaucoup parlé de la petite protégée du Tsar. Pourtant, elle n'était pas restée longtemps en Russie. Qu'est-ce qui l'attirait tant en France et en Espagne ?

Il était grand temps de se concentrer sur le travail qu'il était censé accomplir ici. D'ailleurs, il en avait bien besoin. Il avait toujours été attiré par le danger. Pourquoi ne pas l'admettre, il commençait à s'ennuyer, dans le monde civilisé. Steve chassa alors Ginny de son esprit, tant bien que mal, et réfléchit aux nouvelles informations dont il disposait. Il allait devoir modifier les plans de Bishop en conséquence. Mais quelle importance ? L'essentiel était de parvenir aux résultats souhaités par Bishop. Il n'entrerait donc pas dans Baroque déguisé en millionnaire snob, avec à ses côtés, une jolie cantatrice pour appâter le juge Nicholas Benoit. Il réserverait cette possibilité pour plus tard, si besoin était. Pour l'heure, sa rencontre inattendue avec son vieil ami juariste, le *capitan* Altamonte, lui avait fourni une chance de s'infiltrer dans le camp ennemi et tant mieux s'il prenait davantage de risques. D'ailleurs, il aimait bien prendre des initiatives et, somme toute, c'était sa vie à lui qu'il risquait.

Il allait prendre contact avec un homme nommé Refugio Orta, dit Chucho, qui avait travaillé avec Dave Madden. Refugio était marié à une Teresita. C'était la veuve d'un guerrier commanche. Lorsque Dave avait été arrêté et son ranch saisi, le couple s'était réfugié dans les marais qui longeaient le lac Caddox. Nombre de hors-la-loi et de rebelles insoumis utilisaient cette région pour cachette. Le *capitan* Altamonte avait emmené Steve voir le frère de Chucho. Il lui avait expliqué comment prendre contact avec lui, juste avant de mourir du typhus, sous ses yeux.

Mais Steve avait maintenant quitté Matamoros depuis plus de deux semaines et il avait tout oublié de l'épidémie de typhus lorsque, tard dans l'après-midi, il fut saisi de frissons. Il décida de débarquer avant l'arrivée à Brown's Bluff, afin de passer inaperçu. Le capitaine acquiesça. Il avait été payé et se moquait bien d'avoir affaire à un hors-la-loi. De toute évidence, ce barbu à l'aspect féroce savait où il allait. Quant au capitaine, il préférait l'ignorer. C'était bien le seul moyen de rester en vie sur la rivière. Steve Morgan fut donc débarqué près d'un vieux cyprès solitaire et le bateau disparut bientôt sous les frondaisons.

L'après-midi était chaud et humide. Tous les matelots étaient torse nu mais Steve avait gardé sa veste et il devait serrer les dents pour les empêcher de claquer. Son corps était parcouru de frissons. Plusieurs fois, il trébucha contre les arbres et dut s'arrêter pour reprendre son souffle. Il reconnut les symptômes. Combien de temps faudrait-il pour que la fièvre s'empare de lui et lui fasse perdre toute mémoire? Il continua à marcher, en essayant de conserver toute sa lucidité. Il mit du temps à se rendre compte qu'il s'était perdu. Qu'importe, la nuit était claire, il se fierait aux étoiles. Entre deux frissons, il constata qu'il n'y parviendrait pas. Mentalement, il compta ses richesses : un revolver dans sa gaine, un autre dans sa ceinture, un peu d'argent, pas trop. Rien qui permette de l'identifier. Sa tête était broyée dans un étau. Il manqua de tomber dans une mare boueuse où rampait quelque chose qui ressemblait à un serpent. Il s'était bien enfoncé dans les marais. Ces créatures vertes pouvaient très bien être des crocodiles. Il se contraignit à marcher encore.

« Le typhus se déclenche subitement... » Il avait lu cela quelque part. Ou on le lui avait dit. Mais c'était une chose de savoir ce qui vous arrivait et une autre de contraindre son corps à obéir. Il avait tremblé de froid, maintenant il suffoquait de chaleur. Il avait soif, comme un homme perdu dans le désert. « Le typhus se déclenche subitement... » Si subitement ! Il ne pouvait plus marcher et il entreprit de ramper. Un instinct le poussait à aller de l'avant. Bientôt, il allait délirer et il ne pourrait s'en empêcher. Il ne savait plus pourquoi il se déplaçait ainsi, obstinément; sa veste se déchira à une branche basse. Steve Morgan avait presque perdu conscience. Il entendit couler de l'eau. Sa gorge était si sèche qu'il ne pouvait proférer un son. Tout son corps le faisait souffrir. Il ne pouvait aller plus loin. Alors, il resta là, son visage enfoui dans une mousse humide, et laissa sa tête exploser.

40

– Missie!

Elle sursauta en entendant la voix de son frère Matt et elle faillit laisser tomber les vieilles jumelles de son père qu'elle emportait toujours partout avec elle.

– Missie Carter, encore en train de rêver dans ton arbre, comme d'habitude?

– Matt, va-t'en et laisse-moi tranquille. Tu surgis toujours comme un Indien. Je meurs de peur à chaque fois. Tu sais bien pourquoi je suis ici, alors cesse de me taquiner.

– Tu devrais te mêler un peu des corvées ménagères au lieu de laisser Teresita s'en occuper toute seule, dit-il.

Mais elle refusa de quitter son perchoir et son frère finit par hausser ses larges épaules et par s'en aller. Il lui ordonna cependant de rentrer à l'heure pour le dîner.

Quand Matt s'en fut allé, Missie soupira profondément. Les mocassins de son frère ne faisaient aucun bruit sur la terre humide. Elle ne l'entendait jamais s'approcher. Elle posa les jumelles, s'installa plus confortablement et se demanda pourquoi Matt se sentait perpétuellement obligé de la surveiller. Elle savait bien qu'il l'aimait beaucoup et qu'il se faisait toujours du souci pour elle, mais ses façons d'agir la rendaient folle. Et puis, il n'avait pas à se moquer de ses rêveries.

Missie ferma les yeux, décida de ne pas prendre garde

aux moustiques et replongea dans ses songes. Souvent, elle rêvait de retourner vivre dans la grande plantation où sa mère était née. Elle en serait naturellement la seule maîtresse. D'ailleurs, ça pouvait très bien arriver. Sa mère était une vraie Lassiter, Missie était sa fille, la propre petite-fille de Tom Lassiter. Elle avait plus de droits sur la plantation que cette désagréable Toni, qui ne s'appelait Lassiter que parce qu'elle avait réussi à mettre le grappin sur l'oncle John, dans son âge mûr. Oncle Nick riait avec indulgence de ses fantasmes. Il ne s'était pas vraiment fâché lorsqu'elle avait refusé d'aller dans cette école où il souhaitait l'inscrire. Mais oncle Nick, même s'il faisait le jeu de Toni, aimait bien sa petite demi-sœur. Peut-être qu'un jour... Et une fois encore, Missie se raconta la vieille histoire dont elle ne se lassait jamais.

Il était une fois, il y a très très longtemps, un vieil homme nommé Tom Lassiter qui avait décidé de s'installer sur cette terre fertile. Il avait eu deux femmes. La première, une Anglaise fraîchement débarquée du bateau, lui avait donné un fils, John Lassiter. Quand elle mourut, Tom épousa une veuve du Québec qui avait déjà un fils, Nick Benoit. Elle aussi attrapa la fièvre et mourut mais, auparavant, elle avait mis au monde une fille, Melissa Louise, la propre mère de Missie. Entretemps, Tom avait construit une grande maison de pierre blanche, haute de deux étages, avait planté de la canne à sucre et fait venir des esclaves pour travailler la terre.

Melissa Louise était sa préférée jusqu'à ce qu'elle s'enfuie avec Joseph Cartier, un Cajun de Louisiane, qui s'était installé sur la petite bande de terre qui longeait les marais. D'autres gens étaient aussi venus vivre sur ce territoire que le vieux Tom Lassiter considérait comme le sien. Des fermiers, de petits propriétaires. Le Texas était devenu un grand État et Tom ne pouvait rien y faire.

Mais lorsque sa fille unique s'enfuit avec un Cajun, un misérable homme des bois, le vieux Tom voulut tuer son gendre. Cette partie de l'histoire, Missie ne l'aimait pas. Père était un homme bon, son grand-père aussi. Comment avait-il pu agir ainsi? Il s'était conduit comme si sa fille était morte pour lui. Heureusement, les Indiens des marais étaient ses amis et Joe Cartier connaissait parfaitement la région. C'est ainsi que Missie et ses trois frères avaient pu survivre. Mais son grand-père avait déshérité sa fille et laissé la plantation au seul John.

Melissa Cartier ne possédait qu'une robe à sa mort mais, néanmoins, elle se trouvait très heureuse. Missie se rappelait encore comme la physionomie de maman s'éclairait d'un coup lorsque papa rentrait à la maison. Maman était morte à présent mais elle avait appris à Missie à lire et à écrire. Elle lui avait lu des histoires qui se trouvaient dans des livres. Et Missie, comme sa mère, avait les cheveux roux et les yeux verts des Lassiter tandis que ses frères, Matt, Henry et Joe junior avaient hérité du teint sombre de papa. Les frères disaient que c'était la faute aux histoires romantiques de maman si Missie passait maintenant son temps à rêver. Mais quand papa les entendait, il leur ordonnait de la laisser tranquille et il passait son bras autour de ses épaules pour bien lui montrer qu'il l'aimait beaucoup.

« Si seulement il n'y avait pas eu Toni », songeait Missie. Toni avait des cheveux blond argenté. Elle était belle, mais méchante et dure comme de l'acier trempé. Seulement, les hommes ne s'en rendaient pas compte. Elle avait tout gâché. De la plantation, elle avait fait un ranch. D'oncle Nick, pourtant si perspicace d'ordinaire, elle avait fait son ami et son allié. Elle avait même séduit Matt. C'était Toni qui avait tenté de convaincre oncle Nick d'éloigner Missie en la mettant dans une école. Elle la détestait parce qu'elle savait qu'oncle Nick l'aimait bien et ne permettrait pas qu'on lui fasse du mal.

Il y avait quelqu'un d'autre, aussi, qui avait vu clair au sujet de Toni. Missie avait toujours le cœur gros lorsqu'elle songeait à Renate Madden. Renate avait été son amie et Dave, son mari, était quelqu'un de très gentil. Il s'était toujours tenu à l'écart de tout jusqu'à cette fusillade, à Baroque. Il avait tué des hommes, dont un soldat nordiste. On l'avait envoyé en prison. Juste après, Renate avait disparu. Et maintenant, Toni élevait du bétail sur les terres qui avaient appartenu aux Madden. C'est ce qu'elle avait toujours souhaité, songea Missie avec rancune. Elle obtenait toujours ce qu'elle voulait. Beaucoup de gens étaient partis. D'autres, comme le père et les frères de Missie, avaient été contraints d'abandonner leurs terres parce qu'ils s'étaient battus pour le Sud. Seule, Toni prospérait. Et oncle Nick... Mais Missie n'aimait pas penser que oncle Nick était mêlé à tout cela. Il se trouvait à Boston lorsque la guerre de Sécession avait éclaté. Et comme les autres, il était aveuglé par la beauté de Toni.

Renate avait été l'amie de Missie. Elle lui avait appris à coudre, à faire la cuisine, et même quelques mots d'allemand. Elle lui avait raconté comment elle avait connu Dave. Avec un ami, il était venu à son secours alors que toute une bande de bandits l'attaquait.

– Ils ressemblaient à des pirates, disait Renate. Surtout l'ami de Dave. C'est lui que j'avais aperçu en premier.

– Comment s'appelait-il? L'avez-vous jamais revu?

– Dave l'appelait Whit, mais ce n'était sûrement pas son vrai nom. C'était un aventurier. On ne pouvait pas s'attacher à un homme comme lui, qui ne tient pas en place, qui adore prendre des risques, à tout propos. Je crois qu'il n'était pas content lorsque j'ai convaincu Dave de tout laisser tomber pour venir vivre bien tranquillement avec moi.

Renate savait que cet ami était parti pour le Mexique. Peut-être avait-il été tué pendant la guerre? Elle était heureuse et pleine d'espoir. Le ranch allait prospérer. Elle et Dave auraient des enfants. Maintenant, Toni avait tout pris. Même la famille de Missie était obligée de survivre tant bien que mal dans les marais tandis que Toni Lassiter, qui n'était pas du tout une Lassiter, se pavanait à la plantation. Toute cette injustice révoltait Missie, mais elle ne pouvait rien y changer.

Matt n'avait pas trop protesté en voyant Missie dans l'arbre parce que, de là, elle surveillait la rivière et elle pourrait voir apparaître le bateau qui devait lui apporter du tabac et de l'eau-de-vie mexicaine. Quand il arriva, c'était déjà presque le soir et Missie songeait déjà à se précipiter à la maison, pour ne pas être en retard. Elle n'en courut pas moins au bord de l'eau. Le capitaine la héla.

— J'ai de la marchandise pour votre frère assoiffé. Mais il faudra lui dire que les prix ont monté.

— Vous n'amenez pas de passagers aujourd'hui ?

— Pourquoi me demandez-vous toujours ça ? Vous savez bien quel genre de passagers embarquent généralement sur mon navire. Comme ce Billy-Boy ! Est-ce qu'il ennuie toujours Teresita ? Pourquoi ne pas me dire qui vous attendez avec tant d'impatience ?

— J'attends...

Elle faillit lui confier que, depuis l'arrestation de Dave, elle attendait son ami. Il viendrait le sauver. Mais, bien sûr, le capitaine ne pouvait pas comprendre. Alors, elle soupira :

— Je ne sais pas, c'est comme un pressentiment. Quelqu'un doit venir.

— Vous n'avez pas encore l'âge de rêver au bel étranger, pourtant. Quoi qu'il en soit, il vaudrait mieux pour vous qu'il n'arrive pas à bord de mon bateau. Il n'y a que des hors-la-loi pour l'emprunter. Comme cette tête brûlée qui a fait presque tout le trajet avec nous sans jamais desserrer les dents. Un vrai loup. Il voulait aller à Brown's Bluff et puis, tout à coup, il a changé d'avis et il a demandé à débarquer. Tant mieux, je me suis dit. Je pensais que c'était peut-être un tueur de plus, engagé par Mrs Lassiter. Nous avons bien assez d'ennuis comme ça. Hé là, petite fille stupide, n'allez pas tomber à l'eau !

Heureusement, ce fut Teresita et non Matt qui vint

chercher Missie. Le visage impassible, elle écouta les explications presque incohérentes de l'adolescente.

– C'est lui. Je sais que c'est lui. Le capitaine a dit qu'il était très grand avec des cheveux noirs et des yeux bleu foncé. Il a un revolver et un couteau, le capitaine les a vus. Il faut le trouver. Sinon, il ira tout droit à la maison des Madden et il ne sait pas que Toni a permis à Billy-Boy de s'y installer. Il faut le prévenir.

Matt aurait dit à la jeune fille de se mêler de ses affaires et de cesser ses insanités, l'Indienne n'en fit rien. Son visage cuivré demeura imperturbable, mais elle conseilla à Missie de prendre garde, dans son impatience, à ne pas briser la bouteille d'eau-de-vie. Aussi, il valait mieux se dépêcher, sinon Matt serait fâché qu'elle reste dehors si tard.

– Je me moque bien de ce que dira Matt. Le capitaine dit qu'il l'a laissé à trois milles d'ici et qu'il n'avait pas de cheval. Si nous passons par le raccourci, à travers les marais, nous pouvons le rattraper à temps.

– Et si vous le trouvez et que ce ne soit qu'un méchant homme, comme les autres ? Beaucoup d'hommes ont les cheveux noirs et les yeux bleus. Peut-être que, comme les autres, il veut seulement se cacher dans les marais.

– Mais je sais que c'est lui. Qui d'autre connaîtrait le nom de votre mari ? J'ai oublié de vous le dire mais il a demandé au capitaine s'il connaissait un nommé Refugio Orta. Bien sûr, le capitaine ne lui a pas répondu. C'est un tombeau, cet homme ! Je vous en prie, Teresita, j'en suis si sûre. Vous devez m'écouter. Je serais moi-même allée vous chercher si vous n'étiez pas venue.

Les yeux noirs de Teresita scintillaient, à présent.

– Les amis de mon mari ne l'appelaient pas par son prénom. Pour eux, il était Chucho. Et il avait beaucoup d'ennemis. Cette nuit, j'ai fait un rêve étrange. Tout me dit que cette arrivée ne nous apporte rien de bon.

– Il ne faut pas dire ça à papa ou à Matt ! Si vous refusez de m'aider, j'irai seule.

– Un peu de bon sens, Missie Carter! Refugio connaissait beaucoup de bandits. N'essayez pas à tout prix de transformer vos rêves en réalité.

Mais qu'importe ce que pouvait bien dire Teresita. Missie savait!

41

Il avait été très malade et il était encore très faible. Dès qu'il tentait de réfléchir, sa tête le faisait souffrir. Peu à peu, pourtant, il reprenait conscience. Des visages se penchaient sur lui. Une femme lui parlait et il lui répondait. Une femme. Puis, il y en eut deux, qui parlaient deux langues différentes et il les comprenait toutes deux. Il ignorait pourtant où il se trouvait et pourquoi il se sentait si faible. Il avait tout oublié. Il ne savait plus son nom, son origine, pas même à quoi il ressemblait. Il vivait parmi des Indiens et, un moment, il crut qu'il en était un, lui aussi. Il était marié avec une Indienne. En commanche, son nom signifiait « Ruisseau chantant », mais tout le monde l'appelait Teresita.

– Tu as eu une mauvaise fièvre, lui dit Teresita dont l'émotion faisait trembler la voix. Mon premier mari, ton frère, l'a eue aussi. Heureusement, nous vivions alors au Mexique. Il y avait un médecin et il m'a appris ce qu'il fallait faire.

– J'ai rêvé de prison.

– Tu as été en prison, pendant la Révolution, au Mexique. Tu ne te souviens de rien d'autre?

Le cœur de Teresita battait la chamade, mais elle parvenait à conserver une voix égale.

– Rien du tout. J'ai bien eu quelques rêves. Je commence à les oublier, eux aussi.

– N'y pense plus, alors. Ça vaut mieux, peut-être. Tu as eu des ennuis, en chemin. A présent, ici, tu es en sécurité. La fièvre vous fait perdre la mémoire mais elle finit toujours par revenir, tôt ou tard.

– Pour le meilleur ou pour le pire? marmonna-t-il.

Teresita le regarda sans comprendre et il eut un élan de tendresse pour elle. Il tendit ses doigts vers son visage.

– Tu as sans doute raison. Tout me reviendra. Mais j'aimerais bien pouvoir au moins me rappeler mon nom.

Elle était agenouillée à son chevet et elle sentit l'homme tendre le bras vers elle, pour l'attirer contre lui. Quel homme est-ce? se demandait Teresita.

– Tu me parais avoir pas mal de souvenirs. Laisse, tu n'es pas encore assez vigoureux.

– Pourquoi? Si tu es ma femme, pourquoi ne t'allongerais-tu pas près de moi? Aujourd'hui, j'ai les idées claires, grâce à Dieu. Comment ai-je pu oublier la tendresse de ton corps?

Elle sentit ses mains sur sa chair et ses lèvres dans son cou. Il n'eut pas de mouvement grossier, pour lui ouvrir les jambes et lui faire l'amour. Il paraissait satisfait de la tenir tout contre lui et de la caresser. D'abord, Teresita ne comprit pas. Même Chucho ne l'avait jamais traitée ainsi. Elle avait été élevée dans l'idée que les femmes doivent se soumettre aux hommes et se plier à leur désir. Elle n'espérait rien d'autre. Que voulait donc cet homme-ci? Sa chair frémissait sous sa main. Elle se consumait, en proie à une fièvre inconnue. Le peu de vêtements qu'elle portait tombèrent comme par enchantement. Lui était nu, sous la couverture de laine. La couverture aussi tomba à terre, tandis qu'il continuait à explorer le corps de l'Indienne.

Teresita avait toujours été prise. Elle comprenait maintenant ce que ça voulait dire, faire l'amour. « Teresita », l'entendit-elle murmurer, et elle eut l'impression d'entendre son nom pour la première fois.

Lorsqu'elle était partie avec Missie à la recherche du mystérieux passager du capitaine, elle avait espéré ne jamais le retrouver. Quand elles l'avaient découvert,

Teresita avait aussitôt reconnu la mauvaise fièvre. Elle l'aurait bien laissé mourir là si Missie n'avait insisté pour qu'elle s'occupe de lui. La jeune fille voulait absolument le soigner elle-même. Teresita avait eu du mal à l'empêcher de s'approcher de l'homme. Elle, elle pouvait s'en occuper. Elle avait déjà eu la fièvre.

Quelque chose disait à Teresita que l'homme n'apportait rien de bon. Ce ne pouvait être un ami du frère de son mari. Jésus Maria était un petit homme effacé, bien heureux lorsqu'il tirait de sa maigre terre une moisson suffisant à nourrir sa nombreuse famille. Que pouvait-il avoir de commun avec un homme pareil ? Dans son délire, l'étranger parlait espagnol et parfois la langue commanche. Il avait eu au début quelques moments de lucidité. Il avait paru alors connaître son nom, Teresita, alors qu'elle ignorait tout de lui. Peut-être était-ce aussi un Commanche. Mais pourquoi venait-il précisément maintenant ?

Teresita eut tout le temps de se poser des questions, pendant les jours qu'elle passa à le soigner. Depuis la mort de Chucho, elle vivait seule dans sa hutte et n'avait autorisé aucun homme à s'approcher d'elle. Indiens et hommes blancs la laissaient en paix. On la considérait comme un peu sorcière parce qu'elle connaissait la science des herbes. Il fallait maintenant expliquer ce que cet homme faisait chez elle. Elle dit qu'il était le frère de son défunt mari et qu'il venait l'épouser, à la mode commanche. Quand il la quitterait, une fois remis, elle pourrait dire qu'il s'était égaré dans les marais.

Et puis, il la prit par surprise, en cet après-midi où sa virilité s'était réveillée. Elle capitula. Elle n'avait jamais su qu'il existait semblables émotions. Elle ignorait la passion. Elle n'aurait jamais cru pouvoir désirer ainsi un homme. Il lui dit qu'elle était belle, il la mit nue et caressa chaque centimètre carré de son corps. Être prise par un homme, ce pouvait donc être si merveilleux ! La première fois, elle eut peur, elle chercha à se reprendre et il la regarda avec surprise :

– Pourquoi te raidis-tu ainsi ? Je ne t'avais jamais dit que tu étais belle ? Nous n'avons jamais fait l'amour ainsi ?

Ainsi ? Il y avait mille façons de faire l'amour et jusqu'ici, elle n'en connaissait qu'une. Elle ne savait plus ce qui était bien et ce qui était mal. Il arrêtait ses protestations par des baisers.

Teresita finit par se rendre compte qu'il ne se souvenait de rien et qu'il avait pris pour argent comptant la fable qu'elle avait imaginée pour le protéger de la curiosité d'autrui. Il croyait aussi qu'il était son nouveau mari, le frère du précédent.

Dès qu'il fut en état, Teresita l'emmena plus loin dans les marais. Elle prit des sentiers connus seulement des Indiens qui vivaient ici depuis des générations. Il y avait des îles où vagabondaient des taureaux et des chevaux qui n'avaient jamais connu l'homme. Il y avait aussi du gibier en abondance et ils n'eurent jamais faim. L'homme – elle l'appelait Manolo, d'après un nom qu'il avait prononcé dans son délire – savait se servir d'un arc et de flèches. Il les avait fabriqués lui-même.

Pendant un mois, ils vécurent ainsi, dans un total isolement. Teresita commençait à considérer Manolo comme son mari. Elle était convaincue, à présent, qu'il avait vécu avec des Commanches, à un moment ou un autre. Il n'avait aucun souvenir et Teresita se prenait à espérer, tout en se sentant coupable, qu'il ne recouvrerait jamais la mémoire. Elle ne voulait pas qu'il sache qu'elle lui avait menti, qu'elle avait inventé des histoires pour répondre à ses questions. Ce ne pouvait être l'aventurier qu'attendait Missie. Elle refusait de réfléchir à son identité. Elle découvrait qu'il était possible de rire en faisant l'amour, qu'on pouvait faire l'amour n'importe où et n'importe quand, au soleil, dans l'eau, tout comme dans son *tepee*.

Teresita aurait bien continué à vivre ainsi, loin de tous. Mais elle comprenait que cet homme chercherait bientôt d'autres aventures. Aussi, fut-elle assez sage pour ne pas protester lorsqu'il lui annonça qu'il était temps de revenir vers la civilisation. Sans même s'en apercevoir, elle lui avait dit tout ce qu'elle savait des gens des marais, de ceux qui occupaient les riches terres fertiles à côté. De l'injustice qui régnait ici.

– Pourquoi personne ne réagit-il? rétorqua-t-il. Pourquoi laisse-t-on cette Lassiter se conduire à sa guise? Le bétail sauvage abonde dans les marais et si elle vend le sien sur les marchés du Nord, pourquoi nul ne songe-t-il à en faire autant? Qu'est-ce qui les en empêche?

Elle eut peur :

– Tous ceux qui ont posé ces questions sont maintenant morts ou ruinés. Ceux qui sont vivants se taisent. Ne te mêle pas de ça, je t'en supplie!

Mais Teresita savait bien qu'il était homme à vouloir changer le cours des choses. Il reprit d'une voix méditative :

– D'après ce que tu m'as dit, il devrait suffire, pour devenir riche, d'appliquer sa marque sur ce bétail et de le mener au marché. Tout le monde pourrait en profiter. S'il y a des gens trop égoïstes ou trop avides, il est temps de leur faire comprendre que leur vie ne vaut pas plus cher que celle des autres.

Elle était terrifiée mais, par instinct ou par habitude, elle se tut. Oui, il était temps de rejoindre les autres. Peut-être que s'il parlait aux autres, au père et aux frères de Missie, par exemple, il comprendrait le danger. Même Missie pourrait essayer de le convaincre.

Teresita se sentit coupable en songeant à Missie mais elle chassa ses appréhensions. Après tout, Missie était encore une enfant et, de toute évidence, cet homme était venu pour la trouver, elle, Teresita. Il connaissait son nom et celui de son mari. Pour ne pas tenter le destin, elle avait tout de même pris garde à ne pas lui parler de Missie. Elle se chargeait de s'en expliquer elle-même avec la jeune fille.

Missie tapa du pied et protesta avec chagrin :

– Pourquoi tout le monde me traite-t-il toujours

comme une enfant ? Ce n'est pas la peine de me fournir des explications. Teresita lui a sauvé la vie, papa, je sais bien. Et les Indiens pensent qu'une vie qu'ils ont sauvée leur appartient à jamais. (De grosses larmes débordaient de ses yeux verts et Joe Carter ne put rien faire d'autre que lui tapoter gentiment la joue.) Mais, papa, je sais aussi que c'est l'homme dont parlait Renate. Il connaissait peut-être Chucho, et Chucho est venu ici parce qu'il connaissait Dave. Tout se tient, non ? Maintenant, il a tout oublié, même son nom. Ce n'est pas juste que Teresita raconte à tout le monde qu'il est le frère de Chucho. Ce n'est pas juste qu'ils soient restés si longtemps ensemble dans les marais, ce n'est pas juste qu'ils...

— Allons, Missie ! Teresita dit qu'il parle commanche et espagnol. Je parie que c'est un Commanche. En tout cas, ma fille, il est tout à fait à son aise avec les Indiens.

— Il a l'air de se sentir chez lui n'importe où et avec n'importe qui.

Joe Carter éclata de rire et Missie s'enfuit en courant, le visage écarlate. Elle les détestait tous. Personne ne la comprenait et pas même son père.

Sans y penser, Missie se précipita vers sa cachette favorite. Elle grimpa dans l'arbre qui surplombait la rivière. A travers ses vieilles jumelles, elle vit Billy-Boy sur son cheval. Il avait peut-être entendu parler du retour de Teresita, en compagnie de son nouveau mari. Il avait beau être le favori du moment de Toni Lassiter, il avait longtemps fait la cour à Teresita. Billy-Boy avait peut-être aussi capté des rumeurs selon lesquelles des fermiers du marais s'apprêteraient à conduire un troupeau à Abilène. Les nouvelles allaient vite, par ici. Missie, dans sa tristesse, trouva quelque réconfort à l'idée que Toni était absente pour le moment. Elle devait déjà être à mi-chemin d'Abilène, elle aussi. Elle partie, même Matt devenait un autre homme. Moins irritable. Il ressemblait davantage au grand frère qu'il avait été dans le temps, avant que cette guerre ne vienne tout gâcher. Penser à Matt lui donna envie de retrouver sa famille.

Elle voulut descendre de l'arbre quand elle se trouva paralysée : elle était saisie d'un étrange tremblement et son cœur battait à se rompre dans sa poitrine.

Elle n'avait jamais vu d'yeux bleus aussi foncés. Ils étincelaient dans son visage tanné. Et il était si grand qu'elle devait renverser la tête pour le regarder en face. Elle s'aperçut que, lui aussi, étudiait sa physionomie. Et puis, comme s'il avait senti la nervosité de la jeune fille, il eut un sourire qui plissa les rides au coin de ses yeux :

– Salut, yeux verts !

Missie eut l'impression que les mots avaient jailli de lui, sans qu'il s'en rende compte. Elle avait le sentiment de vivre l'un de ses rêves. Et, apparemment, lui aussi. On ne pouvait s'y tromper. Il avait prononcé ce « yeux verts » si tendrement qu'il avait déjà dû le dire bien des fois, auparavant, sans la connaître. Il se reprit très vite, cependant, et s'excusa de l'avoir effrayée.

– Vous me cherchiez ?

Elle rougit de sa franchise.

– Oui, votre père m'a dit que je pourrais vous trouver ici ? Cela vous ennuie ?

Elle était intimidée. Qu'attendait-il d'elle ?

– On m'a dit que vous pensiez que j'étais un ami des gens qui vivaient ici autrefois, de l'autre côté du fleuve.

Il pointa la tête dans la direction de l'ancienne ferme des Madden. Il avait évoqué « ces gens » avec tant de décontraction que cette fois, Missie rougit de colère. Elle décida de lui répondre dans ce patois français que son père avait tant de mal à lui inculquer.

– Si vous étiez véritablement leur ami, monsieur, vous seriez venu il y a bien longtemps, quand ils avaient besoin d'aide. Maintenant, c'est trop tard.

– Est-ce un examen ? lui demanda-t-il calmement. (Sans aucune difficulté, il était passé à un français bien plus correct que celui de Missie.) Oui, ajouta-t-il, je parle français. Je vous remercie de m'avoir aidé à le découvrir. Mais dites-moi, cet ami de vos amis, il avait un nom ?

D'étranges lumières dansaient dans ses yeux tandis

qu'il continuait à observer le visage de Missie, avec une attention soutenue.

– Renate m'a dit une fois que l'ami de Dave se nommait Whit. Mais elle ne croyait pas que c'était son vrai nom. En revanche, vous correspondez parfaitement à la description qu'elle m'en a faite. Vous parlez français, espagnol aussi. Vraiment, vous ne vous souvenez de rien ? Que seriez-vous venu faire ici alors, sinon...

– Mais vous l'avez dit vous-même, si j'étais cet ami, je serais arrivé plus tôt. J'étais peut-être recherché en Louisiane. Je cherchais peut-être à louer mon revolver. Il paraît que ça vaut cher par ici, et j'ai découvert que j'étais un très bon tireur. Dites-moi, ce Whit, que savez-vous d'autre sur lui ?

Cette homme fascinait Missie. Étrangement pourtant, elle était plus excitée qu'effrayée.

– Pourquoi me le demander si vous ne croyez pas être lui ? Renate sait qu'un jour il avait tué trois hommes et que cela ne l'avait pas empêché après de rire.

Il fronça impatiemment les sourcils :

– C'est tout ? Écoutez, ce n'est pas très drôle de tout ignorer de soi-même et, avant de poursuivre mon chemin, j'aimerais bien découvrir si ma tête n'a pas été mise à prix. Je suis soit un Commanche, soit un aventurier. Dites-moi, l'homme a-t-il été payé pour ce sauvetage de Renate ?

Missie avait toujours songé aux deux hommes qui étaient accourus au secours de Renate comme à de preux chevaliers. Elle était choquée qu'on puisse parler d'argent à ce propos.

– Dave Madden a épousé Renate et l'autre était l'ami de Dave. Renate avait peut-être raison lorsqu'elle disait qu'il était parti faire la guerre au Mexique et qu'il y était probablement mort.

Missie était si déçue que sa voix se brisa. Elle crut voir les yeux bleus s'adoucir :

– Ça vous fait de la peine qu'un homme soit mort alors que vous ne l'avez jamais vu ?

Il paraissait se moquer à la fois d'elle et de lui-même.

– Je me suis complètement trompée à votre sujet. Vous ne prêtez attention à personne. Alors qu'est-ce que cela peut vous faire si j'ai de la peine? Et pourquoi m'avez-vous appelée « yeux verts », comme si vous me connaissiez déjà?

Il haussa un sourcil, songeur :

– Vous vous êtes penchée sur moi, lorsque j'étais en proie à la fièvre. Je m'en souviens peut-être. Avez-vous vraiment pris le risque d'attraper le typhus simplement parce que vous pensiez que j'étais ce mystérieux ami?

Elle voulut s'enfuir. Il l'en empêcha en l'attrapant par le bras. Elle se sentit alors si faible qu'elle crut défaillir.

– Je vous déteste. Cessez de rire à mes dépens.

– Je suis désolé, Missie. Miss Melissa.

Il avait prononcé son nom comme une caresse et Missie en eut le souffle coupé.

– Je ne suis pas venu ici pour vous faire de la peine. Je suis venu vous remercier. Et quant à vos yeux verts... (Il eut un rire de gorge qui ressembla à un sanglot :) Je ne cesse de me demander pourquoi de pareils yeux verts hantent tous mes rêves. Un vieux dicton dit qu'un homme ne devrait jamais se fier aux femmes aux yeux verts.

Mais ces yeux verts-là appartenaient à une fillette, au visage couvert de taches de rousseur et à la chevelure en désordre. Elle était encore loin d'être une femme et cela valait sûrement mieux ainsi.

L'homme que tous appelaient Manolo et qui savait que ce n'était pas son nom avait découvert qu'il avait l'esprit cynique. Il n'était guère porté à faire confiance aux autres. Par habitude ou par instinct, il acceptait cependant certaines choses. Il y avait cette femme, Teresita. Elle était sa femme et son corps lui apportait joie et chaleur. Il y avait maintenant cette femme-enfant aux yeux verts. Il lui devait la vie, tout autant qu'à Teresita, et cette idée l'ennuyait. Pourrait-il effacer le chagrin qu'il avait mis dans ses yeux? Quelque part dans son esprit, il vit miroiter des yeux verts tout aussi désespérés. Était-ce un souvenir? Il s'effaça bien vite.

42

Moins de trois semaines plus tard, Manolo, avec le père, les frères de Missie et d'autres fermiers des marais, prenait la tête d'un convoi de bétail, en route pour Abilène. Il découvrit que ce n'était pas la première fois qu'il suivait ce chemin. Il l'avait déjà emprunté auparavant. Il connaissait bien aussi le métier. En moins de dix jours, il devint chef du convoi. A Abilène, Manolo qui, à présent, portait les cheveux longs à la mode des métis, ne fréquenta pas les bars. Il laissa à Joe Carter et à Matt le soin de négocier la vente du bétail.

Le bœuf se vendait cher. La viande était très recherchée. Ils obtinrent dix-huit dollars par tête. La première nuit, Joe Carter se saoula pour fêter ça et il fallut le porter jusqu'à son hôtel. Matt, Hank et Joe junior tinrent aussi à célébrer l'événement. Ils s'achetèrent des femmes et des vêtements. Ils laissèrent aux autres le soin de se charger du ravitaillement et de placer de l'argent à la banque. C'est Manolo – il ignorait être si bien informé – qui conseilla aux garçons d'aller chercher des filles dans Texas Street.

– Tu ne te rappelles rien d'important, *amigo,* et pourtant, tu parais tout savoir ! s'était exclamé Matt. Tu as jeté un œil dans le bureau du shérif ? Tu es sûr qu'il n'y a pas ton portrait accroché, avec le montant de la prime au-dessus ?

– Je t'en ai laissé le soin, *amigo.*

Il y avait des moments où Matt n'éprouvait guère de sympathie pour ce Manolo, mais il y avait dans ses damnés yeux bleus une lueur qui lui interdisait de le provoquer. Il se contenta donc de hausser les épaules, en s'éloignant :

– Je vérifierai peut-être. Ça pourrait être utile à savoir.

Ses frères avaient eu du mal à convaincre Matt de se lancer dans cette opération. Ils l'avaient accusé d'être complètement aveuglé par Toni Lassiter. A présent qu'ils avaient réussi à atteindre Abilène et qu'il avait de l'argent plein ses poches, Matt se prenait à rêver d'autres troupeaux. Ils avaient choisi pour marque une étoile dans un cercle et ils l'avaient appliquée sur les taureaux sauvages du marais. Ce n'était pas du vol, certes. Mais Matt préférait ne pas penser à la prochaine réaction de Toni. Au diable, cette femme! Un homme devait pouvoir être capable de prendre ses décisions tout seul.

Néanmoins, dès le lendemain matin, sitôt sorti des brumes de l'alcool, Matt se mit à la recherche de Toni. Il s'éloigna de Texas Street, de ses bars et de ses hôtels à bon marché. Il avait vu des chevaux portant la marque de Lassiter. Il était fier de ses nouveaux vêtements. Toni en serait impressionnée. Ainsi vêtu, il ne ressemblait pas à un paysan, songea Matt. Cette fois, il était sur la bonne voie. Il avait sur lui assez d'argent honnêtement gagné pour pouvoir s'offrir un bon petit déjeuner dans le meilleur restaurant de la ville. Il irait ensuite à la banque retirer quelques dollars de plus et il chercherait à savoir où était passée cette belle femme aux cheveux blond argenté.

Mrs Antoinette Lassiter sortait justement de la banque. Elle était furieuse. Comment avaient-ils osé vendre un troupeau qui lui appartenait, à elle! Et dire que le nouveau directeur de la banque, cet onctueux Mr Daviot, l'avait complimentée sur l'esprit d'initiative des Texans de sa région!

– C'est de gens comme eux dont le pays a besoin, Mrs Lassiter. Vous avez du bétail en abondance, au Texas, et dans le Nord, les gens manquent de viande. Il doit y avoir de la bonne terre à bétail, autour de Baroque.

Elle avait souri, souri encore tandis que Mr Daviot continuait son vain bavardage :

– Et maintenant, pour votre argent, êtes-vous sûre de vouloir en emporter autant avec vous ? Excusez-moi si j'en suis préoccupé, Mrs Lassiter, mais il y a une telle recrudescence des vols depuis la guerre.

– Je paie à mes hommes d'excellents salaires, Mr Daviot. Et on m'a promis une escorte de cavalerie. Le colonel Vance, l'un de mes amis, rentrera avec moi. Je serai parfaitement protégée, je vous assure.

Le vieux Ben, son cocher, attendait Toni dehors. Il portait une livrée qui attirait tous les regards, ce qui ne déplaisait pas à sa maîtresse. Elle avait un visage arrogant, aux traits fins, des yeux de topaze et une abondante chevelure blond argenté. Sa voix était rauque et sensuelle. Elle savait s'en servir de manière à faire frissonner les hommes. Depuis qu'elle était enfant, elle avait pris l'habitude de traîner tous les cœurs après elle. Ses faiblesses à elle, elle refusait de les admettre.

Elle avait adoré son père, bel homme doté de peu de caractère, tout en le méprisant. Elle avait toujours aimé les duels, les combats de rue et même les combats de coqs. Avant la guerre, elle adorait accompagner son père au marché aux esclaves. Elle était ravie lorsqu'un esclave insoumis se faisait fouetter.

La nuit dernière, le visage recouvert d'un voile sombre, Toni s'était rendue dans une petite maison, à quelques kilomètres de la ville. Elle avait payé pour y être admise à observer les faiblesses d'autrui. La grosse Sadie n'accueillait que de riches connaisseurs, hommes ou femmes. Ses filles étaient toutes superbes et elle était sans cesse à la recherche de nouveaux talents.

Toni connaissait Sadie depuis la Louisiane. Elle venait chez elle, en quête de plaisirs inédits et, ici, elle était toujours sûre, à l'avance, d'en découvrir de nouveaux. Souvent, elle préférait observer les autres en secret avant d'entrer, à son tour, dans la danse.

Le soleil éblouit Toni au sortir de la banque et elle

ouvrit son ombrelle pour se protéger les yeux. Elle était encore furieuse contre Matt Lassiter qui avait osé agir sans sa bénédiction, et contre son imbécile de père. L'expérience de la nuit dernière, chez Sadie, n'avait rien fait pour diminuer sa colère. Au lieu de s'y détendre, elle n'y avait trouvé que déceptions. D'abord, l'endroit n'était plus aussi chic qu'auparavant. Il était vraiment fréquenté par n'importe qui, à présent. Elle n'y retournerait plus.

Ben, son cocher, bondit de son siège pour l'aider à monter en voiture. Toni y grimpa sans cesser de repenser à cette soirée gâchée.

Tout avait pourtant bien commencé. Sadie lui avait servi un verre de sa cuvée spéciale, un vin délicieux qu'elle réservait à ses clients favoris. Le spectacle n'était pas mal non plus. Sadie avait fait appel à ses talents d'amateur et Toni s'était plu à donner un strip-tease improvisé à ce public averti. Évidemment, elle avait bien pris soin, tout en se déshabillant, de masquer son visage d'une voilette de dentelle.

– Mon chou, vous devriez bien venir travailler pour moi ! Ensemble, nous ferions fortune ! s'était exclamée ensuite Sadie.

Toni avait repris du vin. Le sang lui montait au visage. Elle s'était sentie prête à tout, comme une louve des bois, et tout aussi sauvage. Elle n'appartenait qu'à elle-même. Elle était libre de choisir l'homme qui lui paraîtrait désirable et de jouer pour lui, à son gré, les maîtresses cruelles ou les prostituées de haut vol.

Chez Sadie, tout pouvait arriver. Ses clients ne s'étonnaient pas de voir surgir des voyeurs dans leur chambre. Ils restaient là un moment et puis s'en allaient chercher ailleurs. Il y avait aussi des trous de serrures à l'intention des voyeurs timides. Tous les clients de Sadie le savaient aussi. Ce n'était pas une maison de passe ordinaire. Elle était réservée aux esprits particulièrement affranchis et à ceux qui avaient le goût de l'aventure.

Emportant une bouteille de champagne frappé, Toni

s'en alla chasser. Elle cherchait un homme. N'importe quel homme. De préférence, tout de même, quelqu'un sortant un peu de l'ordinaire. Elle aurait bien aimé quelque masochiste, pour le plaisir de le fouetter. Elle aurait bien aimé aussi faire ramper celui qui l'avait traitée de Messaline, juste avant de lui tourner le dos avec un certain mépris. C'était un homme très grand, à l'aspect peu engageant, avec des cheveux noirs bien trop longs et d'étonnants yeux bleus. Elle s'en souvenait bien. Elle se rappelait aussi qu'il n'avait pas été fasciné par son strip-tease, pas plus que par la main qu'elle avait posée, hardiment, sur sa cuisse. En fait, il n'avait guère regardé de filles et Toni lui avait demandé s'il ne cherchait pas plutôt un trop joli jeune homme. Il s'était contenté de hausser les épaules et ne lui avait pas même souri.

– Nous cherchons peut-être le même genre de choses, Messaline.

Et il l'avait laissée là, tandis qu'elle s'étonnait qu'un homme pareil puisse avoir quelques notions d'histoire ancienne.

Elle ne l'avait plus retrouvé, ensuite. Mais elle avait néanmoins découvert quelques substituts; aussi, nonobstant cette sotte initiative des Carter, Toni aurait dû, normalement, être de bonne humeur ce matin.

Pour s'y encourager, elle avait même revêtu une robe neuve, bleu pâle, qui faisait ressortir sa blondeur. A quoi bon tant de charme! Ce stupide directeur de banque ne s'en était même pas aperçu.

– A l'hôtel! glapit Toni, d'une voix qui ne correspondait en aucune façon à son aspect éthéré.

C'est alors que par une curieuse coïncidence, un hasard que Toni s'était toujours refusée à imaginer, surgit un jeune homme. Il l'avait suivie hors de la banque et, à présent, n'hésitait pas à poser sa main sur les doigts gantés de la jeune femme :

– J'ai tout de suite vu que c'était vous. Vous vous souvenez de moi? Hier soir... chez Sadie! Votre démarche est inoubliable. De dos, je vous ai reconnue tout de suite ! Cette façon de balancer vos... ah !

Toni s'empara de la cravache et en frappa l'impudent au visage. Ses yeux brillaient comme de l'or, sur son visage pâli :

– Comment osez-vous m'adresser la parole ! En route, Ben !

Il se trouvait, malheureusement, que ce jeune homme n'était autre que Billy Jennings, l'enfant gâté d'un riche propriétaire de ranch qui était convaincu être un véritable bourreau des cœurs. Non seulement il se prenait pour un Don Juan, mais il se vantait aussi de sa science de la gâchette. Il était sûr de reconnaître cette femme. Après tout, il avait payé pour ses faveurs. Et fort cher ! Alors, être maintenant frappé à la face du monde par une putain déguisée en grande dame...

Avec un cri de rage, le jeune homme se saisit des rênes et arrêta les chevaux.

– Une minute, vous !

Il avait l'écume aux lèvres. C'est alors que Matt Carter survint. Il comptait tout simplement retirer de l'argent de la banque quand il aperçut cet homme qui osait s'attaquer à la femme qu'il admirait le plus. Matt n'était pas seul à contempler la scène. L'homme qu'ils appelaient Manolo l'observait aussi et il la comprenait bien mieux que son compagnon.

Matt Carter jugea qu'il n'y avait pas lieu de discuter. Il se précipita sur l'insulteur de Toni Lassiter et l'envoya rouler dans la poussière. La dame ne le remercia pas. Au contraire. Elle sortit de son réticule un très mignon petit revolver et demanda froidement pourquoi elle ne descendrait pas ce voleur de Matt, ce hors-la-loi qui avait vendu son bétail.

– Mais voyons, Toni, ce salaud vous importunait, non ? J'ai cru que...

– Je ne vous ai jamais autorisé, que je sache, à m'appeler par mon prénom. Matt Carter, vous n'êtes qu'un minable voleur de bétail. Si vous n'étiez aussi un parent de mon défunt mari, je...

Miraculeusement, un léger mouchoir de dentelle avait remplacé le revolver dans la main de Toni. Elle s'en essuya les yeux. Elle savait très bien quel effet ses yeux pleins de larmes produisaient sur les hommes et toute une petite foule s'était assemblée autour d'eux. Elle espérait que le shérif ne tarderait pas à s'y joindre et qu'ainsi elle pourrait faire arrêter Matt, son père, ses frères et toute sa bande.

– Voleurs! Vous avez profité de ma faiblesse parce que je ne suis qu'une pauvre veuve, sans homme pour me défendre. Maintenant, vous avez le front de parader devant moi. N'y a-t-il plus d'hommes dans cette ville? Seraient-ils donc tous morts à la guerre?

Matt Carter n'en croyait pas ses oreilles. Il était écarlate. Et encore, le pauvre garçon ne se rendait pas compte du guêpier dans lequel il s'était fourré. Derrière lui, Bill Jennings, l'homme à qui il venait d'expédier un puissant direct à la mâchoire, remuait, se relevait et s'apprêtait déjà à dégainer lorsqu'il interrompit son geste pour mettre, au contraire, ses mains sur sa tête. Il y eut des murmures menaçants dans la foule. Toni allait rouvrir sa bouche rose lorsqu'elle vit apparaître un homme, très grand, à l'aspect dur, qui ordonna au cocher de s'éloigner. Il avait un revolver au poignet et paraissait décidé à s'en servir.

Toni se retint de crier. Encore cet homme! Encore lui! Il tordait sa bouche en un sourire méprisant :

– Ce n'est pas un endroit pour une dame. Il pourrait bien y avoir du grabuge. D'autres invités de Sadie pourraient bien venir grossir l'assistance et alors, je ne réponds plus de rien.

Il la déshabillait de ses yeux froids, une main sur ses hanches. Toni se mordit les lèvres. Elle se redressa, prête à mordre. Mais elle savait qu'elle avait perdu la partie. Pieds et poings liés, elle ne pouvait protester. Mais elle n'en avait pas fini avec cet intrus. Il aurait tout le temps de regretter, ô combien amèrement, sa stupide impudence.

– Allons-y, Ben.

Elle n'eut pas un regard pour lui. Elle ne se retourna pas non plus sur Matt Carter. Mais dès que la voiture fut hors de vue des deux hommes, elle ordonna à Ben de tourner à gauche et de l'emmener chez le shérif.

43

Toni Lassiter n'était pas encore calmée lorsque, deux jours plus tard, elle quitta enfin Abilène avec son escorte de soldats bleus. Elle était furieuse parce qu'elle avait dû attendre ce vieil idiot pompeux de colonel Vance. Il était en retard, comme d'habitude, et il s'excusa en inventant une histoire de chasse aux Indiens. Elle était en colère aussi parce que cet entêté de shérif lui avait fait répéter vingt fois son histoire avant de se décider à ouvrir ce qu'il avait cérémonieusement appelé une « enquête ». Évidemment, le temps qu'il prenne cette bonne résolution, toute la bande avait quitté la ville. Les Carter avaient emporté le bénéfice de ce que Toni estimait leurs méfaits. Et l'énergumène aux yeux bleus qui l'avait traitée de Messaline était parti avec eux. Le colonel Vance tenta de la consoler :

– Ne vous en faites pas, nos hommes retrouveront ces voleurs de bétail et mettront un terme à leurs agissements avant qu'ils aient pu trouver refuge dans les marais.

Le shérif chercha à travers ses fiches s'il y en avait une qui lui permettrait d'identifier cet homme apte à tirer plus vite que Bill Jennings.

– Il y a un nommé Ace qui dit le connaître du Nouveau-Mexique. C'est lui qui a conseillé aux amis de Billy de rester en dehors de l'affaire et de ne se mêler de rien.

– Bien sûr que c'est un hors-la-loi ! Sinon, pourquoi se cacherait-il dans les marais ? Qui d'autre s'associerait aux Carter pour me prendre mon bétail ? Cet homme m'a insultée. Il m'a menacée, shérif. Dorénavant, j'aurai toujours peur...

Elle déposa plainte, naturellement, et le shérif promit de s'en occuper. Mais Toni avait l'impression que les ennuis ne faisaient que commencer. Elle regrettait d'avoir chargé Billy-Boy de veiller sur ses affaires en son absence. Billy-Boy Dozier tirait plus vite que n'importe qui. S'il l'avait accompagnée, les choses ne se seraient pas passées ainsi. Mais il était devenu si possessif qu'elle n'avait pas voulu s'en encombrer. N'empêche, il aurait tiré le premier et cet Indien, ce Mexicain, ce métis ou qui que ce soit, elle en aurait été débarrassée à présent!

D'où venait-il donc? Qui était-il? Ni Billy-Boy ni Nick n'avaient remarqué son existence. Il avait apporté la discorde. Ces Carter n'avaient jamais songé à sortir de leurs marais et, tout à coup, ils avaient le cran de conduire un troupeau à Abilène. Matt avait toujours été si facile à manier... Elle ne lui pardonnerait pas de sitôt sa velléité d'indépendance. Elle aurait dû s'arranger pour le faire lyncher par la foule avant l'arrivée de l'Indien. Dire qu'il s'attendait à des mots de remerciements! Il croyait l'avoir sauvée, ma parole!

A son retour à Baroque, elle ferait ce qu'elle aurait déjà dû faire depuis bien longtemps. Elle convaincrait Nick de la nécessité de déloger les Carter. Leur présence dans les marais encourageait les autres à s'y installer. Tous les hors-la-loi. Elle n'avait vraiment pas besoin de nouveaux ennuis. Quand Nick apprendrait comment Matt s'était montré hardi à Abilène, il tomberait enfin d'accord avec elle. Après tout, Nick avait les mêmes intérêts qu'elle et donc tout autant à perdre si les choses tournaient mal.

Grâce à son escorte, le voyage de Toni fut tout à fait confortable. Les soldats en uniformes bleus s'occupaient de tout, des repas aussi bien que de trouver un logis pour la nuit. Toni n'en éprouva aucune reconnaissance. Elle prenait ces égards pour son dû. Mais elle avait réellement hâte d'être de retour à Baroque et le colonel Vance semblait avoir, lui aussi, de bonnes raisons de se dépêcher.

Les Carter, eux, mirent près de six semaines à regagner leur logis. Ils empruntèrent des chemins détournés, à l'écart des agglomérations. Ils étaient accompagnés d'Indiens qui connaissaient les moindres sentiers à travers les marécages. Le temps d'atteindre le lac Caddo, ils s'étaient rendu compte que Manolo était un homme habitué à ce genre de vie. D'instinct, il savait se dissimuler entre les branches.

– C'est un tueur, je vous le dis, affirmait Matt. Et il est connu. Un type l'a reconnu à Abilène. Je ne crois pas du tout qu'il soit mexicain.

– Décide-toi, Matthew, répondait son père. Et souviens-toi, il t'a tiré d'une mauvaise affaire.

– Je me moque bien de savoir qui il est et d'où il vient. Depuis qu'il est ici, il nous incite à nous conduire en hommes véritables.

Hank, le plus réservé des frères Carter, aimait bien, somme toute, ce Manolo taciturne.

– Vous savez quoi ? Peut-être bien que c'est cet ami de Dave Madden dont Missie nous rebat les oreilles. Je parie que Dave était un type comme ça, dans le temps, avant de se ranger avec Renate. Les femmes ! Elles ont toujours une influence désastreuse sur les hommes.

Joe junior avait une piètre opinion de la gent féminine et il aurait bien voulu la faire partager à Matt. Mais Manolo s'approcha à son tour du feu de camp. Il apportait du bois et, tout naturellement, les frères se mirent à parler d'autre chose, de ce qu'ils allaient faire de tout cet argent qu'ils rapportaient d'Abilène.

– Il y a des tas de villes où claquer de l'argent, en Louisiane. Shreveport ou même la Nouvelle-Orléans !

– Pourquoi pas San Antonio ou Dallas, où personne ne nous connaît et où on nous prendra pour des vrais richards comme le colonel King ou Shangai Pierce.

– A propos de Pierce, je me demande ce qui est arrivé à ce domaine Desmoulins. On dit que Shangai l'avait gagné au poker avant de le reperdre on ne sait trop comment.

– Il appartient maintenant à un millionnaire de l'Est, fit Matt, sans préciser qu'il l'avait appris de Toni.

Elle avait fait une scène, Toni, en apprenant la nouvelle. Elle s'était calmée en prenant conscience que ce millionnaire ignorait tout de ce domaine et ne s'en occuperait probablement jamais. Il était suffisamment occupé avec ses mines et ses chemins de fer. C'était toujours le vieil Amos Fenster qui donnait les ordres, sur le domaine Desmoulins. Il s'en occupait déjà du temps où Raoul Desmoulins, le dernier du nom, passait son temps à boire et à jouer. Amos était un vieillard, maintenant. Il sortait peu. Il restait près de la cheminée, une peau de mouton sur les épaules pour réchauffer ses vieux os. Il craignait les vents coulis des marais. Il se souvenait bien de Tom Lassiter et de John. Lorsqu'elle s'était installée, jeune mariée, à Baroque, Toni avait pris la peine de lui rendre visite. Amos laissait aller les choses, à présent. Il permettait à Toni de nourrir son bétail sur les terres du domaine Desmoulins. Des taureaux sauvages venaient bien y paître. Et puis, pour lui, Mrs Lassiter était une brave fille du Sud et une veuve qui avait bien du mal à joindre les deux bouts. Amos était content de lui rendre service. D'ailleurs, tous ces propriétaires du Nord se moquaient bien du Texas et ne mettaient jamais les pieds ici. Amos estimait qu'au Nord il n'y avait pas de vrais gentlemen.

Manolo apprit tout cela, autour du feu de bois. A son retour dans les marais, l'homme qui était encore un étranger deux mois auparavant, en savait plus long sur les habitants de Baroque que bien des gens nés dans le Comté. Sur lui, nul ne savait rien. Il avait vécu avec les Commanches, puisqu'il en connaissait la langue. Il avait été en prison. Il savait parfaitement se servir d'un revolver et d'un couteau. C'était bien peu, à y réfléchir. Même Matt s'en rendait compte, lui qui, dès le début, n'avait pu se résoudre à faire confiance à Manolo.

Après ce voyage, il se disait que l'homme leur réservait encore bien des surprises.

En rentrant, ils trouvèrent Missie en larmes. Elle avait les yeux rouges et enflés, elle pleurait depuis longtemps déjà. Elle était venue à leur rencontre, sur le sentier.

– Ils ont brûlé notre maison ! Tout ! Même les livres de maman. Oncle Nick est arrivé après. Il a fait semblant d'être navré, désolé et malheureux, mais j'ai fait mine de ne pas l'entendre m'appeler. C'est ce Billy-Boy Dozier qui a fait ça. Il n'a trouvé qu'un moyen pour faire sortir Teresita : il lui a dit que vous étiez morts. Il lui a dit que vous aviez été abattus en rentrant et nous savions que les soldats vous cherchaient. Et les hommes du shérif aussi, avec leurs chiens affamés de sang. J'ai pensé... oh ! papa ! oh ! Matt !

Pourtant, elle s'était d'abord précipitée vers Manolo. Elle s'était jetée contre lui sans réfléchir, comme une enfant qui a besoin de réconfort. Ou, songea son père avec angoisse, comme une femme heureuse de voir son homme, sain et sauf.

Les soldats avaient effectué des battues dans les marais. Sans succès bien sûr. Les habitants s'étaient retirés très loin à l'intérieur, par des chemins connus d'eux seuls. Joe Carter devinait déjà ce qui s'était passé. Il prit Missie contre lui, la berça comme une toute petite fille.

Ils laissèrent Manolo avec un vieil Indien, au visage parcheminé. Il était le frère de la mère de Teresita.

– Ce jeune homme qui dévorait toujours ma nièce des yeux est venu jusqu'au bord de l'eau, une couverture sur les épaules. Il a ri. Il s'est moqué d'elle. Il lui a dit qu'elle avait bien mal choisi son troisième mari alors qu'elle aurait pu l'avoir, lui. Il a parlé de cette ville lointaine où vous étiez partis avec le troupeau et il a dit que les soldats vous avaient tué en en revenant. Elle l'a cru.

La physionomie du vieillard se durcit soudain, jusqu'à ressembler à un bloc de granit.

– Comment parler davantage quand mon cœur saigne comme sous les coups d'un poignard! Ta femme était la benjamine de ma sœur préférée. Teresita était si heureuse. Elle attendait un enfant de toi et elle débordait de joie. L'homme blanc l'a violée. Il l'a d'abord rouée de coups. Elle s'est débattue de toutes ses forces. Après, elle s'est planté un couteau dans le cœur. Elle n'osait plus te regarder en face après cette honte.

Le vieil homme s'exprimait avec difficulté. Il cherchait ses mots. Mais celui à qui il parlait le comprit parfaitement. Et le feu de la vengeance s'alluma dans ses yeux bleus :

– Ma femme sera vengée. Et le scalp de l'homme blanc qui l'a déshonorée décorera ta hutte. Je le jure.

Missie, son père et ses frères n'apprirent tout cela que bien plus tard. Les Indiens avaient une façon à eux de pleurer leurs morts. Manolo partagea leur deuil, à part entière. Pendant des jours, il vécut comme un Indien. Il attendit d'abord que la période de deuil soit terminée. Puis, avec les mêmes précautions qu'un guerrier commanche, il quitta de nuit le refuge des marais. Il partit à pied. Ses cheveux lui tombaient à présent jusqu'aux épaules et il les avait noués en arrière, pour se dégager le visage. Il s'était peint la face et le corps de dessins guerriers et n'avait revêtu qu'une culotte et des mocassins.

Les hommes de Lassiter étaient partout, naturellement. Il y avait même une petite bande de soldats en train de boire, sur les ruines de la maison des Madden. Mais il était facile à un guerrier commanche de se glisser dans l'ombre, derrière eux, sans qu'ils s'en aperçoivent. Et si un guerrier commanche pouvait le faire, un voleur expérimenté aussi.

Billy-Boy Dozier n'était pas chez lui. Mais dans la grande maison, à côté, la fenêtre de Toni Lassiter était brillamment éclairée. La lune était déjà sortie de derrière les nuages noirs lorsque la lumière s'éteignit.

Un petit balcon ornait la fenêtre de Toni Lassiter. Il

était facile d'y accéder en s'aidant de la vigne vierge qui grimpait aux murs. L'homme resta là un moment, à écouter les rires moqueurs de Toni Lassiter. Toni était d'une humeur massacrante, ce soir. Billy-Boy n'avait pas encore fini de la désirer que déjà, elle se reprenait à l'insulter :

– Tu n'es qu'un imbécile et je ne supporte pas les imbéciles ! Quel crétin ! Qu'espérais-tu donc obtenir de cette garce d'Indienne ! J'aurais encore compris si tu avais voulu t'en servir pour tendre un piège à son homme. Mais maintenant, c'est lui qui te tuera. Il retrouvera très facilement ta trace, tu verras. Tout cela parce que tu te prends pour un bourreau des cœurs, que tu ne peux poser les yeux sur une femme sans la désirer aussitôt. Tu ne pouvais donc pas laisser cette fichue squaw en paix ? Ou au moins attendre mes ordres ?

– Oh, tais-toi ! (Billy-Boy était vexé.) Un homme ne peut pas passer son temps à se tourner les pouces, fit-il avec ressentiment. Tu n'as pas voulu que je t'accompagne à Abilène, parce que tu voulais en mettre plein la vue de ce gros colonel yankee. Comment pouvais-je imaginer que cette idiote se tuerait, simplement parce qu'elle se serait enfin fait sauter par un homme, un vrai ?

– Un homme... Tu crois être un homme, à présent ? Même ce colonel yankee ressemble davantage à un homme. Avec toutes tes fanfaronnades et tes vantardises, une femme a à peine le temps de s'allonger que déjà, la fête est finie. Même Nicky, avec toutes ses bizarreries...

Le gloussement sarcastique de Toni s'arrêta d'un coup. Une ombre noire pesa sur son visage, masquant le clair de lune. Un homme s'était glissé silencieusement dans la chambre et, d'abord, elle n'en crut pas ses yeux. Quelque chose de brillant luisait dans sa main. Qu'était-ce ? Un revolver ou un couteau ?

– Ne faites pas de bruit. Ni l'un ni l'autre.

Il avait parlé sur un ton de conversation ordinaire,

mais sa voix avait la dureté de l'acier. Toni éclata soudain de rire.

– Je t'avais prévenu, non? Quel idiot tu fais, Billy-Boy Dozier! Voyons donc ce qu'il va se passer!

– C'est lui que je veux, dit l'homme, s'adressant à Toni. Mais si tu t'en mêles, je peux très bien faire d'une pierre deux coups.

– Bon Dieu!

Billy-Boy se redressa. Dans l'obscurité, il essaya de retrouver son revolver. Il parviendrait peut-être à l'attraper. Un moment il se demanda si Toni ne l'avait pas attiré volontairement dans un piège.

– Toni...

– Ne me regarde pas comme ça, chéri! Je n'ai rien à voir dans cette histoire. Tu l'as entendu comme moi. C'est à toi qu'il en veut.

– Écoute...

Billy-Boy prenait conscience de la situation. Il était nu comme un ver et il ne trouvait plus son revolver. Il ne savait comment quitter ce lit qu'il partageait avec Toni. Il commençait à être saisi de panique. Il voulut bouger, mais aussitôt, il sentit la froideur de l'acier dans son cou. Il resta coi.

– Ne bouge surtout pas, dit Manolo, d'une voix méprisante.

C'est ainsi qu'il se serait adressé à un chien.

Billy-Boy resta où il était, tout contre le corps frissonnant de Toni. Sa chair nue luisait dans la pénombre.

– Qu'allez-vous faire de lui? Je promets de ne pas intervenir. Vous allez lui trancher la gorge?

Du même ton rieur, elle poursuivit en français, à l'intention de Billy-Boy Dozier :

– Il y a un poignard sous mon oreiller. Si tu veux te battre avec lui, prends-le. Si c'est moi qui le sors, je risque d'attraper aussi un mauvais coup.

Manolo eut un rire bref. Ce n'était pas vraiment un rire et Billy-Boy en eut la chair de poule.

– Alors, attrape-le ce couteau! Tu n'as rien à attendre d'elle. Compte donc sur toi-même! Tu ferais tout de même mieux de lui lier les mains d'abord. Avec cette chemise de nuit qu'elle n'a pas jugé bon d'enfiler.

— Ainsi, vous parlez français ! Un Indien qui parle le français, voilà qui est étrange ! Vous n'êtes peut-être qu'un métis. Votre père aimait les squaws et vous aussi. C'est pour cela que vous en voulez tant à Billy-Boy. Il assure que votre femme ne s'est pas tellement défendue. Raconte-lui ce que tu m'as dit, Billy-Boy ! Il changera peut-être d'avis, après. Au lieu de te trancher la gorge, il te coupera les...

— Fermez-la, dit Manolo, sèchement. Fermez-la et tournez-vous sur le côté. Si vous n'avez pas envie de vous retrouver défigurée, n'essayez pas de sortir ce poignard.

Il avait employé ce patois français de la Louisiane que Billy-Boy avait appris depuis l'enfance.

— Attache-lui les mains et lève-toi, lui ordonna-t-il. J'espère que tes jambes sont encore capables de te porter.

— Vous voulez donc lui donner une chance de se défendre ? interrogea Toni. Si le combat se déroule à armes égales, je veillerai à ce que vous ne soyez pas poursuivi. Vous serez libre.

— Je suis déjà libre.

Ses mots claquèrent comme une gifle. Toni en eut le souffle coupé et tordit son corps nu, comme pour le provoquer.

— Les mains de Billy-Boy tremblent tellement qu'il n'a pas réussi à m'attacher. Vous ne voulez pas vous en charger ?

— Espèce de garce ! s'écria Billy-Boy.

Il se tut aussitôt. Une lame d'acier glissait sur sa jambe. Il gémit, malade de peur.

— Écoutez, c'est elle qui m'a poussé ! Je n'ai pas... Ils vous ont dit que je l'avais tuée ? Elle avait peur de vous revoir après vous avoir trompé. Elle avait honte. Elle m'avait laissé croire que je lui plaisais et puis vous êtes arrivé... Toni, pour l'amour de Dieu !

— Arrête de pleurer, Billy-Boy. Lève-toi donc comme ce Commanche te l'a ordonné et défends-toi.

Billy-Boy avait cru un instant sa dernière heure arrivée. Il ne comprenait pas pourquoi l'homme s'était reculé du lit, pour retourner s'appuyer à la fenêtre. Il entendit de nouveau le rire de Toni :

— Tout cela est vraiment excitant! Reconnaissez-le, vous auriez déjà tué Billy-Boy si vous en aviez vraiment envie. Un duel, c'est mieux, non?

Un revolver miniature venait de surgir dans la main de Toni. Instinctivement, Billy-Boy saisit le poignard qu'elle lui avait lancé en même temps.

— Battez-vous en silence! Je descendrai le premier qui appellera au secours ou tentera de s'enfuir!

Billy-Boy trouvait insupportables les ricanements aigus de Toni. En marchant vers l'ombre immobile de l'Indien, il eut le temps de se demander comment il avait pu être jamais attiré par une femme pareille. Puis, il ne pensa plus qu'à survivre à ce combat. Mais il savait déjà qu'il allait mourir. Il comprit aussi que Toni ne tirerait pas pour le sauver. Toni Lassiter, somme toute, il la connaissait bien. La femme indienne l'avait fasciné, par contraste. Elle paraissait une source d'eau fraîche. Près d'elle, il se sentait un homme. C'était une femme chaleureuse. Sa peau était dorée. Pourquoi donc s'était-elle montrée si glaciale à son égard? Et si entêtée, aussi.

Billy-Boy n'avait plus le loisir de réfléchir encore. Il s'était toujours cru habile au maniement des armes blanches. Mais cet homme était bien plus expert que lui. Il ne connaissait pas son visage et il ne le connaîtrait probablement jamais. Il le regretta, soudain.

— Sale métis, sanglota Billy-Boy.

Et dans son dos, Toni Lassiter ricanait toujours. Il se mourait et elle riait. C'est alors que l'Indien en eut assez de jouer. D'un revers au poignet, il contraignit Billy-Boy à lâcher son arme. Puis, inexorablement, il lui enfonça sa lame dans le ventre. Billy-Boy n'eut pas même le temps de pousser un cri d'agonie. Le son n'atteignit jamais sa gorge. Enfin, sans un mot, sans même un regard pour Toni, Manolo scalpa le cadavre de Billy-Boy.

– Je n'ai jamais rien vu de plus beau ! Vous étiez magnifique. Quel homme ! Sauvage, primitif, viril ! Qu'attendez-vous ? Pensez-vous que je vais me servir de ce stupide petit revolver pour vous arrêter ?

Le petit revolver tomba sur la carpette, près du lit. Toni s'étira langoureusement et reprit d'une voix rauque :

– Voilà, je suis à votre merci. Vous pouvez faire de moi ce que vous voulez. Il avait pris votre femme, non ? Alors, œil pour œil. Vous êtes venu pour ça, Commanche ? Billy-Boy était mon amant. Prenez-moi, violez-moi, emparez-vous de moi. Ça fait aussi partie de votre vengeance, non ?

Il l'observa en silence. Il avait tué avec joie mais ce plaisir s'était maintenant dissipé. Entre les cuisses de la femme, un triangle blond argenté miroitait au clair de lune.

– D'autres armes cachées ?

– Seulement ça, fit-elle en ouvrant les jambes. Tu aimes aussi ce genre de duel ?

– Messaline, tu n'es qu'une garce tout droit sortie de l'enfer.

– Oui. Et tu peux me baiser autant que tu voudras. Oh, oui, et tout de suite.

Elle le reçut comme une chienne affamée. Elle l'entoura de ses bras et de ses jambes et planta ses ongles dans son dos jusqu'à ce qu'il la gifle sauvagement. Elle se soumit alors, avec une sorte de joie. Elle râla sous lui avant de murmurer des obscénités à son oreille.

– Tu m'as sûrement filé un empoisonnement du sang, grommela-t-il ensuite, en essuyant ses mains encore sanglantes au visage de la femme.

– Alors, laisse-moi sucer le poison.

Il la repoussa.

– Maintenant, nous sommes frères de sang, n'est-ce pas, Commanche ?

– Tais-toi. Tu es folle.

Elle s'esclaffa :

– Peut-être. Mais toi aussi. C'est pour cela que tu te trouves dans mon lit. A présent, tu vois ce que tu as manqué à Abilène. Je t'avais fait peur, là-bas ?

– Messaline, il y a un cadavre chauve sur ton joli tapis persan. Tu devrais peut-être commencer à te demander comment tu expliqueras ça. Tu veux que je te lie les pieds et les mains pour que tout soit en ordre ?

– Mais tu ne vas pas partir déjà. Il est encore tôt. Je peux sonner Ben et lui demander de nous monter du vin, si tu n'as pas peur de moi. Il n'entrera pas dans la chambre. Il déposera le plateau devant la porte. Ça te plairait ? Aimes-tu le vin, au moins ?

Elle l'étreignit, caressant son dos nu de ses ongles.

– Commanche... D'où te viennent ces cicatrices ?

– Désolé, je n'ai pas le temps de te raconter mon histoire. Tu devras laisser libre cours à ton imagination.

– Ne pars pas si vite, Commanche ! Écoute-moi. Tu ne me fais pas confiance, je sais, mais une fois que je me serai débarrassée de ce cadavre-là, j'aurai besoin d'un homme pour m'aider. Billy-Boy se débrouillait bien avec un revolver, mais pour le reste... Tu l'as vite fait ramper à tes pieds. Toi, tu ne te traîneras jamais comme ça, Commanche ! Tu es une brute, un démon. Je crois que tu as encore moins de scrupules que moi. Tu me comprends ?

– Garce ! s'écria-t-il.

Elle venait de lui mordre les lèvres jusqu'au sang, après avoir achevé son discours. C'était une garce. Il ferait mieux de lui arracher les cheveux, à elle aussi. Et même de lui tordre le cou pour arrêter ce rire triomphant.

– Oh ! oui, bien sûr. Oh ! comme j'aime quand tu me regardes comme ça. Tu voudrais me tuer, non ? Blesse-moi, frappe-moi, mais au moins, que je sente enfin quelque chose !

44

— Il se passe régulièrement quelque chose, lorsque ce Mr Bishop passe ici, « par hasard ». Cet homme menace en permanence nos vies qui, sans lui, seraient vraiment paisibles.

Don Francisco n'appréciait guère la venue du petit homme.

— Vous êtes sûre de vouloir vous entretenir avec lui, Genia ? Je me demande comment il s'y est pris pour découvrir votre présence ici. Renaldo devrait peut-être lui parler, le premier, pour savoir ce qu'il manigance, cette fois-ci.

La jeune femme avait pâli et le vieil homme avait perçu l'agitation de celle qu'il considérait comme sa petite-fille. Depuis son arrivée à l'hacienda, il y avait trois ans, elle vivait comme une somnambule, dans un état de demi-sommeil. A présent, ses yeux verts s'éclairaient d'une lueur d'espoir.

— Vous ne l'avez pas renvoyé ? Il est encore là ? Il m'apporte des nouvelles de Steve, je le sais. Où est-il ? (Elle se reprit soudain.)... Excusez-moi, don Francisco. Mais Mr Bishop a toujours une bonne raison pour se déplacer. Et vous vous faites autant de souci que moi, n'est-ce pas ?

Il fronça de broussailleux sourcils blancs sur ses yeux bleus qui rappelaient tant à Ginny ceux de son mari disparu.

— Ma tête brûlée de petit-fils ! Quand donc se rangera-t-il enfin ? Il affirmait avoir changé. Il m'en avait presque convaincu. Et le voilà qui disparaît, sans donner de ses nouvelles à âme qui vive. Ainsi, vous pensez que ce Mr Bishop pourrait avoir des idées sur ce qu'il est advenu de lui ? Je comprends très bien que vous ayez hâte de le rejoindre. Parfait, je ne vous retiendrai pas. J'ai dit à Jaime de le conduire dans mon bureau. Vous pourrez lui parler, sans être dérangée. Mais attention ! je ne vous laisserai qu'un quart d'heure en tête-à-tête. Et il faudra tout me raconter ensuite, plus de mystères et plus de secrets, c'est bien compris ?

Le vieillard avait beau faire preuve de sévérité, Ginny le connaissait suffisamment bien pour savoir comme il était inquiet au sujet de Steve. Où se cachait-il et pourquoi ? Elle avait d'abord pensé qu'il ne cherchait tout simplement qu'à l'éviter. Mais Sam Murdock lui-même avait juré tout ignorer de Steve et de ses projets. Et maintenant, Jim Bishop arrivait par hasard. Comment cela pourrait-il n'être qu'une simple coïncidence ?

Ginny aurait voulu se précipiter pour retrouver l'Américain mais don Francisco l'observait à travers ses paupières mi-closes. Elle se maîtrisa. Il ne fallait pas que Jim Bishop se rende compte à quel point elle avait été malheureuse depuis son arrivée au Mexique, avec ses jumeaux. Elle ignorait ce qui allait être son sort. Son père lui avait écrit que Steve avait soudain disparu après avoir emmené la princesse di Paoli en croisière. Elle ne savait que penser.

Tante Céline et Pierre avaient tenté de la convaincre de demeurer en France, mais elle n'avait pu s'y résoudre. Elle avait pris un bateau pour Vera-Cruz et s'était réfugiée dans une petite hacienda où elle avait autrefois vécu avec Steve. Sonya et son père la suppliaient de rentrer. Mais elle se trouvait mieux au Mexique.

« Je ne veux pas que mes enfants soient exposés aux commérages, écrivit-elle à sa belle-mère. Je ne veux pas que les journalistes fassent des gorges chaudes à leur sujet. Je ne veux pas que les vieilles douairières commencent à compter sur leurs doigts. Je préfère rester au Mexique et tant pis pour ce que les gens en diront. Je suis désolée, Sonya. »

Les deux enfants lui rappelaient Steve, chacun à sa façon. Son fils avait des cheveux noirs et roux et ses yeux à elle. Sa fille, Laura Louise, avait à la fois les yeux, les cheveux et le teint de Steve. Les verrait-il jamais ?

Chaque fois qu'elle pensait à tous les malentendus qui l'avaient séparé de Steve, les larmes lui montaient aux yeux. Elle se sentait impuissante et désespérée.

Don Francisco avait beaucoup insisté pour qu'elle s'installe sur ses terres. Le propre cousin de Steve, Renaldo Ortega, était venu la chercher. Renaldo était aussi l'ami de Ginny. A l'*estancia*, elle occupait l'appartement qu'elle avait partagé autrefois avec Steve. Les enfants et leur nourrice dormaient dans la chambre à côté de la sienne. Sinon, rien n'avait changé. Comme autrefois, Ginny passait son temps à attendre le retour de Steve. Elle n'arrivait pas à se convaincre que ses jumeaux, c'était bien elle qui les avait mis au monde et que, en conséquence, ils devaient avoir désormais la première place dans son cœur.

– Un de chaque, madame. Quelle chance ! s'était exclamée la sage-femme lorsque Ginny avait rouvert les yeux. Leur père sera très fier de vous.

Vraiment ? Serait-il fier ? Croirait-il que ces enfants étaient bien de lui ?

Don Francisco, au moins, ne mit nullement en question la paternité des deux enfants. Il lui offrit un portrait de sa fille, la mère de Steve, enfant. On aurait dit un sosie de Laura Louise. Elles avaient les mêmes yeux, d'un bleu profond et sombre. Elle le montrerait à Steve lorsqu'il reviendrait, ce portrait. Mais reviendrait-il ? Où était-il allé après avoir quitté sa maîtresse ? Ginny se tourmentait de questions. Elle en perdait toute volonté et toute énergie. Cet après-midi, enfin, il y aurait des réponses. Mr Bishop savait sûrement quelque chose.

Ginny décida de cacher son angoisse à l'Américain. Jim Bishop, toujours strictement vêtu d'un immuable complet sombre, semblait mal à l'aise, en dépit du verre de vin que lui avait fait porter don Francisco. Il se tenait très droit sur sa chaise et parut soulagé par le calme de son interlocutrice, lorsqu'elle entra enfin. S'était-il attendu à une crise de nerfs ?

En la serrant, il constata pourtant que la main de la jeune femme était glacée. Il comprit alors l'effort qu'elle faisait sur elle-même pour garder ce calme qui l'avait étonné. Bishop trouva que la maternité lui allait bien. Ginny avait encore embelli. Sa silhouette était toujours aussi gracile. Elle avait mûri, cependant. Il s'en aperçut à sa façon d'aller droit au but, d'emblée :

– Avez-vous des nouvelles de mon mari, Mr Bishop ?

Il n'avait pas pour habitude d'être aussi direct :

– Vous n'êtes pas le genre de femme à tourner longtemps autour du pot, n'est-ce pas ? Asseyez-vous. Je vais vous expliquer les raisons de ma présence ici. C'est une longue histoire, je le crains. Naturellement, tout cela doit rester strictement entre nous. Il vaudrait mieux que don Francisco n'en apprenne pas trop. Vous comprendrez tout de suite pourquoi.

Ginny s'assit, les genoux tremblants. Pour un homme comme Mr Bishop c'était là un bien long discours. Il y avait quelque chose d'alarmant dans ce visage, volontairement inexpressif. Oubliant toutes ses résolutions, Ginny se pencha vers lui, les yeux brillants :

– Ce ne sont pas de mauvaises nouvelles, dites-moi ?

S'appuyant au dossier de sa chaise, Bishop étudia la physionomie de la jeune femme, de ses yeux gris.

– Il est vivant. Vous voilà au moins rassurée sur ce point. (Il s'arrêta net, fronçant légèrement les sourcils.)... Voudriez-vous avoir l'obligeance de ne pas m'interrompre jusqu'à ce que j'en aie fini, madame ? Je ne sais trop par où commencer, je l'admets. C'est le genre d'aveux que je ne ferais normalement à personne.

Bishop étudiait, avec une grande objectivité, le corps et le visage de la jeune femme. Il observait l'éclat cuivré de ses cheveux, la courbe de ses seins sous la simple robe de coton, la sensualité de ses lèvres pleines. Elle avait l'aspect d'une libertine et les manières d'une grande dame. Elle avait suffisamment de force et de volonté pour survivre à des épreuves qu'aucune autre femme n'aurait pu surmonter. En dépit de son apparente fragilité, elle savait se tirer d'affaire, quelles que soient les circonstances. Le cas échéant, Ginny Morgan était capable de tuer et Bishop le savait bien. Il sourit en pensant à ce que serait sa rencontre avec Toni Lassiter. Oui, il avait bien fait de venir. Si seulement, il parvenait à la convaincre...

– Voyez-vous, madame, ce qui rend ces explications si pénibles pour moi, c'est que votre mari était parti pour le Texas, à ma demande. Je lui avais confié une mission là-bas. Il devait y faire une enquête. De toute façon, il comptait se rendre à Baroque, comme vous le savez. Votre père lui a donné une propriété qui y est située et Steve Morgan voulait voir s'il pouvait en tirer quelque chose. C'était il y a plusieurs mois. Et puis, plus personne n'en a entendu parler. Ni votre père ni son associé Sam Murdock. Naturellement, j'ai commencé à m'inquiéter un peu.

Ginny voulut intervenir. Elle se rappela l'avertissement de Bishop et se mordit les lèvres. Visiblement, l'homme cherchait ses mots. Il voulait faire preuve de tact et jugeait que les circonstances ne s'y prêtaient guère. Au moins, il avait en face de lui une jeune femme capable de se contrôler. Elle n'aurait pas de crise de nerfs, c'était toujours cela !

Ginny en avait bien envie pourtant. Qu'avait Mr Bishop à vouloir à tout prix garder Steve sous ses ordres ? Il avait quitté son service depuis longtemps. Et pourquoi donc Steve ne résistait-il jamais à l'attrait du danger ? Bishop assurait que c'était une mission sans danger mais Ginny connaissait bien le goût de son mari pour les improvisations de dernière minute. Il n'était pas homme à suivre à la lettre d'ennuyeuses instructions.

Ginny ne savait à qui adresser des reproches. A Bishop qui avait proposé la mission ou à Steve qui l'avait acceptée ? Elle était partagée entre la colère, la peur et le désespoir. Cette histoire était incroyable.

– J'ai moi-même bien du mal à y croire, fit Jim Bishop, comme s'il avait deviné les pensées de Ginny. Mais je ne trouve aucune autre explication aux derniers agissements de votre mari. Il a surgi comme ça, sous le nom de Manolo et a provoqué des ennuis bien plus graves que ceux que nous l'avions chargé de régler. Pour que j'obtienne enfin quelques informations, il a fallu attendre le transfert du colonel Vance. C'est un de mes vieux amis, le colonel Belmont qui a pris le commandement militaire de la région. Pour avoir confirmation de mes soupçons, j'ai consulté aussi les plus grands médecins, dont un Viennois, spécialiste des troubles mentaux.

Ginny ouvrit de grands yeux et Bishop reprit très vite :

– Je ne veux pas dire qu'il ait l'esprit dérangé, loin de là ! Il est possible qu'il ait contracté le typhus à Matamoras, d'après ce que m'a dit le capitaine Altamonte. Il arrive que la fièvre provoque une amnésie momentanée, d'après ce que m'a dit le bon docteur. Nous savons que ce Manolo a tout oublié de son passé et n'en fait pas mystère. Ça, c'est du colonel Vance que nous le tenons. Apparemment, il y a des gens, dans le coin, qui aimeraient bien savoir si ce Manolo est un hors-la-loi recherché par les autorités. Cette amnésie rend leur tâche difficile. La femme indienne dont je vous ai parlé assurait qu'il était le frère de son défunt mari. Mais c'est le capitaine Altamonte qui avait conseillé à Steve de contacter ce Refugio Ortega, dit Chucho. Vous commencez à comprendre ?

Oui, c'était incroyable mais cela pouvait être vrai. Les faits s'imbriquaient bien les uns dans les autres. L'homme dont Mr Bishop avait entendu parler devait être Steve. Un Steve sans aucun souvenir du passé, un Steve qui aurait tout oublié d'elle, un Steve qui se prenait pour un métis à moitié Indien et se conduisait en tant que tel. Et un Steve qui s'était mis au service d'une femme sans scrupules, avide d'argent, et qui était prêt à tuer pour elle. Mais Ginny avait toujours su qu'il y avait un animal sauvage sous l'écorce civilisée de son mari. A présent, qu'est-ce que Bishop attendait d'elle ? Pourquoi lui en avait-il dit aussi long sur cette opération ?

— Il faut l'arrêter avant qu'il ne déclenche une nouvelle guerre civile, poursuivit Mr Bishop, avec un cynisme involontaire. Tout ça risque de finir en bataille rangée. Une étincelle à Baroque pourrait mettre le feu à tout le Texas. Vous voyez ce que je veux dire ? Même ma place est en jeu. Le Président s'inquiète déjà. Et c'est précisément moi qui ai expédié votre mari là-bas pour éviter de nouveaux incidents, pendant qu'il en était encore temps. Au lieu de cela, il a pris la tête des fauteurs de troubles, avec cette Lassiter. Même le juge Benoit, son beau-frère, commence à être angoissé. Nous avons nos raisons d'estimer que ce Benoit est impliqué jusqu'au cou dans ces histoires mais c'est un homme prudent. C'est à sa demande qu'on a envoyé à Baroque un shérif fédéral, il n'y a pas longtemps. Je regrette de n'en avoir pas été informé à l'avance. En tout cas, il s'est fait tuer.

Ginny avait les larmes aux yeux. Bishop continua, d'une voix plus dure :

— C'est Steve qui l'a descendu, bien sûr. Ils se sont disputés, au saloon. Dans cette ville, on peut tuer tranquille. On est sûr de n'avoir jamais de témoins. Mais, en ce cas précis, ce qui a sauvé Steve de la pendaison, c'est que le shérif Purdue avait préféré dissimuler ses véritables fonctions. Je crains bien qu'il n'y ait eu quelques autres meurtres. Tous ceux qui s'opposent au clan Lassiter sont menacés de mort violente. Je vous ai déjà raconté, madame, que l'ancien contremaître de Toni Lassiter avait disparu par hasard le jour même où elle a embauché votre mari.

— Qu'essayez-vous de me dire ? murmura Ginny, la gorge sèche. Que mon mari est maintenant un hors-la-loi ? Comment êtes-vous si sûr de son association avec cette femme ? Steve est capable de jouer un rôle d'amnésique pour mener à bien cette enquête dont vous l'avez chargé. Jusqu'ici, vous l'aviez toujours laissé libre de mener ses opérations à sa guise. Vous ne vous étiez jamais embarrassé de scrupules de conscience. C'est vous qui l'avez si bien entraîné, non ? C'est vous qui avez fait de Steve un si bon tueur! Évidemment, quand il tue pour votre compte à vous, vous appelez ça une exécution.

Ses yeux jetaient des flammes. Bishop apprécia cette démonstration de vitalité. Ginny avait conservé toute sa vivacité d'antan. Steve Morgan n'était pas homme à faire étalage de ses sentiments et Bishop s'était toujours demandé à quel point Steve tenait à sa femme. Steve était indéchiffrable, mais pas Virginia Morgan. Toutes ses émotions se lisaient clairement sur son visage. Quelle chaleur elle avait eue pour défendre son mari!

– Si je pensais que Steve a désobéi aux ordres pour préparer quelque mauvais coup, je ne serais pas ici en train de vous parler, madame... Je serai tout aussi franc que vous. C'est vrai, mes hommes sont bien entraînés. Dans mon service, tous connaissent les risques du métier, mais tous savent aussi quelles en sont les règles. Si je croyais à la désobéissance de Steve, j'aurais moi-même choisi le shérif fédéral chargé de le rappeler à l'ordre. J'aurais peut-être même envoyé là-bas l'un de mes hommes. Nous avons tout de même eu de la chance. Dave Madden s'est évadé. Il s'est mis à la recherche de sa femme et a passé la frontière.

– Dave Madden!

– J'oubliais, vous ne le connaissez pas. Il travaillait autrefois pour moi et Steve le connaissait bien. Il a quitté le service après son mariage. Ce qui est intéressant, c'est que Steve a organisé l'évasion de Dave. Et Dave jure que Steve ne l'a pas reconnu, ce faisant. Alors, pourquoi?

45

C'était à la demande de Missie. Missie le suppliait constamment de faire quelque chose pour Dave. Alors, Steve s'était lancé dans cette aventure insensée. Il avait libéré cinq hommes, enchaînés les uns aux autres et gardés par deux sentinelles armées.

Les prisonniers réparaient une route, emportée par de récentes inondations. Manolo comprenait ce que l'on pouvait ressentir à être enchaîné, comme une bête, à la merci du fouet de gardes brutaux. Missie lui demanda s'il avait vu ce pauvre commando.

– Dave est avec eux. C'est celui qui a les cheveux blonds et la barbe foncée. Vous vous rendez compte, ils sont enchaînés et obligés de travailler, sous le soleil et sous la pluie.

– Écoute, Missie!

Son père allait la gronder. La jeune fille rougit et partit en claquant la porte.

– C'est de son âge. Un rien la démoralise, soupira Joe Carter. Elle est trop sensible. En cela, elle ressemble à sa mère. Et puis, elle adorait Renate Madden. Renate lui a un peu servi de mère et Missie en avait bien besoin.

Manolo était agité et Joe Carter s'efforçait de le calmer. Cet homme aimait la violence, tous le savaient. Mais face à Missie, il devenait presque tendre. C'était peut-être parce que, en tant qu'Indien, il avait pour elle de la reconnaissance. Elle lui avait sauvé la vie. Joe Carter était un homme simple. Il voyait bien que Manolo avait quelque chose de sauvage mais il savait aussi, d'instinct, que sa fille n'avait rien à craindre de lui. Aussi, quand Manolo partit à la recherche de Missie, Joe Carter retint son fils Matt qui voulait l'en empêcher.

– C'est le nouvel amant de Toni Lassiter, papa. Vous êtes devenu fou ou quoi ? On ne peut pas le laisser seul avec Missie.

– Il ne touchera pas à Missie. Et rappelle-toi, mon fils, que c'est grâce à lui que nous avons pu payer nos impôts. Ne te laisse pas aveugler par la jalousie ! Tu as fait la cour à Toni Lassiter pendant des années mais c'est lui qui a obtenu d'elle qu'elle nous rende le ranch. Laisse ta sœur tranquille. Et tâche d'éprouver de la reconnaissance lorsqu'on te rend service.

Manolo devinait que sa présence ne plaisait guère à Matt. Mais il n'en avait pas peur. Ses rodomontades le laissaient froid. Pour l'heure, en tout cas, il ne pensait qu'à Missie. Cette « gamine des marais », comme l'appelait Toni. Elle avait des yeux verts de sorcière qu'il avait déjà vus quelque part. Missie, il avait envie de la protéger. Elle était transparente comme de l'eau pure. Elle disait toujours la vérité et ne dissimulait jamais ses sentiments. C'est pour cela qu'il était si facile de la blesser.

Manolo savait où trouver Missie. En partant, elle avait dû courir se réfugier dans son vieil arbre favori.

– Ce n'était pas la peine de me courir après. Vous vous moquez bien des sentiments des gens. Vous êtes comme les autres, vous ne songez qu'à cette femme. Elle n'a qu'à claquer des doigts et vous voilà tous à ses pieds ! Parfois, je me dis que vous ne souhaitez pas du tout retrouver la mémoire. Savoir qui étaient vos amis vous est bien égal. C'est pour cela que vous ne voulez pas...

– Votre père aurait dû vous donner quelques bonnes fessées. Ça vous aurait appris à avoir une langue moins bien pendue. Les hommes ne supportent pas les femmes qui parlent tout le temps. Rappelez-vous ça, le jour où vous chercherez un mari.

Missie tapa du pied :

– Qu'en savez-vous ? Pour vous, une femme doit être aussi méchante que Toni et c'est tout.

– Bon Dieu ! qu'attendez-vous donc de moi ? Que je

me précipite sur ce Madden qui est censé être mon meilleur ami et que je le libère de force ? Quelle bonne idée ! Tous les soldats du Comté me courront après. Je suis fou de vous écouter.

– Tous les autres n'arrêtent pas de me faire la morale et de me traiter d'idiote, dit-elle, d'une voix tremblante. (Elle retenait courageusement ses larmes.) Inutile de me répéter la même chose. Retournez donc chez elle.

Missie eut honte de son emportement lorsqu'il lui répondit, d'un ton étrangement calme :

– Voyons, petite fille aux yeux verts, c'est si important pour vous ? Vous tenez vraiment à ce que ce Dave Madden retrouve la liberté ?

Tout à coup, elle ne le souhaitait plus. Elle avait peur pour lui. Elle s'agrippa à sa manche :

– Ce n'est pas pour moi, vous comprenez ? C'est pour Dave et pour Renate et pour vous aussi, parce qu'il faut que vous vous souveniez de votre passé.

Manolo resta songeur. Quand il revit les prisonniers, il était à cheval, avec Toni. A présent, les prisonniers travaillaient sur les terres des Lassiter. Toni s'arrêta pour bavarder avec l'un des gardes. Ils n'étaient que deux, des soldats de la garnison dans leur uniforme bleu. Ils avaient déboutonné leur tunique, à cause de la chaleur. Ils s'étaient confortablement installés sur des chaises à l'ombre et buvaient force verres d'eau tandis que les cinq misérables peinaient sous le soleil torride. Manolo connaissait suffisamment bien Toni pour savoir qu'elle jouissait du spectacle. Sans lever la tête, il devina ses yeux brillants et ses lèvres humides.

– Vous vous occupez enfin de cette portion de route, dit-elle au soldat. Le colonel Belmont est vraiment gentil d'y avoir songé. Désormais, on pourra venir me voir en voiture. Je n'aurai plus à m'excuser pour les secousses et les ornières. Vous donnent-ils beaucoup de fil à retordre ? Vous servez-vous souvent de votre grand fouet ?

Manolo observait les prisonniers, dans leurs pantalons rayés. Ils étaient si maigres qu'ils ressemblaient à des corbeaux. Lequel était-il censé reconnaître? Cheveux blonds, barbe foncée? Ce devait être celui-là, Dave Madden, l'ami de Missie et donc son ami aussi.

Pour s'expliquer ensuite sa propre sottise, il se dit que c'était le plaisir de Toni qui l'avait agacé. Il se souvenait aussi du regard malheureux de Missie. Mais il reconnut aussi s'être bien amusé, y compris en tuant ce soldat si gras. Il s'était approché de lui par-derrière et lui avait tranché la gorge. L'homme méritait de mourir. Dans l'après-midi, en présence de Toni, il avait volontairement fouetté un prisonnier jusqu'à ce que l'homme perde conscience et tombe à terre. Non, il ne regrettait rien. Des hordes de soldats se précipiteraient sur la région, après cet assassinat des deux gardiens mais tandis qu'ils fouilleraient les marais à la recherche des évadés, ils ne penseraient pas à la disparition du bétail du domaine Desmoulins. Il se vendrait cher au marché et ce millionnaire toujours absent n'avait aucun besoin de cet argent. Une chose gênait pourtant un peu Manolo. Dave Madden avait paru vouloir lui parler, lui dire quelques mots. Mais l'heure n'était pas aux remerciements. Il fallait faire vite. Manolo et les deux Indiens qui l'avaient aidé à réussir cette opération poussèrent les cinq prisonniers dans la petite barque qui les mènerait au loin. Bientôt, ils seraient en sécurité. Manolo leur ordonna de se dépêcher et, presque immédiatement, Dave Madden prit le commandement de la petite bande.

– Je connais bien les marais. Nous nous débrouillerons. Mais, dis-moi vieux, comment diable as-tu su...

– Si vous voulez sauver votre peau, l'heure n'est pas aux discussions. Partez vite. Et rappelez-vous, si vous vous faites prendre, je ne suis pour rien dans votre évasion. Je trancherai moi-même la gorge de celui qui parlera le premier.

Il donna un coup au bateau, pour le pousser vers le large.

– Bon Dieu, murmura l'un des hommes, j'ai bien

cru qu'il allait nous tuer aussi. Il est encore plus effrayant que tous ces gardes.

Trop occupé à ramer, Dave Madden n'eut que le temps de jeter un dernier regard perplexe sur son sauveur. Mais Manolo avait déjà repris la direction de la maison de Toni. Elle devait l'attendre dans son grand lit, prête à le mordre d'impatience. Mais il savait comment l'obliger à se tenir tranquille.

Deux jours plus tard, Toni était encore de bonne humeur. Elle répondit avec malice aux remontrances de son beau-frère :

– Mais, Nicky chéri, pourquoi être si fâché ? Je vous l'ai dit et redit, Commanche était avec moi, la nuit de l'évasion. D'ailleurs, pourquoi aurait-il risqué sa vie pour ces minables ? Je parierais que Madden a organisé tout ça. Vous lui aviez pris sa petite femme allemande, Nick. Vous craignez sa vengeance, à présent ?

– Ne me sous-estimez pas, ce serait une erreur, ma douce. Nous avons décidé, il y a bien longtemps, de nous montrer honnêtes l'un envers l'autre, ne l'oubliez pas. Croyez-vous pouvoir me mentir ? Je sais comment fonctionne votre esprit tortueux. Vous serez bien vite fatiguée de ce gigolo de métis et ce type d'homme est destiné à connaître une fin violente.

Toni parut sur le point de hurler de colère et Benoit poursuivit, tout aussi sévèrement :

– Écoutez-moi, Toni ! Ce n'est qu'un chien enragé. Il s'enivre de violence. Il est capable de ruiner en une nuit ce que nous avons mis des années à construire. Avec son évasion, il nous a collé sur le dos la moitié du régiment du colonel Belmont. Qu'en dites-vous ?

– Mais non, c'était très intelligent, au contraire, rétorqua Toni, en s'enfonçant langoureusement dans son divan. Qui que ce soit qui ait fait le coup, c'était une bonne idée ! Il a créé une diversion. Plus personne ne s'est intéressé au bétail du domaine Desmoulins qui va nous aider à nous enrichir, tous les deux.

Le juge Benoit sembla s'adoucir :

– Vraiment ? Je réserve donc mon opinion sur cette

géniale opération jusqu'à ce que vous m'ayez dit ce qu'il est advenu des bénéfices. Puisqu'il y en a, d'après vous. En attendant, j'ai encore quelque chose d'intéressant à vous apprendre.

— Nicky, ne soyez pas aussi désagréable, dit Toni, en écarquillant ses yeux ambrés. Vous savez que j'ai horreur de ça.

— Pardonnez ma franchise, mais ça m'est bien égal ! C'était bien le moment de vous emparer de ce bétail. Vous avez oublié à qui appartient maintenant le domaine Desmoulins ? A un millionnaire de l'Est, nommé Steve Morgan, qui a la réputation d'être un adversaire particulièrement retors. Il se trouve aussi être le gendre d'un sénateur des États-Unis, pas moins. Vous savez ce que cela signifie ? La police fédérale et les hommes du gouvernement, en cas de grabuge. Pour ne rien arranger, un télégramme est arrivé ce matin et il annonce la venue de la fille du sénateur, Mrs Morgan. Elle est déjà en route. Elle compte passer des vacances ici. Son mari voyage à l'étranger, quelque part, et elle veut voir sa dernière acquisition. Si cette femme apprend que son bétail a été volé, elle peut vraiment nous fourrer dans un fichu guêpier.

— J'aimerais que vous cessiez de vous ronger ainsi, Nicky. (Toni s'était levée et parlait avec une légèreté étudiée. Elle s'esclaffa :) Ne faites pas semblant d'avoir peur parce qu'une quelconque idiote, fille de sénateur, a envie de voir à quoi ressemble le Texas. Moi, je pense qu'elle ne se plaira guère, ici. Elle s'empressera de rebrousser chemin et de retourner dans l'Est. On y est bien plus en sécurité et on n'y rencontre que des gens civilisés. Elle décidera peut-être de vendre le domaine. Vous, Nicky, vous n'avez qu'à user de votre charme. Vous en avez tant lorsque vous le voulez. Moi, je m'occuperai du reste. Nous avons déjà connu bien pires alertes.

Le juge Benoit n'était guère rassuré en rentrant en ville. Cette petite Toni devenait de plus en plus avide. Elle était beaucoup trop sûre d'elle-même aussi. De plus, il n'avait guère confiance en son Indien, même si elle en parlait avec tant de langueur. D'où venait donc cet homme? Il avait tenté d'enquêter sur lui mais il n'était parvenu à aucun résultat. Pourtant, un aussi bon tireur avait sûrement dû laisser des traces de son passage quelque part. Mais où? Peut-être au Mexique? Il allait chercher de ce côté.

Mais lorsqu'il arriva chez lui, un domestique lui tendit une petite enveloppe parfumée et le juge Benoit oublia tous ses soucis! Francesca! L'incomparable Paoli, depuis si longtemps l'objet de sa vénération! Elle lui avait enfin écrit. La lettre avait été postée à San Francisco. Il ordonna aussitôt d'envoyer des fleurs à la cantatrice, les plus chères. Elle devrait recevoir un énorme bouquet à la fin de chacun de ses concerts.

« *Je chanterai dans deux mois dans votre ville de Dallas,* écrivait la princesse. *J'espère que nous pourrons enfin dîner ensemble.* » Enfin! Enfin! Toute la vie du juge Benoit se trouvait transformée, d'un coup.

Il commença immédiatement à préparer son voyage à Dallas. Toni, son esprit vicieux et son sauvage amant indien perdaient subitement de leur importance. Il songea à ce qu'il lui dirait, pesa soigneusement chaque mot. Évidemment, il faudrait convaincre Toni de lui remettre une partie de l'argent gagné avec le bétail volé. La Paoli valait tous ces sacrifices. Elle avait l'habitude d'être invitée par des aristocrates européens et des millionnaires de l'Est. Le juge Benoit comptait bien être à leur hauteur. Il ne lésinerait pas. Elle n'oublierait jamais sa générosité. Il lisait attentivement les journaux et savait qu'actuellement la cantatrice n'avait pas d'amant attitré.

Il avait soigneusement fermé la porte de son bureau et il était seul dans la pièce. Le juge Benoit s'autorisa alors à rire bruyamment. Quelle coïncidence! Le dernier amant de la Paoli, c'était justement ce riche propriétaire du domaine Desmoulins. Toni serait incapable de comprendre l'ironie de la situation. La princesse s'était fatiguée de ce Steve Morgan, naturellement. Il était allé consoler son cœur brisé en Europe tandis que sa femme se réfugiait dans ce coin perdu. Quand ils se connaîtraient mieux, Francesca et lui, il lui raconterait tout cela. Elle s'en amuserait sûrement. Quelque chose lui disait maintenant qu'avec ou sans les coups de pouce de Toni, Mrs Morgan ne profiterait pas longtemps de sa nouvelle propriété. Non, elle ne se plairait guère ici.

LE LONG VOYAGE DE RETOUR

46

Ginny était entourée de chaperons. Don Francisco avait beaucoup insisté pour qu'elle ne voyage pas seule et, à bout d'arguments, elle avait obéi. Le vieillard savait à l'occasion montrer beaucoup d'autorité et beaucoup d'entêtement :

– Vous devez aller absolument chez ces sauvages du Texas pour inspecter une propriété abandonnée dont Esteban se moquait bien, d'accord. Mais en ce cas, conduisez-vous en femme respectable, mariée et consciente de sa place dans la société.

Il avait donné son autorisation et, à présent, il la défiait d'oser le contredire.

– Renaldo partira avec vous, fit-il d'une voix si ferme qu'elle renonça à protester encore. Et la señora Armijo vous servira de duègne.

– Mais, don Francisco, je suis tout à fait capable de voyager seule. D'ailleurs, Mr Bishop a eu la bonté de me promettre une escorte.

– Ah ! oui, ce mystérieux Mr Bishop qui met un peu trop souvent les pieds au Mexique, à mon gré. Je me demande ce que notre *Presidente* pense de toutes ses allées et venues. Il doit se dire que ce gentleman adore voyager. Non, ma chère Virginia, je suis contraint d'insister et je suis convaincu que votre père serait de mon avis. Si vous devez absolument voyager, ce doit être en femme respectable. (D'une voix plus douce, il reprit :) Rosa et cette Française que vous avez amenée ici resteront avec nous, évidemment. Elles veilleront sur les enfants. Vous ne pensiez pas les prendre avec vous, j'espère ?

Ginny se demandait ce que don Francisco savait au juste de sa conversation avec Mr Bishop. Son visage était marqué de rides et il boitait un peu, mais don Francisco Alvarado restait *el patron,* le chef de la famille. Il aurait empêché Ginny de quitter l'*hacienda,* de force si nécessaire, si elle ne s'était pas pliée à sa volonté. Elle s'était donc soumise avec une bonne grâce qui ne trompa pas don Francisco. Elle se demandait pourtant ce que dirait Bishop lorsqu'il la verrait en une telle compagnie, à leur prochaine rencontre à San Antonio.

En fin de compte, elle se trouva réconfortée par la présence de Renaldo. Quant au perpétuel bavardage de *tia* Alfonsa, il la distrayait des problèmes qui l'attendaient à Baroque. Renaldo n'était pas seulement le cousin et l'ami de Steve, il était également le sien. Elle se confia à lui pendant le voyage. Elle lui raconta l'après-midi où Bishop avait surgi pour bouleverser le petit monde qu'elle s'était construit et lui faire une étrange proposition.

– Pourquoi avez-vous pris la peine de venir me raconter tout cela ? s'était-elle écriée. Au lieu d'accomplir un aussi long voyage, vous auriez mieux fait d'agir au plus vite. Ce colonel Belmont que vous avez nommé vous-même, il doit bien être capable de désamorcer ce baril de poudre.

Bishop étira les lèvres. Non, on ne pouvait qualifier son expression de sourire. C'était autre chose.

– Je croyais m'être bien fait comprendre, madame. Agir, mais sur quel terrain et avec quelles preuves ? Si Belmont arrête quelqu'un, ce sera votre irresponsable de mari. Comme il ne se souvient de rien, pas même de son identité, nous serons bien avancés. (Il observa encore le visage fiévreux de Ginny.) Il se trouve que je respecte votre intelligence, votre esprit et votre courage, Mrs Morgan. Et dans ce cas particulier, la cause de tous nos maux est, comme par hasard, une femme. Vous comprenez ce que je veux dire?

Et voilà! Quelle absurdité! A présent, c'était Ginny qui travaillait pour le compte de Mr Bishop. Enfin, en quelque sorte. A force de sous-entendus et d'avertissements voilés, il lui avait fait comprendre qu'elle courait un certain danger. Il allait lui falloir prendre des risques.

— Ce juge Benoit est un homme intelligent et astucieux, expliquait maintenant Ginny à Renaldo. Bishop m'a dit de ne pas le sous-estimer. Mais Toni Lassiter est à la base de toute cette affaire. Elle n'a aucun scrupule et ne connaît que la loi de la jungle. Il y a des gens qui la haïssent et d'autres qui la craignent mais à Baroque on ne laisserait aucun étranger toucher à un seul cheveu de sa tête. C'est une Lassiter et c'est une dame du Sud. Aussi, Bishop ne me l'a pas caché, Steve est de toute évidence son amant.

Ginny s'efforçait de parler sans passion, mais elle ne put empêcher sa voix de trembler. Renaldo, qui connaissait Steve comme son frère, ne trouva rien à répondre et se contenta de hausser négligemment les épaules. Lui aussi feignait la légèreté. Tout était si compliqué. Quand donc Steve et Ginny se retrouveraient-ils heureux, ensemble? Il se souvint de l'ultime avertissement que lui avait lancé don Francisco, à leur départ :

— Veille à ce que Steve retrouve son bon sens. N'hésite pas à lui tirer dessus, si nécessaire. Je suis un vieillard. Mon petit-fils est père à présent, lui aussi. Il est grand temps qu'il prenne conscience de ses responsabilités. Il doit se ranger. S'il en est incapable, il faut alors donner à Virginia une chance de refaire sa vie. Elle doit pouvoir élever ses enfants en toute sécurité.

Mais Ginny n'était guère prête à refaire sa vie, songeait Renaldo Ortega. Il se souvenait de la jeune fille effarouchée que Steve avait emmenée à l'*estancia,* il y a si longtemps. Elle avait bien changé depuis. Une nouvelle toquade de Steve, avait-il pensé alors. Et puis, Steve et Ginny s'étaient mariés. Ils s'étaient même mariés deux fois, d'abord au Mexique puis aux États-Unis. Pourquoi s'étaient-ils séparés encore ?

Après avoir quitté San Antonio, c'est presque en silence qu'ils terminèrent leur voyage. Renaldo et Ginny étaient perdus dans leurs pensées. La volubile señora Armijo, d'ordinaire si loquace, somnolait pour une fois. Le soleil tapait dur et elle avait un peu mal à la tête.

Renaldo se demandait ce qui les attendait à Baroque. Il jouerait de son mieux le rôle qui lui avait été attribué dans cette aventure. Ginny revivait sa rencontre avec Renate Madden. Bishop l'avait organisée. Elle avait eu lieu dans une chambre d'hôtel, anonyme et froide.

Renate avait l'air d'une femme prise au piège. Elle avait été belle, autrefois. Elle avait été une jeune femme soignée. Maintenant, elle était vêtue sans aucun soin. Son visage avait une expression terrorisée.

– Elle refuse de revoir son mari et même de lui écrire, avait confié Bishop à Ginny. Elle menace de se tuer si on l'y oblige. Franchement, Mrs Morgan, je ne sais trop quoi faire à son sujet. Je pensais la confier à la famille du capitaine Altamonte et puis j'ai pensé qu'elle vous fournirait peut-être quelques informations utiles. Elle connaît bien ces gens que vous êtes appelée à rencontrer à Baroque.

Ginny avait apprivoisé Renate en lui racontant ses propres expériences. Elle avait beaucoup souffert, elle aussi. Renate s'épancha. La nuit où Dave avait été emmené en prison, les hommes de Toni Lassiter avaient traîné Renate chez le juge Benoit. Elle était terrifiée. Elle s'était débattue tout le long du chemin. Un des hommes avait fini pas la frapper pour la calmer. Le juge Benoit lui avait offert sa protection. Elle avait refusé, avec colère.

– Mais croyez-moi, petite fille, vous êtes bien plus en sécurité ici. Vous n'ignorez pas ce dont ma charmante belle-sœur est capable, n'est-ce pas ? Je ne vous veux aucun mal. En fait, je vous ai toujours admirée. Une aussi belle femme a droit à tous les égards.

En dépit de ses pleurs, de ses supplications, il la

garda prisonnière. Il la fit vivre dans le luxe. Il ne la touchait pas. Il la traitait un peu comme son caniche favori. Il l'habillait de soie, lui faisait préparer des bains parfumés, lui offrait des robes de satin qu'elle était bien obligée de mettre sous peine d'aller toute nue. Chaque soir, le juge Nicholas mettait son smoking pour dîner avec elle. On leur servait les mets les plus fins et les plus savoureux.

La comédie dura une semaine. Pendant sept jours, il n'exigea rien, ne tenta pas même de l'embrasser. Il se contentait de lui baiser la main en lui souhaitant une bonne nuit. Il eut à l'égard de Renate une attitude toute paternelle. Il lui confia même un jour avoir toujours rêvé d'une fille blonde, comme elle.

Une nuit, il dut mettre quelque drogue dans le vin de la jeune femme. La tête lui tourna. Et quand elle se réveilla elle constata qu'elle se trouvait dans le lit de Nicholas. A partir de ce moment, il ne la traita plus qu'avec brutalité. Le temps du charme et de la gentillesse était passé.

Il usa de son corps de toutes les manières possibles. Il l'offrit aussi, comme un jouet, à ses amis. Ce gros colonel Vance eut droit lui aussi au joli corps de la petite Allemande. Puis, quand le juge se fut lassé d'elle, il la vendit à un proxénète qui vint la chercher, en pleine nuit. C'était un homme basané. Il la battait et la terrifiait bien plus encore que le juge Benoit. L'homme la traîna dans les hôtels de la frontière et finit par la céder à une « madame » de Matamoros, spécialisée dans les *gringas* blondes. Steve avait chargé Altamonte de racheter la liberté de Renate. Il lui avait donné pour ce faire une somme bien plus importante que nécessaire. Bishop le révéla à Ginny.

– Steve a fait ça ?

– Contre mes ordres, naturellement.

Bishop ne lui dit pas que la libération de Dave, elle aussi, était contraire aux ordres. Il était bien obligé de reconnaître cependant que, n'eût été la perte de mémoire de Steve, les choses auraient parfaitement bien tourné. Renate Madden avait pratiquement refusé de lui adresser la parole mais elle fit de Ginny sa confidente. Elle lui raconta tout ce dont elle se souvenait au sujet des habitants de Baroque. Naturellement, c'était surtout Toni Lassiter qui intéressait Ginny au premier chef.

Ginny aurait été bien étonnée d'apprendre que Mrs Antoinette Lassiter était tout aussi intéressée par Mrs Steve Morgan.

– Ça doit être une créature au visage et au corps de cheval. Son propre mari est incapable de la supporter. Imagine donc sa conversation et son charme, dit-elle à Manolo.

L'Indien leva un sourcil sarcastique, ne broncha pas et continua tout tranquillement à dévorer son repas. Messaline était de mauvaise humeur, ce soir. Il savait pourquoi, mais ça ne le perturbait pas outre mesure. Une note de triomphe dans la voix, le juge Benoit était venu, dans l'après-midi, annoncer l'arrivée de Mrs Morgan et de sa suite. Le colonel Belmont et son épouse avaient entrepris de l'accompagner jusqu'au domaine Desmoulins.

– Qu'est-ce que cela peut bien me faire ? De toute façon, elle ne restera pas longtemps ici.

N'empêche, Toni ne put résister à sa propre curiosité. Elle demanda à quoi ressemblait cette femme et une expression rusée passa dans ses yeux lorsque le juge l'informa qu'il n'en savait rien. Tout ce qu'il pouvait dire, c'était que Mrs Morgan avait les cheveux roussâtres. Elle s'était enveloppé le visage d'un voile épais, pour s'abriter de la poussière. Quant à la chevelure, elle l'avait enfouie sous un bonnet. Ce qui était roussâtre, c'étaient les quelques mèches qui en dépassaient. De surcroît, le juge n'avait fait que voir passer la voiture de la dame. Il ne lui avait pas parlé.

– Mais je suis invité à dîner demain soir chez les Belmont. Elle y sera, accompagnée d'un gentleman espagnol, l'un de ses cousins éloignés à ce qu'il paraît. Vous devriez vraiment entretenir de meilleurs rapports avec la femme du colonel, ma chère Toni. Et c'est bien dommage que votre Indien favori soit une telle brute. Notre nouveau commandant militaire n'est pas un coureur de jupons dans le genre de son prédécesseur, le colonel Vance. Il m'a même laissé entendre qu'il soupçonne votre contremaître d'être à l'origine de l'évasion réussie de cinq bagnards. Il a aussi évoqué les nombreux vols de bétail que nous déplorons tous, dans la région. Je vous avais avertie de le tenir en laisse ! Un de ces jours, si vous n'y prenez garde, vous découvrirez que c'est lui qui vous mène par le bout du nez. Je reconnais toutefois, Toni chérie, que j'ai bien du mal à vous imaginer en chienne apprivoisée.

Toni bouda donc toute la soirée. Elle n'osa pas toutefois provoquer le Commanche, car elle avait appris à craindre la violence de ses réactions. Elle se mit à pester contre sa nouvelle voisine, pour faire passer sa mauvaise humeur.

– Vraiment, tu te conduis parfois comme un sourd-muet. Le moins que tu puisses faire, quand une dame t'invite à dîner, c'est la conversation. A ton avis, que devons-nous faire de cette garce de millionnaire ? J'ai dit à Nick que nous allions la terroriser. Parfaitement.

– Nous ? Je croyais que le juge t'avait expliqué que nous devions éviter d'attirer l'attention de la police fédérale, au moins pour l'instant. Ça voulait dire que moi, je dois me tenir tranquille.

Il lança à Toni un regard moqueur qui ne fit qu'augmenter son humeur déjà massacrante.

– Que veux-tu que je lui fasse, Messaline ? Que je lui tranche la gorge, par une nuit sombre ? Que je lui prépare quelque « déplorable accident » dans les marais ? C'est possible, si elle aime se promener à cheval. Nous pourrions aussi la kidnapper et exiger une rançon en échange de sa libération. Son père ou son mari finiront bien par payer, même si elle est laide comme un pou. Et si elle est passable, on peut toujours la violer. Voilà de quoi occuper ta petite tête vicieuse, Messaline ! De beaux projets, non ?

Il repoussa son assiette et étendit ses longues jambes devant lui. Plus que jamais, il ressemblait à un croisement entre un Indien et un pirate, songea Toni. Elle réfléchit à ce qu'il venait de dire et puis elle exulta :

– Commanche chéri ! Que tu es intelligent ! Évidemment, nous lui donnerons d'abord un peu de temps. Ce n'est que si elle paraît décidée à s'incruster ici que... Nicky ne doit rien savoir. Il ne doit rien soupçonner. Nous te trouverons un alibi et, cette fois, nous ne partagerons pas notre butin avec Nicky. Ce sale type m'a obligée à lui remettre dix mille dollars, la moitié de ce qu'a rapporté la vente de notre dernier troupeau. Et c'est nous qui avions tout préparé et pris tous les risques. Quelquefois, je le déteste, ce Nicky. Pour l'instant, il se révèle utile, mais plus tard...

Toni s'excitait. Lui, regrettait déjà d'avoir semé ces folles idées dans sa tête dépravée. Il avait voulu être drôle et elle l'avait pris au mot. Il soupira.

Toni se penchait vers lui à travers la table. Elle portait un négligé de soie et de dentelle, si décolleté qu'il dénudait presque entièrement ses seins d'albâtre. Toni n'était jamais rassasiée. Elle avait toujours faim. Elle aurait fait une excellente prostituée, jamais fatiguée. Lorsqu'il le lui avait dit, elle avait pouffé de rire :

– Mais, chéri, je veux pouvoir choisir moi-même ! J'aimerais que quelqu'un ait enfin la bonne idée de monter une maison de passe destinée aux femmes. On pourrait y choisir quelque bel adolescent, à son goût. Ou bien goûter le même soir à tout le personnel. C'est pour ça que j'aime tant Sadie. Ce n'est pas encore la maison dont je rêve, mais elle est sur la bonne voie. Tu avais vraiment été désagréable avec moi, ce soir-là. Tu ne regrettes pas maintenant ce que tu as manqué alors ?

– Je suis comme toi. Moi aussi, j'aime choisir tout seul, grommela-t-il.

Elle voulut le griffer et il attrapa son poignet au vol. Il le tordit jusqu'à ce qu'elle geigne de douleur. Il avait découvert que Toni aimait presque autant souffrir que faire souffrir. Sexuellement, la douleur l'excitait. Elle provoquait en lui une certaine répulsion et pourtant, il finissait par la désirer en raison précisément de son amoralité.

Mais tandis que Toni continuait à bavarder, ce soir, Manolo songeait à Missie Carter. Toni et Missie étaient à l'opposé l'une de l'autre. Missie était douce et pure. Elle était jolie aussi, mais n'en avait pas encore conscience. Il ne désirait pas Missie, c'était étrange. Et pourtant, il aimait bien discuter avec elle, en dépit de sa langue acérée et de ses soudaines sautes d'humeur. Son visage reflétait toutes ses émotions. Elle changeait constamment d'expression. Une fois, il s'était dit que s'il avait un jour une fille, il aimerait bien qu'elle ressemble à Missie. Hélas ! il prenait graduellement conscience du fait que Missie, elle, était bien loin d'éprouver pour lui des sentiments filiaux. Elle ne le considérait pas davantage comme un grand frère de plus. Même si Toni n'avait pu s'empêcher de proférer quelques remarques acerbes, il aurait remarqué tout seul que Missie avait le béguin pour lui. A présent, elle se brossait soigneusement les cheveux, elle qui les portait toujours emmêlés. Et elle les lavait constamment. Elle rougissait dès qu'il lui adressait la parole. Il faudrait qu'il surveille son comportement à son égard. Grand Dieu, que pouvait-il donc faire ?

— Tu m'écoutes, Commanche ? Que penses-tu de mes plans ? interrogea Toni.

Il voulut couper court à ses propres méditations et lui répondit vertement :

— Quand tu m'as invité à dîner, nous avions tous deux les mêmes plans en tête. Je ne vois pas pourquoi j'en changerais, moi. Enlève donc ta fichue robe de chambre !

47

Le premier citoyen de Baroque à faire la connaissance de la nouvelle propriétaire du domaine Desmoulins, ce fut le juge Benoit. Les soldats du Nord n'appréciaient guère les habitants de la région mais, pour eux, le juge était un cas à part : il avait été élevé dans l'Est. De surcroît, ils respectaient sa position et les arrêts qu'il rendait, au Tribunal.

Il n'y avait rien d'étrange au fait que Nicholas Benoit ait été invité à dîner par les Belmont. Avec d'autres officiers supérieurs et leurs épouses, il les avait souvent reçus lui-même, dans sa maison fastueusement meublée. Mais, cette fois – et non sans malice, il le fit remarquer à Toni –, il pouvait être flatté. En le choisissant entre tous, les Belmont lui rendaient visiblement hommage.

Le colonel Belmont lui réserva un accueil chaleureux :

– Ah, vous voilà, juge! Que c'est bon de vous voir! Vous connaissez tout le monde ici, j'en suis sûr. Sauf le señor Ortega, le cousin de Mrs Morgan.

Un homme mince, à la peau pâle, claqua des talons devant lui. Le colonel Belmont glissa à l'oreille du magistrat que, selon certaines rumeurs, ce señor Ortega avait de bonnes chances d'être le prochain ambassadeur du Mexique à Washington. Il avait parlé juste assez fort pour que le jeune homme l'entende et ce dernier écarta cette idée, d'une main soigneusement manucurée.

– Vous me flattez beaucoup, colonel, fit-il, dans un anglais impeccable. Mais en fait, je ne suis venu ici que pour me familiariser avec votre culture et vos usages. J'ai voulu aussi accompagner ma cousine, Mrs Morgan.

– Vous avez sans doute hâte de rencontrer notre

invitée d'honneur, juge. Je lui ai déjà dit que vous pouviez être d'un grand secours, à condition, évidemment, que vos occupations vous en laissent le loisir. Vos conseils m'ont toujours été particulièrement précieux, de même qu'à mes prédécesseurs, du reste. Elle descendra bientôt. Elle est montée se rafraîchir avec ma femme et quelques autres dames. Notre promenade à cheval l'avait un peu éprouvée.

Nicholas Benoit se flattait non seulement d'être un fin observateur en général, mais aussi très bon connaisseur en beauté féminine. Il ne comprit jamais comment il avait pu tracer à Toni pareille description de Virginia Morgan. Dire qu'il lui avait parlé de cheveux roussâtres. Toni avait dû l'influencer en affirmant qu'une femme qu'un mari éprouvait le besoin de fuir jusqu'en Europe ne pouvait être que terne et décrépite.

Des cheveux roussâtres, vraiment! Comment avait-il pu se tromper à ce point? Sa chevelure était d'or et de cuivre. En plus, ses longues mèches étaient coiffées à la dernière mode. Elles étaient roulées en longues boucles qui cascadaient sur ses épaules. Deux émeraudes brillaient à ses oreilles. Il devina que si elle libérait son chignon, sa chevelure lui tomberait jusqu'à la taille, en une masse soyeuse et brillante. Nicholas avait l'habitude des jolies femmes mais lorsque celle-ci apparut sur l'escalier, une main gantée sur la balustrade, il ne put s'empêcher de retenir son souffle. Mrs Morgan riait, le visage légèrement tourné vers Mrs Belmont qui la suivait de près. Plus tard, au moment des présentations, il remarqua ses yeux. Légèrement bridés au coin, ils étaient exactement assortis à ses émeraudes et tout aussi étincelants.

Mon Dieu, qu'elle était belle! Il contempla sa bouche, pleine et sensuelle, et se demanda si cet Ortega était son amant. Pour la première fois, en s'inclinant pour lui baiser la main, il ressentit bien plus qu'une vague curiosité pour le mari de cette femme, dont le nom avait si souvent été associé à celui de la princesse di Paoli. Pour pouvoir entretenir deux pareilles femmes, il devait être très vieux et très riche. Il se demanda ensuite ce que penserait Toni en découvrant Mrs Morgan et l'idée l'amusa beaucoup. Les Belmont avaient également invité à cette soirée plusieurs ménages d'officiers ainsi que des hommes politiques du Nord, qui avaient pris une grande influence au Texas. Aujourd'hui, c'étaient eux qui contrôlaient virtuellement l'État. Pourtant, ce fut au juge Benoit d'être assis auprès de Virginia Morgan, au dîner.

Elle était étincelante. Benoit ne trouvait pas de meilleur mot pour la qualifier. Il constata avec surprise qu'elle n'était pas que belle. C'était une femme intelligente et pleine d'esprit. De plus, elle était cultivée et comprenait parfaitement la politique. Elle lui confia que son père avait vécu en Virginie avant de s'installer en Californie. Il avait toujours conservé, chuchota-t-clle, un fond de sympathie pour les rebelles sudistes. Mais qu'est-ce qui avait bien pu l'attirer dans ce coin perdu, elle ? Benoit comprit qu'elle n'était que récemment rentrée d'Europe. Sa robe vert et or, brochée, était à la dernière mode. Elle avait été conçue spécialement pour elle par un célèbre couturier parisien, Worth. Alors, pourquoi cacher tant de beauté et d'élégance au fin fond du Texas ?

En réponse à ses questions habilement indirectes, Virginia soupira. Un voile obscurcit ses yeux verts :

— N'avez-vous jamais envie d'effectuer une retraite ? De vous retrouver seul pour réfléchir, pour prendre une décision ? Je suis lasse du monde et des grandes villes, Mr Benoit. Je suis convaincue que vous comprenez bien ce que je veux dire, sinon je ne vous parlerais pas avec une telle franchise.

Et elle lui sourit un peu tristement. Ginny était bien décidée à éblouir Nick Benoit. Pourtant, elle le haïssait de toute son âme avant même que de l'avoir rencontré. Mais elle se contraignit à user de tout son charme. Elle avait recours à toute sa volonté. Elle ne ménageait pas ses flatteries. Elle apprivoisait l'homme. Qu'il était solennel ! Pompeux, même.

Il était habillé trop cérémonieusement pour la circonstance. Sa barbe, méticuleusement peignée, luisait de brillantine. Cet homme devait être convaincu d'être un séducteur. Le regard brillant de ses yeux marron, qui ne quittait pas la bouche de Ginny, ne lui avait pas échappé. Mais Mr Bishop l'avait bien mise en garde. Il ne fallait pas sous-estimer ce juge Benoit. Aussi, tout en conversant librement et sans pruderie, prenait-elle garde à ne pas aller jusqu'à flirter avec lui. En même temps, elle lui montrait qu'elle n'était pas qu'une jolie poupée sans cervelle. Mr Bishop avait décidé que Ginny et Persis, l'épouse du colonel Belmont, étaient des amies de longue date. Elles étaient censées s'être connues à San Francisco, alors que le colonel y était en garnison. Nick Benoit le crut volontiers tant les deux femmes semblaient s'apprécier.

Lorsque le dîner fut terminé et que les derniers invités eurent passé la porte, Persis Belmont interrogea Ginny, d'un ton amusé :

— Eh bien, que pensez-vous de lui ?

— Le Machiavel du coin ? Il a bien le physique de l'emploi.

Ginny croisa le regard narquois de Mrs Belmont et ne put s'empêcher de lui sourire :

— Vous ne l'aimez guère non plus, n'est-ce pas ?

— Vous l'avez réellement fasciné ! Tout de même, faites bien attention ! Rodney ne serait jamais promu général si un malheur vous survenait.

— Rien ne m'arrivera, n'ayez crainte. Je continuerai dans le charme, même si cela doit me fendre le cœur. Mr Bishop m'a mise en garde, lui aussi.

Les deux femmes n'avaient eu aucun mal à éprouver de la sympathie l'une pour l'autre. Persis Belmont était la fille d'un universitaire. Elle s'était mariée tard, à la mort de son père. Elle avait de l'esprit et un sens de l'humour qu'elle refrénait, pour ne pas nuire à son mari. Et comme c'était aussi une femme intelligente, le colonel Belmont n'hésitait pas à se confier à elle. Il lui faisait une confiance totale. Persis n'aimait pas non plus Antoinette Lassiter et, là aussi, elle se trouva d'accord avec Ginny.

— C'est le genre de femelle que les autres femmes ne peuvent éviter de détester! s'exclama Mrs Belmont, avec véhémence. D'ailleurs, elle n'a guère de temps à consacrer aux femmes. Les hommes ont l'exclusivité de son charme. Certes, elle est jolie. Mais on a l'impression qu'elle fait commerce de sa beauté. Et même lorsqu'elle sourit, ses yeux restent froids et calculateurs. Rodney assure que je devrais cultiver nos relations avec cette femme, mais j'en suis tout simplement incapable. J'ai bien vu comment elle le regarde. Et je me souviens qu'elle menait le colonel Vance par le bout du nez.

Persis Belmont était affamée de conversation féminine, avec une femme de même milieu et de même intelligence qu'elle. De plus, elle n'était pas au courant de toute l'affaire. Elle n'avait en main que quelques éléments d'information. Ginny put donc lui répondre, avec une certaine décontraction :

— Mais cette Mrs Lassiter est la seule femme d'importance à Baroque. Ne devriez-vous pas alors...

— Oh! il y en a d'autres, naturellement. Mais la plupart ne sont que des ménagères craintives et paisibles. Et pas très amicales non plus, d'ailleurs. On nous considère un peu comme des envahisseurs, j'en ai bien peur. Il y a la petite Carter, cependant. Sa mère était une Lassiter mais le grand-père l'a déshéritée parce qu'il était opposé à son mariage. Le plus récent scandale en ville, c'est que le dernier contremaître de Toni Lassiter s'intéresse beaucoup à Missie Carter bien qu'elle n'ait que dix-sept ans et soit encore presque une enfant. Il est même parvenu à convaincre Toni de persuader le juge Benoit de laisser les Carter réintégrer leur ancien ranch. On ne sait comment ils avaient réussi à payer tous leurs arriérés d'impôts. Cela n'a pas dû faire plaisir à tout le monde. Mais nous sommes là pour maintenir l'ordre. Rodney dit que nous n'avons pas à nous mêler des affaires de ces gens, sauf s'il s'agit de faire régner la paix. Mais je dois dire... (Persis Belmont hésita.) Ce contremaître, cet homme qu'ils appellent Manolo, c'est vraiment un fauteur de troubles. Il est mauvais. Il sort son revolver un peu trop facilement et il tire beaucoup trop vite. J'ai entendu dire que ce serait un métis, un demi-Commanche. Même son aspect est effrayant! Rodney dit qu'il faudrait l'enfermer derrière de forts barreaux, comme un animal sauvage. C'est bien le genre d'homme à attirer Toni Lassiter, je suppose. Mais je m'étonne que Joseph Carter l'autorise à s'occuper de sa fille.

Lorsqu'elle retrouva sa chambre plutôt lugubre, Ginny eut du mal à s'endormir. Elle n'avait pu prendre sur elle de répéter à Renaldo les confidences impulsives de Persis Belmont. D'abord elle devait en démêler toutes les implications et elle ne s'y sentait pas encore prête.

Le lendemain, l'épouse du colonel s'en alla se promener à cheval, avec sa nouvelle amie. Le consciencieux Renaldo avait entrepris pour sa part d'étudier soigneusement les livres du domaine Desmoulins, en compagnie du vieux contremaître, par trop taciturne, qui avait été engagé par Shangai Pierce. Ginny montait en amazone. Elle avait revêtu un habit de velours de couleur bronze que Persis contempla avec envie.

Le colonel Belmont leur avait fourni une escorte de dix hommes. Il décida qu'elles seraient ainsi en sécurité, même si elles se risquaient aux abords des marais où pouvaient toujours se cacher de dangereux et imprévisibles hors-la-loi.

Ce fut le timide et impressionnable Joe junior qui les vit le premier. Il gardait quelques têtes de bétail, près de l'île. Il fut d'abord révolté par la vue des uniformes bleus, et puis il oublia son ressentiment tant il était fasciné par la grâce de la jeune femme qui accompagnait Mrs Belmont. Il s'en trouva paralysé.

— Excusez-moi, serions-nous en train d'empiéter sur vos terres? lui lança-t-elle. Nous cherchons un raccourci pour rejoindre la rivière. Je regrette beaucoup qu'elle ne coule pas sur ma propriété à moi.

Le garçon cherchait vainement que dire. Elle ajouta à sa confusion en lui souriant gentiment :

– Je suis Virginia Morgan. J'habite la plantation Desmoulins, l'ancien ranch de Mr Pierce. Nous devons être voisins. Acceptez nos excuses et considérez cette visite comme une simple marque de bon voisinage.

C'était donc elle! Cette mystérieuse femme de millionnaire! Manolo leur avait conseillé d'y prendre garde. Joe retira son chapeau. Il était écarlate et la sueur perlait à son front. Il ne retrouvait toujours pas l'usage de la parole, mais il pensait confusément : « Comme elle est jeune! Et si jolie qu'on ne croirait jamais qu'elle est mariée. Et c'est une dame. Pas du tout le genre qu'on croyait. »

Finalement, tandis que Mrs Belmont souriait et que les soldats yankees la couvaient de regards noirs, Joe réussit à retrouver ses esprits. Il les invita à le suivre, jusqu'à la maison. Il ne savait que faire d'autre. Il l'expliqua ensuite à papa et à Matt. Il est vrai que papa n'avait rien objecté. Matt marmonnait entre ses dents mais ne parvenait pas à dissimuler que, lui aussi, il avait été impressionné. C'est Missie qui parut la plus excitée. Elle s'était dernièrement enduite de décoctions de lait et de concombre, mais toutes ses taches de rousseur luisaient sur son visage épanoui. Et ce fut Missie qui, sans demander la permission de son père, proposa d'accompagner les dames jusqu'à la rivière. Elle leur montrerait le chemin au cas où Mrs Morgan voudrait voir à quoi elle ressemblait.

Les yeux verts de Missie ressemblaient encore plus à ceux d'un chat depuis que Manolo lui avait offert cet objet bizarre qu'il portait à son doigt. Elle avait accroché la bague à un ruban et la portait à son cou. Elle jouait nerveusement avec tout en faisant la conversation aux dames.

– Que c'est beau, ici, et comme c'est paisible! s'exclama Mrs Morgan quand elle aperçut la rivière, serpentant entre les cyprès.

Mrs Belmont parlait peu et se contentait de sourire,

d'une façon très amicale, chaque fois qu'elle croisait le regard de Missie. Mais c'est pour l'autre dame, si jeune et si belle, que le cœur de Missie fondit instantanément. Elle ne prenait pas du tout de grands airs. Elle n'était nullement guindée. Elle se conduisait avec gentillesse et simplicité.

– Vous trouvez vraiment ce paysage paisible? s'exclama Persis Belmont, avec un petit frisson. Si bouillonnants qu'ils soient, je préfère encore les torrents sauvages des montagnes du Colorado. Ces arbres ont quelque chose d'effrayant. Et derrière ces frondaisons se cachent de dangereux marais.

Oubliant ses bonnes manières, Missie rétorqua vivement :

– Mais les marais n'ont rien d'épouvantable. Il suffit de savoir où poser ses pieds.

Ayant dit, elle rougit et tritura nerveusement le ruban qui lui servait de collier. C'est lui qui lui avait offert cette bague, lui. Comme si elle était vraiment sa petite amie.

La nuit où il avait libéré Dave Madden et ses pauvres compagnons, elle s'était précipitée dans les bras de Manolo. Elle n'avait pas trouvé de mots pour lui dire sa joie de le revoir sain et sauf. Non, ce n'était pas son imagination qui lui jouait des tours, Manolo la regardait différemment. Il s'était produit un changement subtil dans son comportement vis-à-vis d'elle. D'abord, Missie s'en était étonnée. Et puis, un jour, tout à coup, elle avait joyeusement compris ce qui faisait la différence : désormais, Manolo ne la traitait plus comme une gamine capricieuse et entêtée. Il lui apporta des livres. Certains provenaient de chez les Lassiter et avaient appartenu à sa mère.

– Ils ne manqueront pas à Toni, lui dit-il, avec un haussement d'épaules. On ne saurait l'accuser de perdre son temps en vaines lectures.

Missie se jeta goulûment dans la lecture. D'abord parce que c'était Manolo qui lui avait offert ces livres. Ensuite, parce qu'elle découvrit qu'elle adorait lire. Et c'était lui, Manolo, qui lui expliquait les mots difficiles et déchiffrait pour elle les phrases compliquées. Il avait même commencé à lui enseigner un peu de français. C'était bien plus beau que ce patois de la Louisiane que parlaient son père et ses frères. Un sourire plissait les yeux bleus de Manolo lorsque Missie se trompait dans la prononciation d'un mot. Quand il la regardait ainsi, sans rien de moqueur dans sa physionomie, Missie oubliait tout ce qu'on racontait sur lui, qu'il était un hors-la-loi et un tueur sans scrupules. Elle oubliait même qu'il était l'amant de Toni. Elle savait parfaitement qu'elle était en train de tomber amoureuse de lui et qu'elle ne le connaissait qu'à peine. Parfois cette pensée la faisait trembler. Mais ce n'était pas une sensation désagréable.

Cette bague qu'elle portait à présent, il l'avait au doigt lorsque Missie l'avait découvert, avec Teresita. L'Indienne lui avait confié qu'il s'agissait d'un symbole commanche. La bague représentait un serpent. Elle était en or, rouge comme du cuivre. Deux petites pierres vertes, Manolo lui dit que c'était des émeraudes, servaient d'yeux. Missie était fascinée par cette bague. Un jour où il était venu la rejoindre dans son arbre favori, près de la rivière, pour lui apporter de nouveaux livres, Missie n'avait pu s'empêcher de toucher le bijou. Évidemment, elle lui avait caressé la main en même temps et avait senti un frisson lui remonter la colonne vertébrale. Pour dissimuler sa gêne, elle dit très vite :

– On dirait un vrai serpent, non ? On lui a même sculpté de minuscules écailles.

Il répondit en plaisantant que l'objet lui rappelait bien davantage une femme rousse aux yeux verts.

Missie ouvrit de grands yeux ronds :

– Vous voulez dire une femme comme moi ? La première fois que vous m'avez vue, vous m'avez appelée « yeux verts ». Mais je ne sais pas si être comparée à un vieux serpent peut être considéré comme un compliment.

– Vraiment ? (Il rit.) Vous avez la même petite tête

pointue et triangulaire. Mais vous êtes beaucoup plus jolie, je le reconnais.

Elle avait vainement cherché une repartie pleine d'esprit tandis que, à sa grande surprise, il enlevait la bague et la lui jetait. Le métal conservait encore la chaleur de sa chair.

– Pour vous, petite sirène des marais. Gardez-la. Elle me gênerait plutôt. A cause d'elle, je déchire toutes mes chemises en les enfilant.

Quand Missie monta la bague en collier, elle se dit que c'était peut-être un bon présage. L'objet lui porterait bonheur. Elle le garderait toujours. Jusqu'à ce que... Elle craignit de réfléchir plus avant. Une pensée lui revenait sans cesse : peut-être qu'en lui offrant ce cadeau, Manolo n'avait pas agi par simple gentillesse. Quand elle le revit, il ne fit aucune allusion à son présent. Il ne lui demanda pas même ce qu'elle en avait fait.

Maintenant, Missie avait pris l'habitude de jouer avec la bague dès qu'elle se sentait nerveuse ou intimidée. Elle avait donc toujours peur de la perdre et vérifiait sans cesse que le ruban était toujours bien accroché à son cou. Et voilà qu'elle recommençait à présent, sans même écouter ce que lui disait la femme du colonel Belmont. Qu'allait-elle penser d'elle? Missie rougit jusqu'aux oreilles :

– Je suis désolée. Je n'ai pas fait attention à ce que...

Elle aggravait son cas. Si seulement la terre pouvait s'entrouvrir et l'avaler toute vive!

– Il n'y a rien de mal à se laisser aller à rêver, même en plein jour, fit doucement Mrs Morgan. Je me souviens avoir eu la même habitude, autrefois. Il y avait un vieux pommier dans le verger, derrière la maison de mon oncle. J'allais m'y blottir pour y rêver tout à loisir, à l'abri des regards. Et puis, j'ai dû changer de cachette. Au bout d'un moment, tout le monde savait où me retrouver.

Missie regarda avec reconnaissance cette jeune

femme qui, bien que mariée, n'était sûrement pas beaucoup plus âgée qu'elle.

– Moi aussi, j'ai mon vieil arbre. Mais mes frères viennent toujours m'y harceler.

Elle poussa un petit cri désolé. Le nœud qui maintenait le ruban autour de son cou avait lâché. Sans plus s'inquiéter tout à coup de ce que les dames penseraient d'elle, elle se précipita sur la bague avec un soupir de soulagement. Mrs Morgan se pencha vers elle :

– Ce n'est que le nœud. Je vais vous aider à le rattacher.

Persis Belmont examinait curieusement l'objet que Missie tenait si précautionneusement.

– Oh, mais c'est une véritable œuvre d'art ! s'exclama-t-elle, soudain. C'est une antiquité, n'est-ce pas ?

Missie se sentit obligée de fournir une explication. De nouveau, son visage s'empourprait :

– C'est... c'est un ami qui me l'a donnée. C'est le plus beau cadeau qu'on m'ait jamais fait. J'aurais été désespérée de le perdre.

– Ginny, je crois vraiment que cette petite fille est fiancée en secret, dit Mrs Belmont, en riant gentiment. N'ayez crainte, je ne révélerai rien. Je trouve que toutes les jeunes filles devraient se fiancer secrètement, au moins une fois dans leur vie.

– Oh, oui, cette bague est très belle et sa forme sort réellement de l'ordinaire, dit Ginny.

Missie était trop occupée à enfouir la bague sous son chemisier pour remarquer à quel point Virginia Morgan avait pâli.

Quant à Persis Belmont, si elle s'interrogea sur les raisons qui incitèrent Ginny à abréger la promenade et à tourner bride, elle fit preuve de tact. Elle n'en montra rien. Elle était femme à savoir quand se taire et quand bavarder. Mais même si elle avait multiplié les commentaires, Ginny ne s'en serait pas aperçue. Elle était perdue dans ses pensées. Elle se sentait tout à coup inquiète et étrangement déprimée. Elle était soudain aveugle à tout ce qui l'entourait.

Et ce, depuis qu'elle avait vu cette bague...

Des éclats d'émeraude sertis dans l'or rouge. Une curieuse bague, faite pour un doigt d'homme. Sur une impulsion, elle l'avait achetée pour Steve. Elle savait pourtant qu'il la détesterait. Quand avait-il décidé de la porter ? Et qu'est-ce qui l'avait poussé à l'offrir à Missie Carter, entre toutes les femmes ?

« Ce n'est qu'une enfant, se disait Ginny. Même lui aura quelques scrupules à son égard. » Elle se souvenait pourtant que, lorsqu'il s'était agi d'elle, il n'en avait eu aucun. Lorsqu'il l'avait prise pour la première fois, elle n'avait que deux ans de plus que Missie aujourd'hui. Missie était naïve, pleine de rêves romantiques, tout comme elle à dix-sept ans. Et puis Steve avait surgi dans sa vie et elle était devenue une femme, une vraie.

Pour la première fois, Ginny s'obligea à considérer l'idée qu'il se pouvait très bien que Steve ne la reconnaisse pas, lorsqu'ils se reverraient. Et, même s'il ne l'avait pas oubliée, la désirerait-il encore ?

48

Ginny se posait bien des questions depuis qu'elle avait vu cette bague qui pendait autour du cou de Missie Carter. Ce fut la señora Armijo qui lui fournit involontairement une solution alors qu'une fois de plus, elle exprimait sa complète désapprobation :

– Vraiment ! Excusez-moi, Genia. Je ne comprends pas les mœurs de cette population barbare. Au Mexique, les gens sont bien plus ouverts. Pour de nouveaux arrivants, ils auraient donné une *fiesta*. Lorsque mon défunt mari et moi nous nous sommes installés dans notre nouvelle maison, je m'en souviens très bien, tous les voisins sont venus nous présenter leurs bons vœux. J'ai ensuite offert une grande réception, à mon tour. J'ai invité tout le monde. J'étais très jeune mariée et c'était ma première grande réception. J'étais si nerveuse, je me rappelle encore tous les détails de cette soirée.

Par pure routine, Ginny commença à présenter quelques objections aux propos de la vieille dame :

– Mrs Belmont a déjà eu la gentillesse d'organiser un dîner en notre honneur. Et je ne sais pas si j'ai très envie...

– Ginny !

C'était Renaldo. Il n'avait pas pour habitude d'interrompre les gens. Il était bien trop courtois. Soudain, il semblait très excité :

– Ginny, vous ne comprenez pas ? C'est la solution, c'est exactement ce qu'il nous faut. Après tout, quoi de plus naturel que de vouloir faire la connaissance de ses nouveaux voisins ? Vous pouvez envoyer toutes les invitations que vous voulez. Dites que ce sera une grande fête. Il y aura un dîner et un bal, ensuite. (Il s'arrêta, l'observa vivement et ajouta avec fermeté :) Je pense qu'il est grand temps de faire avancer les choses. Ça ne sert à rien de tourner en rond dans cette maison, à vous ronger le sang. (Il poursuivit, plus doucement :) Vous n'êtes pas femme à éviter une confrontation, n'est-ce pas ? C'est une des qualités que j'admire le plus en vous. Pourquoi retarder indéfiniment l'inévitable ?

Sans s'en rendre compte, elle redressa le menton :

– Oui, vous avez raison, naturellement, comme toujours. Pourquoi pas, après tout ? Je dois voir Steve. Tout cela est ridicule. Depuis notre arrivée, nous vivons dans une sorte de brouillard. Oui, il vaut mieux savoir. Et le plus rapidement possible !

Son esprit n'était pas encore très clair et son humeur passait de la confiance au plus profond désespoir. Mais enfin, elle avait pris une décision. Elle aurait de quoi s'occuper pendant les jours qui précéderaient la fête.

C'était Renaldo qui s'occupait des affaires, toujours aussi consciencieusement. Il passait de longues heures en tête-à-tête avec le contremaître. Il tentait de mettre de l'ordre dans des livres tenus jusqu'ici en dépit du bon sens.

— Cette propriété est loin d'être mauvaise. Avec la montée du prix de la viande, vous devriez même faire d'importants bénéfices, soupirait Renaldo. Je n'ai jamais vu une telle incurie. Les barrières se sont écroulées. Les bâtiments tombent en ruine. Même cette maison a dû être belle, du temps où elle était constamment habitée. Aujourd'hui, il vous faudra beaucoup d'argent pour la réparer. Il vous faudra aussi engager de nouveaux cow-boys... (Il lui lança un regard amusé et plein d'humour.) Vraiment, vous ne pouvez plus vous permettre qu'on vous vole encore votre bétail.

Elle se demanda un moment s'il fallait rire ou pleurer.

— Vous croyez réellement que c'est Steve qui est responsable de ce vol ? Un troupeau entier ! Le colonel Belmont semble également le penser.

— Je n'ai aucun doute. C'est lui, rétorqua Renaldo, sans aucune sévérité. Il a toujours été très doué pour ce genre de choses. Rappelez-vous, Ginny.

A nouveau, elle réfléchissait. Elle était plongée dans ses pensées. Si elle se souvenait ? Beaucoup trop bien. Steve avait tout oublié et la mémoire de Ginny, elle, gardait chaque souvenir trop vivant. Mais Steve était-il vraiment amnésique ? Peut-être jouait-il un jeu cruel ? C'était la pensée qui la torturait le plus. Elle se rongeait aussi en songeant que Steve n'était séparé d'elle que par quelques kilomètres et que, pourtant, elle ne l'avait pas encore vu. Comment réagirait-il, face à elle ? C'était comme s'il était devenu un complet étranger. Heureusement qu'il y avait Renaldo ! Sa présence était réconfortante. Il avait le don de ramener le calme dans l'esprit de Ginny, par quelques phrases pleines de bon sens. Elle ne savait à quelle extrémité elle se serait livrée sans lui pour la retenir.

Elle alla à la petite banque de Baroque retirer un peu d'argent. Avec Persis Belmont, elle dressa la liste des invités. La femme du colonel s'enthousiasmait pour son idée. Ginny se fit un point d'honneur d'aller demander conseil au juge Benoit. Elle se souvenait de la mise en garde de Jim Bishop. Elle confia joliment au juge que son avis lui était indispensable. Elle tenait absolument à réussir sa soirée :

– Je veux que tout le monde vienne. Tout le monde. Pas seulement les notables et les officiers de la garnison. Je veux les fermiers, les cow-boys et les simples soldats. Tous ceux qui seront libres ce soir-là. Vous ne me jugez pas folle et capricieuse, n'est-ce pas ? Je veux vraiment faire la connaissance de tout le monde et je tiens à ce que tout le monde me connaisse. J'étais sûre que vous me comprendriez parfaitement.

Nicholas Benoit rendit une nouvelle visite à sa belle-sœur. Elle était d'une humeur encore plus mauvaise que la fois précédente :

– Ainsi elle est passablement jolie ! Et ce n'est pas tout à fait une idiote ! Bon... Dois-je me traîner à ses pieds à la face du monde ? Non, Nicky, il n'en est pas question. Au nom de quoi me laisserais-je dominer par cette femme ? Je croyais que vous étiez tout aussi pressé que moi de vous en débarrasser.

– Ma chère Toni, vous ignorez ce qu'est la patience. Elle n'est vraiment pas le genre de femme à s'enfermer ici, loin de tout. Elle ne restera pas très longtemps. Je lui donne un mois, deux au plus. Ensuite, elle mourra d'ennui et s'enfuira en courant, en quête de distractions. Entre-temps, son cousin, ou prétendu tel, s'occupe de ses affaires. J'espère que vous tiendrez votre Indien en laisse et l'empêcherez de commettre une bêtise. Ce n'est vraiment pas le moment. Tant qu'elle restera ici, le calme doit régner.

– Et pourquoi donc ? Qu'est-ce que ce parangon de toutes les vertus ? Une garce, sans aucun doute. Je parie qu'elle a sûrement une bonne raison de se cacher ici. Cet homme, ce cousin dont vous parlez, c'est peut-être son amant. Ils veulent forniquer tranquillement, à l'abri des regards indiscrets, je suppose. Et la voilà qui se donne de grands airs ! Une réception, quelle idée ! A quoi joue-t-elle? A la grande dame en voyage chez les péquenots? Non, moi je n'irai pas. Vous m'entendez, Nicky? Vous pouvez aller la retrouver et lui dire que je refuse son invitation.

Nick Benoit secoua la poussière de son chapeau et se leva. Il sourit, d'un air fatigué :

– Pensez-vous que votre absence privera Mrs Morgan de quelque chose? Vous ne lui manquerez guère. En revanche, ma chère, vous regretterez de n'avoir pas assisté à une soirée intéressante. Mais puisque vous craignez d'entrer en concurrence avec une autre jolie femme, je n'ai rien à ajouter.

La fureur de Toni Lassiter fut à son comble lorsqu'elle découvrit que même son sauvage contremaître avait l'intention de participer à cette *fiesta,* comme disait Mrs Morgan. Et lorsqu'elle apprit que, de surcroît, il comptait y accompagner Missie Carter et lui servir de cavalier, elle bondit sur lui, tous ongles dehors. Il bougea à peine le bras pour la repousser, mais Toni se retrouva les quatre fers en l'air, sur les marches de l'escalier.

– Tu manipulais sûrement très bien Billy-Boy Dozier. Mais avec moi, ça ne marche pas. Essaie encore de me toucher et je te romprai les os. Je quitterai ensuite cette maison sans me retourner une seule fois.

Elle haletait de rage. Mais il la couvrait de son regard froid et elle retint le flot d'insultes qui lui montait aux lèvres. Elle resta où elle était tombée, sa jupe retroussée jusqu'aux cuisses, et elle se mit à geindre :

– Pourquoi te montres-tu toujours si cruel avec moi, Commanche? C'est peut-être un piège, tu ne comprends pas? Il y aura le colonel Belmont avec sa troupe, presque au grand complet. Et tu sais bien qu'il ne t'aime pas. Es-tu stupide? Et y aller avec cette insupportable gamine, par-dessus le marché...

– Son père et ses frères viendront aussi. D'ailleurs, ce ne serait guère convenable que tu te montres publiquement avec un de tes employés. Si tu avais quelque bon sens, tu irais seule ou avec ton beau-frère. Je suis convaincu que ce genre de soirée constitue une mine d'informations.

– Affreux bonhomme! C'est pour ça que tu y vas, toi?

Il lui sourit sans aucune gaieté :

– Toujours bon de glaner des renseignements sur ses adversaires. Et de se trouver enfin nez à nez avec le colonel Belmont. Il m'a lancé tous ses soldats aux trousses. Il serait bon qu'il voie enfin sa cible en face.

– Tu es idiot. Je n'ai confiance ni dans cette femme ni dans cet imbécile de colonel Belmont. Je pense qu'il y a un guet-apens là-dessous.

– Pourquoi alors ne pas y aller voir?

Elle perçut une lueur d'insouciance dans ses yeux. C'était pour cela qu'il lui plaisait tant. Il n'avait jamais peur. Il était complètement dénué de scrupules. Il était inconscient. Il était dur et cruel tout comme elle. Elle se sentit soudain éperdue de désir. Elle tordit son corps vers lui, découvrant encore davantage ses jambes.

– Ne te tourne surtout pas vers moi pour me demander secours, lorsque tu t'apercevras que j'avais raison. Je dirai tout ignorer de toi. Je dirai que je t'ai engagé parce que j'avais besoin d'un homme pour remplacer Billy-Boy. Mais que tu n'étais pas un vrai homme. Tu ne savais te servir que d'une seule arme : ton revolver. Commanche...

Ses yeux luisaient de convoitise. De la langue, elle humectait sans cesse ses lèvres sèches. D'une main, elle déchira sa robe. D'un coup, elle fut nue devant lui. Son corps blond et argenté brillait à la lueur de la lampe à huile.

Ce n'était qu'une garce. Elle le suppliait de la prendre. Elle était là, le ventre tendu vers lui. Il s'empara d'elle alors et, ce faisant, il se demanda pourquoi, dans son esprit, il voyait toujours scintiller des yeux verts et félins, pourquoi il continuait à rêver d'une chevelure d'or et de flamme, si soyeuse sous ses mains.

Il avait dû connaître une femme, autrefois, qui avait beaucoup compté pour lui. Elle vivait toujours en lui, aux frontières de son inconscient. Parfois, lorsqu'il était détendu et ne pensait à rien, des images surgissaient dans son esprit. Un regard d'émeraude. Une mèche cuivrée. Il avait alors une telle expression que Missie, quand elle était là, rougissait rien qu'en l'observant.

Y avait-il réellement eu une femme dont il n'avait pu se détacher? Il était si indifférent à toutes. C'était cette qualité pourtant que Toni Lassiter appréciait le plus chez lui. Elle avait vu tant d'hommes se traîner à ses genoux! Commanche l'utilisait à son gré. Entre ses mains, elle avait l'impression de n'être qu'une prostituée à bon marché. Cette pensée le rendait encore plus désirable. De le savoir dangereux et sauvage l'excitait aussi. Elle avait pourtant été à plusieurs reprises très étonnée de constater qu'il pouvait parler en homme extrêmement cultivé, pour peu qu'il en ait l'envie.

Non, pensa Toni en s'étirant comme une chatte lorsqu'il se fut relevé, non, elle n'en avait pas encore fini avec lui. Nicky pouvait bien aller au diable avec toutes ses mises en garde et ses avertissements. Elle trouverait bien un moyen de se débarrasser de Commanche lorsqu'elle s'en serait fatiguée. Ou qu'elle aurait trouvé un homme encore plus désirable.

Le juge Benoit se contenta de pousser un petit grognement moqueur lorsqu'il reçut un mot de sa belle-sœur, le lendemain matin. Comme il l'avait prévu, elle s'était décidée en fin de compte à accepter l'invitation de Mrs Morgan. On pouvait se fier à la curiosité de Toni et à son esprit calculateur. Sa belle humeur tomba lorsqu'il apprit de Matt Carter que l'amant de Toni serait le cavalier de sa nièce. A quoi pensait donc ce vieil imbécile de Joe? Confier une petite fille innocente comme Missie à ce demi-sauvage? Joe avait eu bien tort de ne pas insister pour qu'elle aille en pension, quand Benoit avait proposé d'en payer tous les frais. Il fallait donner à Missie sa chance de devenir une vraie dame. Elle n'avait encore jamais rencontré de jeunes gens convenables de son âge. Le juge décida d'avoir une conversation sérieuse avec Joe Carter. Il en allait de l'avenir de Missie.

Finalement, Ginny Morgan le devança. Elle surgit tout à coup dans son bureau à Baroque, tout échevelée, et lui confia qu'elle s'était rendue le matin même chez les Carter. Elle avait fait l'aller et retour à cheval.

– Missie m'a dit qu'il serait son cavalier. J'ai pensé que cela vous inquiéterait, aussi ai-je préféré venir vous en parler, à l'avance. Pouvez-vous me consacrer quelques minutes ?

– Je suis très honoré que vous ayez pris la peine de me rendre visite.

Pour dissimuler sa curiosité, le juge Benoit exagérait son habituelle politesse. Décidément, cette Mrs Morgan l'intriguait et de mille façons. C'était une femme passionnée, cela se voyait rien qu'à sa démarche. Et pourtant, elle était toujours escortée d'une rebutante duègne espagnole, ou bien de son prétendu cousin, ou encore d'une dizaine de soldats prêtés par le colonel Belmont. Que faisait donc à Baroque une femme d'une telle classe, accoutumée à vivre dans une société brillante et cosmopolite ?

Ginny aurait pu lire dans les pensées du juge, mais elle ne se départit pas de sa réserve. Elle accepta la chaise qu'il lui offrait si galamment.

– Je ne sais pas très bien comment vous expliquer toute l'histoire. Après tout, vous êtes l'oncle de Missie. Vous savez que je me souviens très bien de mes états d'âme à son âge. Ce serait affreux pour elle si on lui interdisait d'inviter cet homme, féroce et mystérieux, dont j'ai tant entendu parler depuis mon arrivée ici. Je lui ai dit d'inviter qui bon lui semblerait, de choisir celui qui lui plairait le plus. Vous comprenez ?

Avant qu'il ait eu le temps de réagir, elle poursuivit avec vivacité :

– ... Quand j'ai dit que je voulais inviter tout le monde, je le pensais vraiment. D'ailleurs, Renaldo et moi nous avons très envie de faire la connaissance de l'homme qui, d'après le colonel Belmont, pourrait bien être responsable de la disparition d'une grande partie de mon troupeau, sans parler de bien d'autres espiègleries, paraît-il. J'ai demandé à Missie de venir de bonne heure. Je l'aime bien, vous savez. Je lui trouverai une jolie robe à mettre pour la soirée. Il est bien possible qu'en voyant cet homme dans un milieu différent, un milieu civilisé, elle change d'avis à son sujet et comprenne son erreur.

Le juge Benoît, expert en subtilité, trouva ce plan particulièrement intelligent. N'avait-il pas pensé, quelques instants plus tôt, qu'il était urgent que sa nièce rencontre des jeunes gens de son âge et d'un bon milieu ? Il y avait plusieurs jeunes officiers célibataires, dans le détachement du colonel Belmont et Missie, qui ressemblait de plus en plus à sa mère, était tout à fait capable de leur plaire.

Il décida que Virginia Morgan était une femme supérieure, intelligente et astucieuse. Ses origines françaises, sans doute, y étaient pour quelque chose. De plus, elle était ravissante. Il constata qu'il attendait sa soirée avec impatience et pas seulement pour le plaisir d'observer le visage de Toni lorsqu'elle se trouverait nez à nez avec cette femme qu'elle avait étiquetée une fois pour toutes comme laide et puritaine.

– Quel hypocrite! déclara plus tard Ginny à Renaldo. Il se prétend gentleman et dandy mais pendant toute notre conversation, il n'a pas cessé de me déshabiller des yeux. Il est très curieux. Sans paraître y toucher, il n'arrête pas de poser des questions. Il est vrai qu'il doit s'en poser un bon nombre à mon sujet. Être simplement aimable avec lui me demande un effort quasi surhumain.

Elle se demanda pourquoi Renaldo semblait tout à coup si soucieux. Il l'interrompit, le front plissé :

– Et cette *señorita* Melissa, cette innocente enfant, j'espère, Genia, que vous pensez aussi à elle. Quel sera son avenir lorsque nous en aurons fini avec cette mascarade? Je n'aime pas beaucoup non plus ce juge Benoit, mais il y a au moins un point sur lequel je suis d'accord avec lui. Melissa mérite une vie meilleure. Et je crains bien que Steve, qui a tout oublié du passé...

– Vous croyez qu'il pourrait déjà l'avoir séduite? (Ginny s'était efforcée de parler d'une voix légère, mais elle n'avait pu s'empêcher de frissonner.) Non, ce n'est pas le cas, reprit-elle, d'un ton plus assuré. Ce n'est pas pour en savoir davantage au sujet de Steve que je cultive l'amitié de Missie. Non, je l'aime vraiment beaucoup. Elle est douce, elle est honnête et Ô Dieu! comme j'aimerais être encore aussi naïve qu'elle. Je souhaiterais tant pouvoir encore rêver. Croyez-moi, Renaldo, je ferai l'impossible pour qu'elle ne perde jamais ses illusions.

Il lui répondit avec une brusquerie dont il n'était guère coutumier :

– Mais, tout autant que moi, vous avez peur que Steve ne partage pas cet état d'esprit?

Cette fois, elle se trouva incapable de le rassurer. Plaidant la fatigue, elle se retira dans sa chambre. Renaldo s'aperçut qu'il était à bout de nerfs. Il ne tenait pas en place. Pourquoi agissaient-ils aussi lentement? Cette situation était ridicule. Ils suivaient à présent les ordres de ce Mr Bishop mais c'était tout de même lui qui était responsable de ce gâchis.

Renaldo se faisait du souci, non seulement pour Esteban qu'il connaissait depuis l'enfance et pour Ginny, qui appartenait maintenant à sa famille, mais aussi pour la petite Missie Carter. C'était une fillette, certes, mais pour Renaldo et la société dont il était issu, c'était déjà une femme. Prête pour le mariage. Sans duègne, sans famille pour la protéger, elle avait réussi à demeurer innocente et pure. Comme dans les contes de fées, Missie Carter était une princesse au bois dormant. Elle attendait l'homme qui l'éveillerait à la vie et à l'amour. Sans aucun doute, son cousin ne saurait être cet homme-là. Il suffisait de voir ce qu'il avait fait de Ginny! Parfois, il avait vaguement rêvé de chevaucher en preux chevalier au secours de Ginny. Mais elle ne souhaitait pas être secourue car, en dépit de tout, elle aimait toujours Steve. A présent, il y avait Missie. Comment pouvaient-ils l'appeler d'un diminutif aussi hideux? Melissa, ça sonnait presque espagnol et ça lui allait bien mieux.

Renaldo avait discuté avec la jeune fille. Elle était timide et employait le même langage malhabile que le reste de sa famille. Pourtant, elle ne demandait qu'à apprendre. Il avait commencé à lui enseigner un peu d'espagnol. Elle avait une véritable soif de connaissances. Elle retenait tout très vite. Même son accent n'était pas si mauvais!

Renaldo avait longtemps préféré la compagnie des livres à celle des femmes, par trop stupides et chichiteuses. Il avait un certain mépris à l'égard du beau sexe. Ginny lui avait appris qu'une femme pouvait être intelligente sans cesser d'être une vraie grande dame. Melissa Carter était différente de toutes celles qu'il avait connues. Oui, il se faisait beaucoup de souci pour elle.

49

Missie était si excitée au matin de son « grand bal » qu'elle en était presque malade. Elle avait l'estomac noué. Elle avait très peur de n'être pas à la hauteur de la situation. Mais le gentil Mr Ortega et la dame espagnole toujours un peu revêche vinrent la chercher en voiture et, le temps d'arriver au domaine Desmoulins, elle avait retrouvé un peu de son assurance. Les ouvriers avaient fini de restaurer et de peindre l'extérieur de la demeure. Elle était méconnaissable.

Mr Ortega – il ne fallait surtout pas oublier de l'appeler « señor » –, lui parlait vraiment comme à une grande dame. Lorsqu'il lui faisait la conversation, il ne la traitait pas de haut mais écoutait très sérieusement Missie exprimer ses opinions. Même la dame espagnole quitta un instant son air désagréable pour lui sourire en la conduisant chez Mrs Morgan. Elle dit à Missie que Genia avait beaucoup de goût et qu'elle lui avait choisi une robe tout à fait jolie et convenant parfaitement à une jeune femme.

C'était la première fois que Missie entendait dire qu'elle était une femme et elle rougit jusqu'aux oreilles. Mrs Morgan était si gentille ! Tout se passait comme dans un rêve. Même les prédictions maussades de Matt ne parvenaient pas à lui gâcher son plaisir. Elle avait l'impression d'être Cendrillon, souillon, sur le point de se transformer en merveilleuse princesse. Naturellement, papa avait été un amour. Il lui avait dit de s'amuser et de ne laisser personne assombrir la soirée.

Ginny lui montra la robe :

– C'est l'une des miennes, cela ne vous ennuie pas ? Je ne l'ai jamais mise. J'aime beaucoup ce tissu et ce modèle mais lorsque j'ai essayé de la mettre, je me suis rendu compte que j'avais vraiment passé l'âge de porter de tels vêtements. C'était sans doute le destin. Elle vous attendait patiemment dans ma garde-robe. Sans le savoir, je l'avais achetée pour vous.

Missie béait d'admiration. Sans lui laisser le temps de se reprendre, Ginny la fit pivoter, enleva la bague qui pendait au bout d'un ruban et remplaça ce collier par un rang de perles irisées.

– Ne vous inquiétez pas, personne ne vous volera votre bague. Nous allons bien la ranger. Ma tante Céline disait que des perles sont indispensables pour un premier bal. Elle m'avait obligée à en mettre. Moi, j'aurais préféré des émeraudes mais j'ai bien dû reconnaître qu'elle avait raison. Mon cousin Pierre était subjugué. C'était lui, mon cavalier. De ma vie, je n'ai passé meilleure soirée. Il me semblait vivre un rêve.

Missie se contemplait dans le miroir. Voilà, elle était transformée en princesse, en une merveilleuse créature de rêve qu'elle reconnaissait à peine.

Elle avait trempé une bonne demi-heure dans un bain parfumé et chaud. D'immenses serviettes moelleuses l'attendaient pour se sécher. Et la dame espagnole que

Ginny appelait *tia* Alfonsa, l'avait aidée à se coiffer. Elle lui avait brossé les cheveux jusqu'à ce qu'ils brillent comme des flammes. Elle les avait ensuite transformés en une cascade de boucles qui tombait jusque sur ses épaules.

Les jupons eux-mêmes étaient de soie. Ils glissaient contre sa peau. Sa jupe était en soie brochée blanche, parsemée de fils d'argent. Quand elle marchait, ils brillaient à la lumière et sa robe lançait des étincelles. Missie n'avait encore jamais porté de robe aussi décolletée. Mais le décolleté de la robe opale de Mrs Morgan était encore beaucoup plus profond. *Tia* Alfonsa soupira en la voyant :

– Ah ! je me souviens d'une robe pareille à celle-ci ! Esteban vous l'avait ramenée de Mexico pour votre mariage. Comment pourrais-je oublier cette nuit-là ?

– Missie n'a sûrement pas envie d'entendre parler de mon triste passé, coupa Ginny – et *tia* Alfonsa se mordit les lèvres comme si elle en avait trop dit.

Missie ne remarqua rien. Elle était bien trop occupée à s'admirer dans la glace. Elle se disait que deux Missie la regardaient dans le miroir. Il y avait Missie-des-marais, bien cachée pour qu'on ne puisse la voir, et Melissa-l'élégante, une ravissante créature douée d'une grande habitude du monde.

– M'aideriez-vous à recevoir mes invités ? J'ai encore deux ou trois petits détails à vérifier. Et puis, une hôtesse à la mode est toujours en retard à ses réceptions, dit Ginny en riant.

En bas, Mr Ortega attendait Missie et il écarquilla les yeux en la voyant, tandis qu'elle descendait timidement l'escalier. Pour la première fois de sa vie, Missie lut de l'admiration dans le regard d'un homme. Il lui disait qu'elle était belle, il lui disait qu'elle était une femme. Elle se sentait prête à tout affronter maintenant. Que dirait Manolo lorsqu'il la verrait ? Que lirait-elle dans son regard quand il entrerait ici, accompagné des frères de Missie ?

Dans les moments d'excitation qui suivirent, Missie

oublia de s'interroger encore sur le comportement qu'aurait son cavalier ou sur sa tenue. Elle était bien trop occupée. Avec la présence chaleureuse et rassurante de Renaldo Ortega à ses côtés, il ne lui fut pas trop difficile d'accueillir les élégants invités.

– Je vous présenterai comme l'invitée à demeure de Ginny. Vous n'aurez qu'à tendre la main, à sourire et à leur dire comme vous êtes heureuse de faire leur connaissance.

Les mains de Missie étaient glacées, sous les gants de soie blanche. Il les prit un instant dans les siennes, hésita, puis ajouta, d'une voix peu assurée :

– Je suis convaincu que, tout comme moi, nos invités seront extrêmement frappés par votre beauté, señorita Melissa.

Elle se tourna vers lui, les yeux étincelants, et en le regardant, surprise, elle constata que Renaldo était un homme beau et très distingué.

– Oh! mais c'est cette si jolie robe qui me change tellement, évidemment. Moi-même, je me suis à peine reconnue dans le miroir. Mrs Morgan a été si gentille. Pourvu que je ne lui fasse pas honte, ce soir!

– N'ayez aucune crainte, dit très fermement Renaldo.

Tandis que les premiers invités arrivaient, il se prit à espérer que cette soirée ne changerait pas Melissa, qu'elle ne se transformerait pas en une femme coquette et provocante mais qu'elle conserverait toute sa sincérité et son charme naturels. « C'est une petite nymphe des bois, se disait-il en lui-même. Je dois parler à Génia. Il ne faut pas que Melissa puisse être blessée lorsqu'elle apprendra la vérité. Il faut donc que je trouve un moyen de parler à Esteban... »

Ginny était tout aussi inquiète que Renaldo lorsqu'elle descendit à son tour, un quart d'heure plus tard. Mais nul n'aurait pu deviner sa nervosité, tant elle semblait gaie. Que ferait-elle si Steve ne la reconnaissait pas, oui, que ferait-elle? A dessein, elle avait commandé tout spécialement cette robe, réplique exacte de celle que Steve lui avait donnée, la veille de leur mariage. Et elle portait des opales à son cou, à ses poignets et à ses oreilles. Les pierres brillaient comme de petites flammes.

Quand arriverait-il enfin ? Et s'il ne venait pas du tout ? Elle se réconforta en songeant que le père et les frères de Missie n'avaient pas encore fait leur apparition, eux non plus.

Au bras du juge Benoit, Toni Lassiter réussit une entrée spectaculaire. Sa chevelure pâle luisait comme de l'argent et elle avait choisi une robe brochée or, assortie à la couleur de ses yeux d'ambre. Ses épaules nues avaient un éclat nacré. Ses lèvres roses, toujours humides, étaient tordues en un sourire moqueur :

– Mon si cher Nicky m'a tant parlé de vous ! Quel excellent travail vous avez effectué ! Vous avez bien réparé cette vieille ruine. J'espère, tout de même, qu'il n'y aura pas d'inondation cet hiver. Tous vos efforts se trouveraient réduits à néant. Mais évidemment, vous ne comptez pas rester parmi nous jusque-là, n'est-ce pas ?

Quelle garce et sans aucune subtilité avec ça ! songea Ginny furieuse. Elle se demanda comment Steve pouvait s'intéresser à elle. L'amnésie n'était pas une excuse. Elle aurait bien voulu arracher une poignée de ces cheveux blonds, rouer cette femme de coups. Au lieu de lui sauter à la figure, elle sourit aimablement, sans paraître avoir remarqué le ton provocant de la veuve Lassiter.

– Je suis si heureuse de faire enfin votre connaissance ! Vous êtes exactement telle que je me l'étais imaginé, évidemment. Il faut absolument que nous bavardions un peu ensemble, tout à l'heure. Ravie de vous voir, juge Benoit.

Missie se demanda comment elle parvenait à être aussi gentille après ce que lui avait dit cette affreuse Toni. Elle fut soulagée d'avoir Renaldo Ortega à ses côtés. Elle discernait une lueur déplaisante dans les yeux de Toni. Mais elle imita Ginny Morgan et releva fièrement la tête.

– Vraiment, Missie, je ne vous aurais jamais reconnue, je le jure. Qu'avez-vous fait de vos haillons ? Vous jouez Cendrillon, ce soir, ma chérie ?

Nick Benoit se précipita au secours de Missie :

– Melissa, tu es ravissante. Et tu ressembles tellement à ta mère, à ton âge. Tu vas tourner toutes les têtes, ce soir, j'en suis sûr. Garde tout de même une danse pour ton vieil oncle, je t'en prie !

En agrippant Toni, il l'éloigna avant qu'elle ait pu répandre encore davantage de venin :

– Venez, Toni chérie. Allons goûter à ce punch. Et essayez d'effacer votre air maussade. Il ne convient pas au rôle que vous êtes censée jouer ce soir.

Par chance, la nuit était tiède et parfumée. Il y avait déjà foule dans les jardins et les cours illuminés. Toni avait interdit à ses cow-boys de venir. Mais il y avait des représentants de tous les autres ranches du voisinage. Même les ouvriers mexicains étaient là, eux qui ne se mêlaient jamais aux autres, qui évitaient surtout les histoires et parlaient de Toni Lassiter comme de leur patronne. Toni avait du mal à contrôler sa colère :

– Vous voyez comme j'avais raison ? Cette garce se mêle de tout. Elle et son prétendu cousin ont battu la campagne, ils n'ont omis aucune des misérables huttes de ces péons. Ils connaissent leur langue, imaginez ça ! Dites-moi comment une fille de sénateur, de mère française et de père californien, peut bien avoir appris l'espagnol ? Et dites-moi surtout comment elle peut avoir un cousin mexicain ? Je vous le dis, Nicky, ces vêtements hors de prix cachent quelque chose. Son mari l'a peut-être ramassée dans un bordel. Cela ne m'étonnerait pas du tout. Je sais que ses grands airs vous éblouissent, mais moi pas. Je vous en avertis, je ne supporterai pas très longtemps sa présence dans mon voisinage.

Toni n'était pas la seule à ne pas apprécier la présence des cow-boys et des Mexicains. Persis Belmont glissa à l'oreille de son hôtesse que son mari s'inquiétait. Il craignait une rixe.

– Vous savez que les soldats et les habitants ne s'aiment guère. Ces cow-boys texans n'ont pas encore oublié la guerre. Ils ne nous aiment pas et ils n'aiment pas non plus ces misérables Mexicains. Êtes-vous sûre, Ginny, que...

– Mes hommes ont été prévenus. Personne ne veut créer d'ennuis, j'en suis convaincue. Ce ne sont pas ces Mexicains qui commenceront une bagarre. Il n'y aura pas d'incident désagréable. Ne vous inquiétez pas, Persis !

– J'espère bien, mais si vous voulez savoir la vérité, je me demande ce que cette Lassiter a à minauder ainsi.

Persis Belmont hésita, puis posa une main sur le bras de Ginny. Elle baissa la voix pour ne pas être entendue de Missie :

– Et j'espère que cet Indien aux yeux bleus décidera en fin de compte de passer la soirée ailleurs. Je sais que cette enfant serait déçue mais elle est bien trop ingénue pour fréquenter des hommes pareils. Je déteste vous ennuyer ainsi, Ginny, mais cet homme a le don de créer des problèmes. Il suffit qu'il apparaisse quelque part pour que des individus pacifiques se transforment en bêtes fauves. J'espère vraiment... oh !

Ginny avait écouté poliment les remontrances de son amie. Elle suivit son regard quand elle s'interrompit. Elle eut l'impression que le sol vacillait sous ses pieds.

Il était là. Son cœur battait la chamade. Elle se rappela toutes les nuits où elle avait ainsi attendu Steve, sans savoir quelle serait son attitude vis-à-vis d'elle.

Elle pensa follement qu'elle ne pouvait tout de même pas lui planter un couteau dans la gorge pour l'obliger à la remarquer. Elle avait perdu toute son assurance. Par chance, Mrs Belmont était bien trop surprise pour remarquer l'agitation de Ginny. Elle murmura, avec stupéfaction :

– Ma parole, on nous a changé notre homme. Ce n'est plus le même. Il s'est rasé. Il s'est coupé les cheveux. Vous savez, ils lui tombaient jusqu'aux épaules et il les maintenait avec un bandeau autour de la tête, comme un Indien. Je pense que c'était pour le plaisir de choquer le monde. Jusqu'ici, je ne l'avais vu qu'en haillons. Je me demande ce qu'il mijote encore.

L'entrée des cinq hommes avait fait sensation. Il y eut même une seconde de silence. Et puis tout le monde se reprit à parler en même temps. Joe Carter paraissait mal à l'aise dans ses vêtements de confection. Il traînait derrière ses trois fils. L'homme qu'ils appelaient Manolo portait avec une insolente assurance le vêtement mexicain traditionnel, noir brodé d'argent. La veste courte et les pantalons étroits lui allaient bien. Il arborait une chemise blanche au jabot empesé.

Ginny était paralysée. Elle entendit à peine Missie crier :

– Oh, vous êtes venu ! Enfin, vous êtes là !

Son visage s'était illuminé. Elle se moquait bien de laisser deviner ses sentiments à toute la foule qui l'entourait. Renaldo se dit qu'elle n'avait pas encore appris à masquer ses impulsions et il se demanda pourquoi une salive aussi amère lui emplissait soudain la gorge.

Quelques minutes plus tôt, un groupe de jeunes officiers admiratifs avait entouré Missie. Tous l'avaient suppliée de leur faire l'honneur d'une danse. Elle ne remarqua pas leurs regards surpris et désapprobateurs tandis qu'elle courait à travers la salle à la rencontre de Manolo. Elle ne voyait que Manolo. Il était superbe, en seigneur espagnol. Et c'était pour elle, pour ne pas lui faire honte devant tous ces gens, qu'il s'était donné tant de mal. Elle vit aussi ses yeux bleus se rétrécir en l'observant, un sourcil levé.

– Missie, vous avez l'air d'une princesse, ce soir. Vous êtes beaucoup trop bien pour nous autres, roturiers.

A la dernière minute, elle se souvint qu'il ne fallait pas se jeter à son cou. Elle stoppa net, devant lui.

– Vous me dites la vérité ? Je vous plais comme ça ? Papa, est-ce que je suis aussi jolie que maman ?

– Tu es ravissante, petite !

Il y avait de l'émotion dans la voix de Joe Carter et

les trois frères restaient bouche bée devant elle. Matt finit par retrouver la parole pour grommeler qu'elle n'aurait jamais dû accepter de devenir l'obligée de cette étrangère. Elle refusa de s'en offusquer. L'heure était à la fête. Manolo la regardait enfin comme une femme. C'est à elle qu'il souriait et à elle toute seule :

– Votre père a raison, princesse. Vous êtes la plus jolie dame de ce palais. Vous reste-t-il une danse pour moi ?

– Oh ! mais je n'en ai encore promis aucune ! C'est-à-dire, sauf au señor Ortega, parce que je l'ai aidé à recevoir pendant que Mrs Morgan – elle m'a demandé de l'appeler Ginny ! – finissait de s'habiller. Il m'a demandé d'ouvrir le bal avec lui. Il est si gentil. C'est son cousin, vous savez. Venez faire sa connaissance. Elle est merveilleuse, elle n'est pas du tout...

– Tous ces jolis vêtements et toutes ces belles phrases sont montés à la tête de notre petite sœur, grogna Matt.

Mais il se tut parce que son père venait de lui lancer un regard qui avait valeur d'avertissement.

– Elle a été bonne avec Missie et nous sommes ses invités. Rappelle-toi ça, mon garçon.

– Elle est belle et c'est une vraie grande dame. Elle n'est pas femme à vous sourire avec la bouche tout en vous assassinant du regard, comme Toni Lassiter !

Matt parut furieux, mais Manolo éclata de rire :

– Vous ressemblez à un chat de gouttière quand vous vous énervez et cela ne va pas avec cette robe et ces perles.

Puis, devant son regard soudain navré, il ajouta :

– Venez. Présentez-nous donc à vos amis.

50

– Il semble que votre Indien se soit débrouillé pour se déguiser en gentilhomme espagnol, ce soir, fit doucement Nick Benoit.

En dépit de ses sarcasmes, il était stupéfait. Il se dit qu'il devrait bien reprendre son enquête et découvrir enfin l'identité de cet homme.

– Je vous avais bien dit que c'était un homme cultivé, riposta Toni Lassiter, les yeux durs comme des pierres. Mais comme d'habitude, vous n'avez pas voulu m'écouter.

– Je crois qu'il s'est mis sur son trente et un pour les beaux yeux de ma nièce, murmura Benoit, non sans malice. Reconnaissez, ma chère, qu'elle est superbe, ce soir. Je me demande pourquoi je ne me suis pas aperçu plus tôt que la petite Missie était devenue belle. Et elle paraît bien avoir apprivoisé la bête, non ?

– Oh ! taisez-vous donc ! glapit Toni. Cette gamine ! Ce n'est qu'une sale petite fille des marais, c'est tout ! Vous croyez qu'il aurait pris la peine de s'habiller pour elle ? Vous verrez, Nicky chéri, Commanche sait ce qu'il fait. Et ce n'est pas le cas de votre petite nièce, même si, ce soir, elle s'est parée des plumes du paon.

Joe Carter et ses fils étaient dans leurs petits souliers. Ils suivaient Manolo et Missie qui traversaient la salle en direction de l'hôtesse. Missie s'accrochait fièrement au bras de son cavalier. Elle ne perçut pas le malaise général.

Le colonel Belmont inclina la tête avec raideur, en croisant le regard sarcastique de Manolo. « Colonel... ? » Rien que ce regard était une insulte et le colonel eut du mal à retenir sa colère. Bon Dieu ! c'était intolérable. Le juge Benoit avait raison et Persis avait raison. Cet homme était insolent et bien trop sûr de lui, surtout lorsqu'on songeait qu'il n'était après tout qu'une espèce d'ouvrier agricole. Il fallait faire quelque chose.

Ginny sentit son corps se raidir. Renaldo surgit à ses côtés pour la réconforter. Steve ne l'avait toujours pas regardée.

Le moment qu'elle avait tant souhaité, le moment qui l'avait tant effrayée, passa le temps d'un clin d'œil. Seule Missie remarqua la soudaine tension de Manolo dont le bras se figea sous ses doigts mais elle était bien trop tendue elle-même pour s'en étonner. Ils étaient passés à côté d'oncle Nick et de Toni, qui les avait foudroyés du regard. Et puis, en rencontrant les yeux calmes du señor Ortega, Missie avait repris de l'assurance. Chaque fois qu'elle faisait un pas, les jupons de soie caressaient ses jambes et elle se rappelait qu'elle était belle, qu'elle était une femme et que, ce soir, elle était une princesse. Même Manolo le lui avait dit. Ce n'était pas un rêve. Pour une fois, c'était bel et bien la réalité.

Mrs Morgan lui épargna la difficulté des présentations. Jamais Missie ne l'avait encore vue rougir. Mais c'est d'une voix légère qu'elle interrogea :

– Ne serait-ce pas votre cavalier, Missie? Quelle honte, monsieur! N'auriez-vous pu éviter un tel retard?

Ils se touchèrent la main. Leurs yeux se rencontrèrent. Et puis, rien. Un imperceptible frémissement chez Steve, un silence soudain que Missie combla en poursuivant les présentations.

Comment pouvait-elle feindre ainsi l'insouciance? Il y avait tant de passion, tant de violence et tant d'amour, entre eux. Et voilà qu'il l'appelait « Madame », de cette voix traînante et sarcastique qu'elle avait toujours détestée.

– Quel plaisir de vous rencontrer, madame! Et merci de cette aimable invitation!

Comment osait-il? Le défiant ouvertement, elle lui répondit en espagnol :

– Tout le plaisir est pour moi, señor. J'ai tant entendu parler de vous. Pour cette nuit, ma maison est la vôtre.

— Je me demande ce que vous avez bien pu entendre, señora. Je suis étonné qu'un homme aussi insignifiant que moi ait pu retenir votre attention.

Renaldo, craignant une explosion de Ginny, s'interposa vivement :

— Ma cousine et moi étions impatients de connaître tous nos voisins, naturellement, Ah! Mr Carter, que c'est bon de vous revoir! Vous êtes arrivé juste à temps pour la danse. Mais vous voudrez sûrement boire quelque chose d'abord, ainsi que vos fils. Il y a un buffet, au fond. Vous y trouverez tout ce qu'il vous faut.

Le petit groupe s'éloigna, Missie toujours pendue au bras de Manolo. Et Ginny se mordit les lèvres en voyant Steve dire quelque chose, au passage, à Toni Lassiter. La garce eut le toupet de caresser son visage rasé.

— Alors, quelle est votre impression? Que pensez-vous du diable local?

Heureusement, la voix de Persis Belmont ramena Ginny à la réalité. Elle était sur le point de se précipiter vers Steve pour hurler sa colère. Elle se reprit et s'obligea à sourire :

— C'est encore un peu tôt, bien sûr, mais je crois qu'il ne me plaît guère.

— Eh bien, cela ne m'étonne pas. Avez-vous remarqué la conduite de cette femme? Vrai, c'est une traînée et rien d'autre. Et croyez-moi, je n'ai pas pour habitude de porter pareil jugement sur les gens. Pauvre juge Benoit, il n'a pas dû apprécier cette petite scène. Lui non plus n'a aucune confiance en cet homme. Et il s'inquiète pour sa nièce. Encore hier, il disait à Rodney...

Ginny se composa un visage calme et parut écouter Persis Belmont. Elle avait besoin de toute sa volonté pour rester là, apparemment attentive, tandis qu'à l'autre bout de la pièce, Renaldo invitait Missie à danser et que, sans honte aucune, Toni Lassiter plantait là son cavalier pour aller vers Steve et poser la main sur son bras. Il haussa les épaules, vida son verre et, à ce moment, l'attention de Ginny fut accaparée par Nick

Benoit qui, toujours aussi courtois, lui réclamait une danse.

Elle répondit tant bien que mal à ses compliments sans cesser d'observer Toni qui se collait beaucoup trop, à son gré, contre Steve. Le sourire moqueur et sarcastique dont elle se souvenait si bien flottait sur ses lèvres. De toute évidence, cela ne plaisait pas non plus à Nick Benoit.

– Il me semble vous devoir des excuses. De temps en temps, ma belle-sœur prend plaisir à choquer les gens.

– Lui aussi, sans aucun doute.

Ginny croisa le regard inquisiteur de son partenaire et laissa fuser un petit rire :

– Oh! ce n'est que de l'intuition féminine, je suppose. Après tout, je n'en sais rien. Je n'aurais pas dû dire cela.

– Mais si. J'espère que vous vous sentirez toujours libre de me dire tout ce qui vous passe par la tête.

Les doigts de Benoit accentuèrent leur pression sur l'épaule de Ginny. Il poursuivit, songeur :

– Je suis content que vous ayez vu clair en lui. Il a particulièrement soigné son apparence ce soir et je me demande bien pourquoi. Il a voulu nous montrer qu'il était un gentilhomme, lui aussi, et qu'il valait bien autant que nous tous. Je n'ai aucune confiance en lui, je l'avoue. Un homme qui n'a pour seul bien que sa vie et qui aime à la risquer, c'est un danger public.

Ginny fit comme si elle était effrayée.

– Mais j'espère bien que non! s'exclama-t-elle avec un frisson. Pourquoi se conduirait-il dangereusement, ce soir? Après tout, ni mon cousin ni moi-même ne sommes impliqués dans les conflits locaux. Je ne vois pas pourquoi nous ne pourrions pas coexister tous, pacifiquement.

– Certaines personnes ne sont pas du tout de cet avis, je le crains bien, dit Benoit d'un ton peu rassurant. Vos intentions sont louables, certes, mais il est de mon devoir de vous avertir d'agir avec précaution.

Des précautions ! Toute sa vie, Ginny n'avait fait que rencontrer des gens qui lui conseillaient de se méfier, de prendre garde, de faire attention. Cela ne l'avait pas empêchée de se retrouver ici en plein drame. Elle savait dissimuler ses sentiments, jouer un rôle à l'occasion, mais elle n'avait pas appris à se montrer circonspecte. Sa patience et sa maîtrise de soi étaient sérieusement mises à l'épreuve, ce soir. Elle regardait son mari danser avec Toni et, au lieu de lui faire une scène, elle était obligée de sourire et d'agir comme s'il était un parfait étranger. Elle se demandait ce que pouvait bien penser Steve.

Des yeux verts couleur d'orage, étrangement bridés. Une chevelure d'or et de flamme, coiffée en un chignon dont s'échappaient des boucles folles. Des yeux et des cheveux de la même couleur que ceux de Missie, mais ce n'était pas pour cela qu'ils étaient si familiers. Sans savoir pourquoi, Steve devinait que ses cheveux glisseraient comme de la soie entre ses doigts. Il ne l'avait jamais embrassée, il ne le désirait pas, mais il connaissait la saveur de ses lèvres. Elles s'ouvriraient doucement sous les siennes lorsqu'elle s'abandonnerait à lui. Virginia Morgan. Ginny. Il se répétait son nom. Les muscles de Steve frémissaient en songeant à sa façon de relever fièrement le menton. Un simple geste, pourtant, et cela avait suffi à la rendre unique, entre toutes les femmes.

Toni sentit que son cavalier s'éloignait d'elle et elle planta ses ongles dans son épaule :

– Que t'a-t-elle dit ? Je la déteste, cette garce, avec ses manières supérieures. Elle trompe bien son monde. Elle a aveuglé jusqu'à ce pauvre Nicky. Je me méfie d'elle. Commanche, tu m'écoutes ? Elle manigance quelque chose, je le sens. Tout ce tintouin à propos de Missie ! Pourquoi s'intéresserait-elle à cette misérable gamine des marais ? Et cette *fiesta !* Elle a invité tous ces péons, comme si ces pauvres gens avaient la moindre importance.

Il eut tout à coup envie de gifler Toni, de frapper

cette bouche si experte à exciter les hommes. Il eut une exclamation de dégoût et se pencha vers elle :

– Tu es jalouse, Messaline, reconnais-le.

– Jalouse d'elle ? De cette créature guindée et sournoise ? Elle a ébloui tous ces imbéciles simplement parce qu'elle est suffisamment riche pour se payer des robes et des bijoux. Mais toi, Commanche, tu ne te laisses tout de même pas prendre à son jeu ? Bon Dieu, si j'étais aussi riche qu'elle, je serais la reine de cet État ! Je le serai d'ailleurs et tu m'y aideras, Commanche ! Tu es le seul homme véritable que je connaisse, et maintenant tu dois te rendre compte que nous devons nous débarrasser d'elle, à tout prix.

– Tu es folle, dit-il placidement – mais ses yeux se rétrécirent comme s'il allait devoir affronter un danger.

– Non, je ne le suis pas. Cette femme prépare quelque chose. Son père a beaucoup d'influence à Washington, ne le sais-tu pas ? C'est peut-être lui qui l'a envoyée ici. Tous ces gens du gouvernement cherchent à se mêler de nos affaires. Elle a peut-être une sorte de mission d'information. Elle veut peut-être détruire tout ce que j'ai eu tant de mal à construire, depuis la fin de cette guerre absurde. Pourquoi montrerait-elle tant d'amitié à l'égard de stupides paysans mexicains ? Elle parle leur langue, n'est-ce pas bizarre ? Bientôt, elle leur mettra des idées dans la tête. Elle leur expliquera leurs droits sur les terres qu'ils cultivent. Regarde-la, maintenant. Elle discute avec le colonel Belmont : de quoi peuvent-ils bien parler ensemble ? Le colonel ne t'aime guère, tu le sais. S'il le pouvait, il t'arrêterait sur-le-champ. C'est peut-être cela qu'ils sont en train de préparer.

Manolo plissa le front. Toni exagérait toujours tout mais, en l'occurrence, il y avait du vrai dans ses propos. Il l'entendit s'esclaffer :

– Tu vois bien ? Tu sens aussi le danger. C'est parce que tu es comme moi, mon amour. Nous sommes ensemble parce que nous sommes tous deux aussi dénués de scrupules. (Et, toujours aussi rusée, elle ajouta :) Et tu ne t'inquiètes pas pour cette petite Missie? Sais-tu qu'elle voit beaucoup le cousin, le señor Ortega? Et pourquoi cette garce de Morgan s'amuse-t-elle à déguiser Missie en femme du monde? Ou bien elle cherche à lui tirer les vers du nez ou bien le señor espère la séduire avant toi, Commanche!

– Un de ces jours, Messaline, je te tordrai le cou de mes mains nues et j'y prendrai beaucoup de plaisir.

Vu son ton, c'était une véritable promesse qu'il lui faisait là. Mais elle lui répondit par un sourire amusé :

– Et un de ces jours, c'est moi qui te tuerai la première. Mais, dans l'intervalle, mon sauvage chéri, nous ne risquerons pas de nous ennuyer ensemble.

Sans lui répondre, il la conduisit vers le coin de la pièce où se tenait Missie. Morose et un peu perdue, elle écoutait, l'air absent, les propos d'un jeune officier. Son visage s'illumina lorsqu'elle vit Manolo. Comme d'habitude, elle ne parvenait pas à masquer ses sentiments. « Quelle petite idiote! » songea méchamment Toni, ce qui ne l'empêcha pas d'adresser son plus séduisant sourire au lieutenant qui en resta bouche bée. Et avant que Manolo ne s'en charge, elle proposa de procéder à un échange de partenaires. Le lieutenant Armitage ne parvenait pas à croire à sa bonne fortune. Ses amis officiers allaient le voir danser avec Mrs Lassiter en personne.

Quant à Missie, elle était en extase. Ce n'était pas les ricanements de Toni qui pouvaient lui gâcher sa joie. Manolo la tenait dans ses bras. Elle découvrait sans surprise qu'il mettait à danser la même grâce féline qu'à courir dans les bois. Il la guidait si habilement que, tout à coup, elle valsait comme une reine sans l'avoir jamais appris.

– Vous m'avez manqué, princesse. Déjà fatiguée de danser?

– Je ne serai jamais fatiguée de danser, répondit-elle d'une voix haletante. Je crois que je pourrais danser toute la nuit.

Danser avec Missie, c'était comme respirer de l'air

pur. Il chassa Toni de son esprit, son souvenir lui était antipathique. Il ne pensa plus à la femme aux cheveux de cuivre qui l'avait étrangement bouleversé, contre son gré. Elle lui rappelait quelqu'un qu'il avait connu autrefois. Ça ne devait pas être un souvenir agréable, à en croire la tension qu'il avait ressentie en faisant sa connaissance. Nick Benoit avait dit à Toni que c'était un femme intelligente. Eh bien, il verrait cela plus tard. Il avait tout son temps. Cette nuit appartenait à Missie et il ne fallait pas la décevoir. Il la taquina :

– A combien de partenaires avez-vous déjà tourné la tête, ce soir ? Je n'aurais peut-être pas dû vous arracher à ce joli lieutenant.

– Mais il était plutôt bête, vous savez ! Et si jeune ! D'ailleurs, il m'a oubliée dès qu'il a vu Toni et j'en suis bien contente. C'est vous que j'attendais.

– Petite fille, il faut apprendre à ne pas vous montrer aussi franche.

Elle se demanda pourquoi il adoptait soudain une voix si dure.

– Pourquoi ? Et puis, je ne suis pas une petite fille. J'ai dix-sept ans. A mon âge, ma mère était déjà mariée. Quand donc cesserez-vous de me traiter comme une enfant ? Je suis une femme.

Elle capta son regard narquois et, de rage, elle se colla contre lui, tout comme elle avait vu Toni le faire. Elle l'obligerait bien à la remarquer. Elle n'était pas une gamine. Tous les hommes avec qui elle avait dansé le lui avaient bien fait sentir.

– Bon sang, Missie ! Vous flirtez avec moi ?

Il avait pris un ton sarcastique mais il ne la repoussait pas. Missie exulta.

– Eh oui, je flirte, fit-elle avec défi. Ce n'est pas ce qu'une jeune femme est censée faire ? Comment réagissez-vous dans un cas pareil ?

– Cela dépend de la femme. Cela dépend de ce qu'elle a à offrir... (Il se radoucit, soudain.) Mais si c'est quelqu'un d'aussi jeune et gentil que vous, princesse, murmura-t-il à son oreille, je la serre tout contre moi et au bout d'un moment, je lui propose d'aller respirer un peu d'air frais, dehors.

– Et alors ? demanda-t-elle, les yeux brillants comme des étoiles.

– Les jeunes femmes convenables rougissent, très embarrassées. Et puis, elles chuchotent que des gens pourraient croire des choses et qu'il vaut mieux pas.

– Mais si c'était à moi que vous proposiez de sortir, je me moquerais bien de ce que penseraient les gens. Je ne crois pas aimer flirter si cela consiste à faire semblant et à dire des tas de choses que l'on ne pense pas. Je veux que vous m'embrassiez. Mon premier baiser, c'est de vous que je veux le recevoir.

– Mon Dieu, princesse !

Il était furieux et il avait envie de la secouer comme un prunier. Quelles idées cette Morgan lui avait-elle donc mises en tête ? Et ce prétendu cousin qui avait réclamé la première danse de Missie ! Il commençait à comprendre ce que ressentent les pères. Cela ne l'empêcha pas de dissimuler sa colère noire pour demander, d'un ton sarcastique :

– Personne ne vous a demandé de lui réserver une seconde et une troisième danse ? Il y a des hommes qui considèrent les baisers comme des promesses. C'est pour cela qu'en Espagne et au Mexique, on charge des duègnes revêches de veiller sur les petites filles aussi curieuses que vous.

– Oh !

Les yeux de Missie s'emplirent de larmes. Comme elle était déçue ! Il la traitait comme s'il était son père et comme si elle n'était encore qu'un bébé.

– Mais je ne suis plus une petite fille, je vous le dis et je vous le répète. Je vous le montrerai si vous continuez à refuser de me croire. Et si le señor Ortega veut m'embrasser, je le laisserai faire. Il est beaucoup plus gentil que vous et, lui, il ne flirte pas avec toutes les femmes qui passent à sa portée. Et il me traite comme une dame. Il ne me taquine pas tout le temps, lui !

– Missie! fit-il à travers ses dents serrées.

Mais elle était trop excédée pour y prêter attention :

– Laissez-moi tranquille! Je ne veux plus danser avec vous.

Elle craignait d'éclater en sanglots, ce qui la couvrirait de honte. Elle voulut s'échapper mais Manolo entoura sa taille d'un bras d'acier. Il lui serra si brutalement les doigts qu'elle poussa un petit cri de douleur.

– Vous vous conduisez en horrible enfant gâtée, personne ne vous l'a jamais dit? Maintenant, cessez de vous débattre comme une petite sauvageonne et essayez de faire vraiment semblant d'être une dame jusqu'à ce que je vous ramène à votre señor Ortega.

– Je crois que je vous hais.

Il répondit à son exclamation par un sourire :

– J'ai déjà entendu ce genre de remarques bien des fois!

Quand Manolo tourna les talons après l'avoir abandonnée sans un mot devant le señor Ortega stupéfait, Missie crut qu'elle allait se trouver mal. Aucun doute, il allait rejoindre Toni qui elle, indubitablement, n'était pas une petite fille inexpérimentée. Dire qu'il l'avait traitée d'enfant gâtée! Et maintenant, elle l'avait perdu pour toujours parce qu'elle avait mauvais caractère et aucun talent pour la dissimulation. Elle avait une grosse boule dans la gorge. Tout ce qu'elle souhaitait à présent, c'était retrouver papa et lui dire qu'elle voulait rentrer à la maison.

Au lieu de cela, elle se retrouva en haut avec la señora Armijo, aux petits soins pour elle, et Ginny qui lui expliquait que, devenir une dame, cela consistait aussi à mentir, du moins un peu, lorsque c'était nécessaire.

– Les hommes sont d'étranges créatures, vous l'apprendrez un jour. Ils ne cessent d'exiger une complète honnêteté mais lorsqu'une femme montre trop ouvertement ses sentiments, ils s'enfuient en courant. Ils disent haïr les faux-semblants, mais ils attendent d'une femme qu'elle souffle tour à tour le chaud et le froid.

En bref, qu'elle les fasse marcher. Je suppose que ça leur donne l'impression d'être des conquérants et que c'est ça qui leur plaît.

Cessant de s'apitoyer sur son sort, Missie se demanda pourquoi Ginnie parlait soudain avec tant d'amertume. Pour la première fois, elle se dit que son amie, si jolie, si sophistiquée, qui paraissait comblée, n'était peut-être pas heureuse après tout. Peut-être que son mari lui manquait...

Elle redescendit avec une très légère touche de rouge aux joues et aux lèvres. Elle redressa la tête. Non, elle ne s'enfuirait pas, après tout. C'est ce que ferait une enfant. Elle, elle allait danser, flirter et s'amuser, comme une femme.

Elle ne manqua pas de cavaliers. Même le colonel Belmont la supplia de lui accorder une danse. Du coup, elle se sentit importante. Surtout, lorsqu'elle ne se démanchait pas le cou pour essayer de voir où était Manolo dans cette foule, elle appréciait la compagnie de Renaldo Ortega. Lui ne lui parlait pas de haut et il ne lui murmurait pas de compliments stupides à l'oreille. Il n'eut pas honte de reconnaître qu'il adorait la poésie et même qu'il avait, lui aussi, écrit des poèmes. Il avait voyagé dans le monde entier et rencontré toutes sortes de femmes. Pourtant, il paraissait bien l'aimer, elle. Missie comprenait que cet homme était honnête et bon, complètement dénué de violence.

Au bout d'un moment, elle eut l'impression de le connaître depuis déjà très longtemps. Elle se détendit assez pour rire et bavarder avec lui, tandis qu'ils dansaient, au lieu de se concentrer uniquement sur ses pieds.

– Mais pourquoi n'êtes-vous pas marié? s'enhardit-elle à lui demander, en pensant que son premier verre de champagne lui donnait vraiment beaucoup de courage.

Loin de se fâcher, il lui sourit pensivement. Quand il souriait, découvrit-elle avec surprise, il paraissait plus jeune et plus insouciant. C'était vraiment un très bel homme. Elle s'étonna de s'en apercevoir. Et il était grand, en plus. Presque aussi grand que Manolo.

– Je crois que je ne devrais pas vous poser des questions aussi personnelles, dit-elle, contrite, avant qu'il ait pu lui répondre.

– Vous pouvez me demander tout ce que vous voudrez, miss Melissa. J'étais simplement en train de m'interroger, sincèrement, sur les raisons de mon célibat. Pourtant, ma mère n'a pas ménagé ses efforts. Une vraie marieuse! Je crois que c'est parce que je suis un romantique invétéré. C'est ma façon d'être démodé. J'ai attendu la femme qui me conviendrait vraiment, une femme honnête, intelligente, pleine d'esprit, qui serait à la fois mon amie et ma compagne. Vous croyez que j'attends trop de la vie?

Missie secoua vivement la tête :

– Oh, non! Je trouve ça merveilleux. Vous avez eu la force et la patience d'attendre celle qui vous conviendrait parfaitement.

Elle hésita, puis, levant la tête vers lui, elle vit qu'il était sérieux et qu'il n'avait nullement l'intention de plaisanter. Alors, elle reprit :

– Moi aussi, j'ai toujours pensé que c'était ainsi qu'il fallait vivre. C'est pour cela, sans doute, que mes frères et Manolo disent toujours que je suis une enfant. Mais autrefois je pensais que lorsque je me trouverais en face de l'homme de ma vie, il y aurait un coup de tonnerre et des éclairs dans le ciel. Que ce serait ce pirate, dont Renate me parlait tant. J'aurais tout de suite su que c'était lui et il aurait immédiatement compris que c'était moi. Mais ce n'est pas ainsi que les choses se passent, n'est-ce pas?

Sa voix tremblait et elle parut si triste qu'un instant Renaldo eut envie de tuer Steve. Mais il repoussa cette idée et regarda Missie droit dans les yeux :

– Non, bien sûr. Pas pour la plupart des gens, en tout cas. J'ai toujours vu l'amour comme un arbre, une plante solide et vigoureuse qui mettrait du temps à pousser. Cela commence par de la sympathie, de l'amitié, des goûts communs. Les éclairs sont aveuglants mais disparaissent avant qu'on ait eu le temps de les regarder en face. La foudre, quand elle frappe, ne laisse que cendres derrière elle. (Il soupira et reprit en se moquant de lui-même :) C'est le poète caché en moi qui réapparaît, je suppose. Me voilà en train de parler par images. Je pense pourtant que vous avez compris ce que je voulais dire.

Missie acquiesça. Comment pouvait-il la comprendre si bien? Elle songea à Manolo et elle frémit. Il était brusque comme l'éclair et sa présence l'éblouissait tout autant. En ce moment même, elle désirait être emportée par le violent torrent de passion qu'il suscitait si bien en elle, ce torrent qui l'effrayait. Mais ensuite, que resterait-il d'elle-même? Aucun des livres qu'elle avait lus n'évoquait le sort de la jeune fille, une fois que le pirate l'avait enlevée. En général, les pirates mouraient d'une mort violente. Ils étaient pendus haut et court. Ils disparaissaient dans la tempête. Et la jeune fille, qu'en restait-il après le passage du torrent?

51

La gaie musique du Mexique l'assaillit à la porte de la salle du bal. La cour était illuminée de multiples flambeaux qui jetaient une lumière orange. La *tequila* et le vin rouge coulaient à flots. Ici, pas de décorum. On riait, on faisait du bruit, on profitait pleinement de la *fiesta*. Même les plus sévères des fermiers regardaient avec indulgence leurs jolies filles danser dans les bras de jeunes inconnus basanés. Tant que les jeunes gens restaient dans la lumière, il n'y avait pas de mal. On n'avait pas si souvent l'occasion de s'amuser, par ici. Il y avait beaucoup à boire. La nourriture était abondante. Chacun avait déjà rempli plusieurs fois son assiette de *tortillas* brûlantes. Le *chili* emportait la bouche et de la bonne viande fraîche ajoutait sa saveur aux haricots rouges.

On avait allumé un feu au milieu de la cour. Et, comme pour ajouter à l'ambiance médiévale, un bœuf entier rôtissait en plein air, répandant dans la cour de délicieux effluves.

– Ici, c'est bien plus drôle, disait Matt Carter. Bien moins guindé, en tout cas. J'avais l'impression d'étouffer à l'intérieur, avec tous ces gens sur leur trente et un. Et ces femmes qui nous dévisageaient comme si nous étions des espèces de monstres égarés. (Avec un regard sournois, il ajouta :) Comment se fait-il que tu ne sois pas resté là-dedans, avec les autres ? Missie trouve ce señor Ortega très bien, depuis qu'elle fréquente le grand monde.

Manolo était de très mauvaise humeur quand il avait surgi dans la cour mais maintenant, il ne faisait pas attention à ses sarcasmes. Pourtant, même Matt ne s'était approché de lui qu'avec prudence. Manolo s'apprêtait à vider son verre et suspendit son geste :

– A propos de grand monde, en voilà un échantillon. Pas mal du tout, d'ailleurs. Pourquoi n'invites-tu pas notre hôtesse à danser, Matt ? Ce serait la moindre des politesses, il me semble. Surtout quand on songe à tout le mal que son cousin et elle se sont donné pour ta sœur.

Matt Carter discerna Ginny, de l'autre côté du brasier. Sa robe brillait à la lueur des flammes. Il ne savait trop s'il l'aimait ou pas. D'après Toni, il ne fallait pas lui faire confiance. Mais bon Dieu ! c'était une belle femme !

– Tu crois qu'elle sait danser le *fandango ?* Ou le *jarabe ?*

– Peut-être qu'elle a envie d'apprendre. Les femmes de son genre te font peur ?

Si Manolo cherchait la bagarre, il l'aurait. Mais plus tard. Pour l'instant, Matt regardait la femme, songeait à ce que Toni en avait dit et à la façon dont Toni le traitait ces temps-ci et il pensa : « Pourquoi pas, bon Dieu? » Et puis, Manolo lui avait lancé un défi, non?

Retenant sa jupe, Ginny descendit les deux marches qui menaient à la cour. Elle s'arrêta un instant, dans l'obscurité et observa ce qui se passait alentour. Elle avait réussi à dissimuler ses sentiments jusqu'ici. Mais elle était en proie à une vive émotion. Où était-il? Était-elle vraiment prête à l'affronter? Que lui dirait-elle? Avant qu'elle ait pu réfléchir plus longtemps, un jeune homme aux larges épaules surgit devant elle. C'était Matt, le frère de Missie.

– Ça vous plairait d'en danser une avec moi, madame? Les pas ne sont pas trop difficiles à suivre.

Les musiciens jouaient la *Jarabe Tapatio* traditionnelle et déjà sans s'en rendre compte, Ginny tapait des pieds, en mesure. Oh! oui, Renaldo avait eu raison. Elle n'aurait jamais dû venir ici. Une fois de plus, la musique mexicaine l'emportait loin de tout. Sa magie était toujours aussi efficace. Sans hésiter, elle leva les bras. Elle sentit les muscles de Matt Carter se durcir à son contact.

– J'ai vécu au Mexique. Je crois que je n'ai pas oublié les danses de là-bas.

A présent, les musiciens jouaient *El Chinaco,* la chanson des guérilleros juaristes. Et après, ce fut la *Malaguena.* A sa stupéfaction, Matt Carter constata qu'il n'était pas à la hauteur de sa partenaire. Elle le quitta pour un autre, puis un autre encore tandis qu'autour d'elle, le cercle s'élargissait et les *olé!* fusaient. Elle se retrouva en train de danser avec un souple jeune homme mexicain dont les yeux noirs brillaient comme des charbons ardents. Tout à la danse lui aussi, il avait oublié qui il était. Et Ginny aussi l'avait oublié. Les rythmes changeaient, tour à tour rapides ou très lents. Elle balançait sa jupe, provocante.

– Elle danse comme si elle était née parmi les péons! Et moi qui voulais lui enseigner les pas! (Matt Carter n'en revenait pas :) Tu as vu ça? Tu as encore quelques idées brillantes?

– Oui. Je vais danser avec elle!

Les musiciens étaient infatigables. Curieusement, Ginny ne fut pas surprise de se retrouver en train de danser avec Steve. Il était donc là depuis le début? Que devait-elle faire à présent? Le jeune Mexicain dansait avec une fille de son âge, mais Ginny sentait son regard qui ne la quittait pas. Elle, elle ne pouvait détacher le sien du visage de Steve. Et presque sans le vouloir, elle fit ce qu'elle avait fait la nuit de leur mariage quand, pour la première fois, elle avait dansé sur ces rythmes sauvages. Sans sourire, son regard rivé au sien, elle détacha ses cheveux et les laissa tomber jusqu'à sa taille tout en continuant à danser. La dernière épingle enlevée, elle secoua la tête. Une rivière d'or et de flammes coula sur ses épaules. Steve avait l'impression d'avoir déjà vécu cette scène. Ses tempes battaient. Elle dansait avec l'abandon passionné d'une bohémienne mexicaine. Elle multipliait les invites provocantes de la jupe. Il se demanda pourquoi, tout en la désirant, il avait envie de l'étrangler. Il choisit le dialecte mexicain plutôt que l'espagnol, plus courtois, pour lui demander brutalement :

– Où avez-vous appris à danser ainsi? Excusez-moi si je trouve cela plutôt insolite pour une femme de votre milieu.

Ses yeux lancèrent des éclairs. Elle renversa la tête. D'une main, elle remonta ses cheveux, se montrant volontairement et suprêmement coquette.

– Que savez-vous d'une femme comme moi? Que pourriez-vous savoir? J'ai appris à danser au Mexique et vous, señor, où avez-vous appris vos bonnes manières?

– Je crois bien n'en avoir jamais acquises. Je n'ai donc aucune gêne à vous demander quel genre de jeu vous jouez.

– Vous me décevez. Quelle question inutile! J'aurais cru qu'un homme de votre trempe se ferait fort de le découvrir par lui-même.

– Pour un homme de ma trempe, ce genre de

réponse constitue une invite. C'est bien ce que vous vouliez dire, Ginny ?

Son prénom lui venait aux lèvres bien trop facilement. Elle pâlit, de colère ou de surprise, il ne le savait pas, et il serra son poignet à le broyer. Comme pour cacher leur disparition, la musique se fit tonitruante. Les Mexicains choisirent délibérément de tourner la tête. Ils ne voulaient ni les gêner ni être impliqués dans quelque mauvaise affaire qui pourrait s'ensuivre.

Mais Matt Carter, empli à la fois de méchanceté et d'envie, vit Manolo entraîner la femme tout au fond de la cour, la pousser contre le mur en froissant sa robe comme si elle n'était qu'une petite Mexicaine ou une prostituée à bon marché. Manolo l'embrassa et Matt n'observa chez la femme aucun geste de révolte ou de dépit. Elle ne se débattait nullement, c'était certain. Ainsi donc, Toni avait raison, c'était bien une garce. Matt sourit. Missie verrait ainsi que sa merveilleuse nouvelle amie ne ressemblait en rien à la grande dame qu'elle prétendait être. Si elle s'était jointe aux invités de bas étage, c'était bien parce qu'elle cherchait quelque chose. Somme toute, il regrettait de n'avoir pas été distingué, lui.

Il fallut du temps pour que Ginny se rende compte que Steve n'était pas en train de l'embrasser, elle, en toute connaissance de cause. Son baiser était une morsure. La manière dont il lui agrippait les cheveux pour la contraindre à ne pas détourner la tête était brutale. Il l'embrassait sans savoir qui elle était, comme toutes les autres fois où il s'était emparé de sa bouche pour la réduire au silence ou à la soumission. Déjà, la main de Steve tourmentait ses seins et elle le repoussa de toutes ses forces :

– Oh non ! Arrêtez !

Les lèvres de Steve glissèrent jusqu'au creux de son cou. Oh, Dieu, c'était Steve et ce n'était pas lui. Et pourtant, par pur instinct sans doute, il se rappelait parfaitement toutes les manières de l'exciter jusqu'à ce qu'elle en perde l'esprit. Dans une minute, il allait lui embrasser les seins, quitte à déchirer sa robe si elle le gênait. Rien d'étonnant si Mr Bishop et Renaldo avaient paru s'inquiéter à son sujet. Son plus grand danger venait de Steve en personne. Il risquait de la contraindre à se trahir elle-même. Sa voix tremblait mais elle espéra qu'il prendrait sa douleur pour de la colère.

– Arrêtez-vous tout de suite. Je n'ai rien contre un baiser volé mais j'ai toujours détesté me faire tripoter dans des coins sombres. J'espère que vous ne traitez pas ainsi toutes les femmes avec lesquelles vous dansez.

Il leva la main et elle crut qu'il allait la frapper. Instinctivement, elle baissa la tête. Mais il rit doucement. D'un doigt, il dessina le contour de ses yeux :

– Non, je n'entraîne pas toutes les femmes avec lesquelles je danse dans les coins sombres. Seulement celles qui semblent l'espérer. Les femmes aux yeux verts et ardents, qui laissent tomber leurs cheveux en dansant et promettent beaucoup avec leur corps. Mais vous, madame, vous ne faites que promettre, je suppose. Pourquoi êtes-vous venue ici ? Ils étaient trop courtois, à l'intérieur ?

Ginny se contraignit à regarder en face le visage indéchiffrable de Steve. Elle se demandait si son cœur cesserait jamais de battre ainsi la chamade.

– Peut-être, oui, fit-elle d'un ton léger. Il se peut aussi que la musique mexicaine me donne parfois le mal du pays. Cela ne vous arrive jamais ?

Elle constata chez lui un calme étrange.

– Je ne sais pas. Il semblerait que je me souvienne de trop de choses sans pour autant me les rappeler.

Et tout en parlant, il se demanda pourquoi il se trouvait là, en train de converser avec cette femme comme s'il la connaissait depuis toujours et pourquoi elle, au lieu de s'enfuir en se drapant dans sa dignité blessée, l'écoutait aussi attentivement en l'observant de ses yeux outrageusement provocateurs et pourtant, oui, tellement familiers. Missie n'avait mentionné qu'une fois son prénom et pourtant, lui aussi, lui venait trop facilement aux lèvres.

Il sentait là un danger. Elle était trop proche de lui et de toute façon, elle n'avait rien à faire par ici. C'était une femme du monde. Elle connaissait Paris et New York et, pourtant, elle évoquait le Mexique avec nostalgie et en parlait couramment le dialecte. C'était une femme du monde et elle était capable de planter là ses invités importants pour aller danser avec les péons et les cow-boys. Elle avait laissé tomber ses cheveux sur ses épaules, en public, avec la même désinvolture qu'elle aurait mis à le faire dans sa chambre à coucher. Même Toni aurait hésité à faire ainsi fi de toutes les convenances.

Ginny, elle aussi, se disait qu'il fallait prendre garde. Il serait si facile de se laisser tomber contre lui maintenant, d'attirer sa tête contre son épaule, de passer une main dans ses cheveux juste à l'endroit où ils frisaient au bas du cou. A défaut d'autre chose, peut-être que par son corps, elle pourrait le contraindre à se souvenir d'elle ?

Mais il haussa les épaules et les sauva tous deux en s'éloignant subitement :

– Vous feriez mieux de rentrer, à présent. Votre cousin va se demander où vous avez bien pu passer.

C'était bien de Steve. Il l'avait toujours rendue furieuse avec cette manière de se détacher ainsi d'elle, tout simplement, en dressant d'un coup un mur d'indifférence entre eux. Et avant qu'elle soit parvenue à trouver une réponse sarcastique, il tourna les talons et la laissa là, comme si elle n'existait plus pour lui. Matt Carter voulut faire quelques commentaires hardis mais il y renonça, face au regard noir de Manolo. Dans l'ombre, l'un de ses amis grommela :

– Je me demande bien pourquoi une femme pareille se laisse traiter ainsi par lui.

Plusieurs paires d'yeux, certaines sournoises, d'autres approbatrices, observèrent Ginny qui prenait le temps de refaire son chignon, très soigneusement, avant de rentrer au salon. Matt Carter se sentit humilié par tant de dédain. Se sentait-elle donc si forte de sa richesse et de sa position pour se moquer ainsi de leur opinion? En quoi valait-elle mieux qu'eux? Une femme mariée, une épouse infidèle... Il découvrit les dents dans un rictus en se demandant ce que dirait Toni Lassiter lorsqu'il lui laisserait entendre, à mi-mots, que son Indien avait trouvé meilleure partie.

52

Depuis longtemps, la salle du bal du domaine Desmoulins n'avait connu telle magnificence. Des dizaines de chandeliers illuminés brillaient comme autant d'étoiles.

Missie buvait du champagne. Ses joues empourprées montraient son excitation. Pourtant, les bulles de vin lui montaient au nez et elle refrénait un éternuement. Renaldo souriait en la regardant :

– Vous vous amusez bien, n'est-ce pas, miss Melissa?

– Bien sûr que je m'amuse!

Ses yeux étincelaient. Elle le regardait ingénument, sans prétention aucune, et Renaldo constata avec surprise que son cœur battait plus vite que d'habitude. Comme cette enfant était belle! Pourquoi donc personne ne l'avait-il encore remarqué? Il devait faire un effort pour se souvenir qu'elle n'était encore qu'une enfant. Elle était bien trop jeune. Elle ne connaissait rien à la vie et ne comprenait pas ce qui était en train de se passer autour d'elle. Naïve, inexpérimentée et si honnête! Tous ses sentiments se reflétaient instantanément sur son visage et il était si facile de la blesser. Un jour, elle perdrait ses illusions et c'était là une idée détestable. Il fallait qu'il en parle à Ginny. Où donc était-elle passée? Il ne fallait pas se servir de Missie. Ils n'auraient pas dû l'amener ici, la parer comme un papillon auquel aucun des jeunes hommes présents n'était à même de résister. Elle était sans défense. Elle n'avait que son innocence à opposer à la corruption. Cela ne pourrait durer, dans une telle ambiance.

– Cette nuit est magique, murmura Missie. Je n'en ai encore jamais connu de pareille. Comment pourrais-je jamais vous remercier, vous et Ginny?

Elle remarqua que lorsque le señor Ortega souriait, ses yeux se plissaient d'une manière bien plaisante.

– Remerciez-moi par cette danse, je vous en prie.

Il lui prit des mains son verre de champagne, le déposa sur une table et l'entraîna vers les danseurs. C'était si facile de valser. Les pieds de Missie touchaient à peine le sol. Elle se sentait si heureuse. Elle se demanda soudain pourquoi le señor Ortega avait soudain cessé de danser. Manolo était là, ressemblant plus que jamais à un bandit mexicain, avec les longs favoris qu'il avait conservés après avoir rasé sa barbe. De ses yeux bleus et durs, il défiait Renaldo qui, tout à coup, s'était immobilisé :

– Cela ne vous ennuie pas, señor, si je vous enlève cette jeune dame? Je crois l'avoir bien trop négligée jusqu'ici.

Que voulait-il dire? Quand il l'avait quittée si brusquement tout à l'heure, elle avait pensé qu'il ne l'aimait plus du tout. Elle observa tour à tour les deux hommes. Elle ne savait que faire. Renaldo se contint en songeant qu'il ne fallait pas gâcher la soirée de Melissa. Mais il avait bien envie d'en finir avec les sottises de Steve.

Quel fichu cousin! Il avait déjà assez attristé cette petite fille. Il était furieux, mais il savait bien le sens que pouvait avoir cette ombre dans les yeux d'Esteban. Dans ces cas-là, il était prêt à frapper. C'est alors que Renaldo s'aperçut, sur le moment il n'y avait pas songé, qu'Esteban ne l'avait même pas reconnu. Jusqu'ici, Steve ne l'avait jamais regardé ainsi, comme un étranger qu'on écarte simplement parce qu'il vous gêne. Cela lui fit une impression tout à fait désagréable. « Il aurait plaisir à me tuer », se dit-il, avec angoisse. Mais d'une voix calme et détachée, il rétorqua :

– C'est à la dame de décider, n'est-ce pas, señor? Qu'en dites-vous miss Melissa?

– Eh bien, Missie?

Pourquoi lui parlait-il si durement? Après tout, c'était lui qui l'invitait à danser. Et pourquoi regardait-il aussi méchamment le señor Ortega? Vraiment, parfois, elle ne comprenait pas du tout Manolo. Mais il ne lui laissait guère de choix. Quand il la prit dans ses bras sans attendre sa réponse, Missie eut l'impresssion d'être enlevée par un pirate, et pour de bon.

Il lui fit parcourir toute la longueur de la salle de danse. Et Missie pensa qu'il la montrait volontairement à tous, comme une prise de guerre. Cette fois, il la tenait différemment dans ses bras. Il ne la tenait plus à distance respectable mais bien trop près de lui. Du coup, elle en perdait le souffle et ne parvenait plus à danser sans maladresse. Il lui fit peur même lorsqu'il lui sourit. C'était comme si, soudain, il était devenu un étranger. Pourtant, c'était bien ce qu'elle avait attendu toute la soirée, non? Que Manolo la regarde enfin comme une femme...

– Qu'est-ce qui ne va pas, princesse?

Elle avait trébuché et manqué un pas. Mais il la serrait si fort qu'elle ne tomba pas. Elle s'efforça de se concentrer sur la musique et de retrouver son rythme. Elle refusa aussi de remarquer cette note désagréable dans sa voix.

– Vous êtes fatiguée à force de danser?

– Non, dit-elle, d'une voix incertaine.

Il eut un court éclat de rire et caressa son oreille de ses lèvres tout en murmurant, d'un ton taquin :

– Je croyais que vous étiez en train d'apprendre à flirter. En quête d'expérience, en tout cas. Vous ne souhaitez plus en apprendre davantage? L'un de vos admirateurs vous aurait-il effrayée?

– Je ne suis plus une petite fille, je vous l'ai déjà dit. Et si vous voulez le savoir, j'ai passé toute la soirée à flirter.

– On sort un peu?

Elle le défia du regard :

– Vous me le demandez?

Il rit encore :

– Je pense que la plus jolie fille du bal devrait voir un peu à quoi ressemblent les étoiles.

– Suis-je encore censée répondre non, pour ne pas faire jaser les gens?

– Il y a des hommes qui vous entraîneraient dans des coins sombres, quelle que soit votre réponse, Missie. Surtout, si vous aviez déjà flirté avec eux auparavant.

Il était sérieux à présent et Missie frémit. Elle ne se comprenait plus. Il y a une minute encore, elle était heureuse de danser avec le señor Ortega. Et maintenant, maintenant, elle voulait que Manolo l'embrasse. Quel effet cela faisait-il, un baiser d'homme? Et quelle devait être son attitude à elle? Dans tous les livres qu'elle avait lus, un baiser était une aventure romantique et passionnante. Il suffisait à changer une jeune fille en femme. Maintenant, enfin, elle allait pouvoir se faire une opinion par elle-même.

– Mais je ne flirtais pas vraiment avec vous. Flirter, c'est donner à penser des choses qui n'existent pas. Vous savez bien qu'avec vous, j'étais sincère quand...

– Oh, bon Dieu, Missie! s'exclama-t-il, furieusement.

Et il l'entraîna vers une petite porte qu'elle n'avait pas encore remarquée. Il la conduisit dans une pièce qui ressemblait à une bibliothèque. Il la lui fit traverser à pas de course. Puis elle se retrouva sur la pelouse d'une courette intérieure où il y avait une fontaine. Il faisait sombre ici. Il n'y avait pas d'autres lumières que celles qui filtraient des fenêtres lointaines. Elle ne pouvait voir son visage. Missie était sur le point de claquer des dents. Ses mains tremblaient. Vivement, pour cacher son embarras, elle s'enquit :

– Comment connaissez-vous cet endroit ? Qui vous a déjà emmené ici ?

Il répondit d'un ton qu'elle crut amusé :

– J'ai fait le tour du propriétaire. J'aime bien savoir comment m'échapper le plus vite possible d'une maison, si ça devient nécessaire.

– Mais c'est...

Elle n'eut pas le temps d'achever sa phrase. Déjà, il l'entourait de ses bras, l'attirant tout contre lui. D'une main, il lui releva le menton. Ses jambes se dérobaient sous elle. Il la regarda une fraction de seconde :

– Missie...

Elle ferma les yeux très fort et sentit ses lèvres sur sa bouche entrouverte. Elle se dit qu'elle était en train de rêver et que, si elle ouvrait les yeux, Manolo se dissoudrait dans les airs et qu'elle retrouverait les branches de son arbre favori, avec le soleil dardant ses rayons au-dessus d'elle.

Il l'embrassa gentiment d'abord. Puis, tout à coup, son baiser changea. Il devint si dur qu'il lui meurtrit les lèvres et qu'elle gémit de douleur. Missie s'en trouva ramenée à la réalité. Des deux mains, elle le repoussa. Pourquoi fallait-il qu'il la tienne ainsi ? Elle ne pouvait plus respirer. Et cette façon d'embrasser ! Ce n'était pas du tout romantique, ni tendre. Ça ne ressemblait pas du tout au premier baiser qu'elle s'était imaginé.

Contre elle, il n'y avait qu'un corps dur qui la serrait de trop près. Ses bras étaient devenus cruels. Il la maintenaient enfermée dans une prison dont elle cherchait vainement à s'échapper.

Frénétiquement, Missie se débattit comme un petit animal pris au piège. Il dut sentir sa panique car alors qu'elle commençait à sangloter désespérément, il la libéra. Privée soudain d'appui, elle faillit tomber. Il la rattrapa et elle se débattit encore :

– Non, laissez-moi. Je ne veux pas. Je ne savais pas. (Et d'un ton accusateur, elle l'interrogea :) C'est vraiment ainsi que les hommes embrassent les femmes ?

– Pas tous, petite. Seulement ceux qui me ressemblent.

Il y avait de la colère dans sa voix. Elle était dirigée bien davantage contre lui que contre elle, seulement Missie ne le savait pas. Un instant, en tenant dans ses bras ce petit corps consentant, avec la lumière qui jouait dans ses cheveux, il avait presque oublié... Gentiment, il lui caressa la joue :

– Missie, vous voyez bien ce qui peut vous arriver si vous laissez un homme vous entraîner dehors, dans l'obscurité.

– Mais ce n'était pas n'importe quel homme. C'était vous et je croyais...

– Vous croyiez quoi ? Que j'allais me transformer en un gentilhomme qui se contenterait d'un unique baiser et de quelques mots tendres échangés au clair de lune ? C'est ce qu'aurait pu faire l'un de ces jeunes officiers qui vous dévoraient des yeux dans la salle de bal. Mais moi je n'ai pas le temps pour ces sortes de jeux. Pour moi, un baiser n'est qu'un prélude et ce qui compte, c'est ce qui se passe ensuite. Un baiser, pour moi, c'est vraiment une fichue perte de temps.

– Oh ! s'exclama-t-elle faiblement.

Elle ne comprenait pas ce qu'il voulait dire mais il y avait dans sa voix une brutalité qui l'effrayait. Elle avait peur aussi qu'il se remette à l'embrasser. Et qu'entendait-il au juste par « prélude » et « perte de temps » ? Pauvre petite femme-enfant ! Ses mains étaient glacées sous ses gants de soie d'emprunt.

– Pour l'amour du ciel, cessez donc de pleurer, fit-il rudement. (Puis il adoucit sa voix :) Je ne vais pas vous faire de mal, Missie. Dès que j'aurai essuyé ces larmes, je vous ramènerai à l'intérieur. Vous ne voulez tout de même pas qu'ils devinent ce qu'il vient de se passer ? Vous voulez que je me bagarre avec votre grand frère ?

Elle secoua tristement la tête tandis que lui, de nouveau amical, sortait un grand mouchoir de sa poche et lui essuyait doucement la figure. C'était la première fois qu'elle voyait le côté sauvage de son caractère. Elle ne savait même pas qu'un petit geste tendre, comme celui qu'il accomplissait à présent, était pour lui tout à fait insolite.

– Vous trouvez que je suis idiote, n'est-ce pas ? Vous pensez que je suis encore une enfant ?

– Bon Dieu ! Missie. Je me demande si vous avez besoin d'une bonne fessée ou de baisers encore plus violents ! Mais si vous avez besoin d'un homme pour vous prouver que vous êtes une femme, il vous faudra trouver quelqu'un d'autre. Ensuite, peut-être, je le tuerai pour vous.

– J'aurais pu le tuer ! Non, ne me regardez pas ainsi, Renaldo. Bien souvent déjà, j'en ai eu envie mais, cette fois, je le jure, je n'aurais eu aucun remords. Et n'essayez pas de me rappeler que, apparemment, il a perdu la mémoire. Je m'en fiche. Il y a un quart d'heure à peine, il était en train de m'embrasser et le voilà en train de faire sa cour à Missie ! Missie, bon Dieu ! elle l'adore. Et elle n'est encore qu'une enfant.

Ginny était écarlate. Elle parlait entre ses dents et Renaldo en oubliait sa propre inquiétude tant il voulait la calmer :

– Vous êtes censée ne pas le connaître du tout. Aller ainsi dehors n'entrait pas dans nos plans. Si vous êtes venue ici pour résoudre quelque chose, il vous faut rester calme et détachée. Steve ne fera aucun mal à Missie.

Il parlait avec sévérité, mais lui aussi était tourmenté par cette même peur qu'il conseillait à Ginny de surmonter. Il allait jusqu'à regretter de l'avoir incitée à organiser cette réception. Que faisait donc dehors sa tête brûlée de cousin avec Missie ? Il n'avait guère apprécié le regard noir qu'il lui avait lancé en la lui enlevant et il avait dû faire appel à toute sa volonté pour se retenir de les suivre dans la cour.

– Quelquefois, j'ai l'impression de ne pas le connaître du tout, dit Ginny d'un ton plus froid qui accentua encore l'appréhension de Renaldo. Je me demande même ce que je fais ici. J'aurais dû me rappeler que

Steve s'est toujours très bien débrouillé tout seul. Même s'il ne sait plus qui il est, il n'a besoin de personne. Et s'il n'a aucun scrupule à mon égard, pourquoi donc en aurait-il vis-à-vis de Missie? (Elle eut un bref rire rauque qui agaça Renaldo.) Je ne sais même pas si Steve m'a jamais aimée. Il faut que je sois folle pour être entrée dans le jeu de Mr Bishop. J'aurais dû faire passer mes enfants d'abord. Je ne suis vraiment pas une bonne mère, n'est-ce pas? Ils sont encore si petits et ils ont un père qui ne les reconnaîtra peut-être jamais. Renaldo, que fais-je donc ici?

Il la regarda avec effroi. Il ne savait que lui répondre sans paraître hypocrite. Que pouvait-il lui dire? Comment un homme pouvait-il donc oublier une femme telle que Ginny? Secrètement, il devait bien l'admettre à présent, il avait toujours été convaincu que Steve reconnaîtrait sa propre femme, cette femme qu'apparemment il avait beaucoup aimée. Mais après tout, Steve était-il capable d'aimer une femme? Il avait bien trop l'habitude de se servir d'elles pour libérer ses propres désirs. Surtout, que pouvait-il dire à Ginny sans ajouter encore à sa peine?

Pour l'heure, il échappa à ce problème car Missie fit sa rentrée dans la pièce, les yeux rougis. Et ce ne fut pas pour le salut de son cousin qu'il se précipita à sa rencontre.

« Je crois qu'il est en train de tomber amoureux de Missie et qu'il ne le sait même pas », songea Ginny et elle se demanda pourquoi, soudain, elle se sentait ainsi vidée de toute émotion. Missie était en sécurité. Et Renaldo, tout aussi sincère et honnête à sa façon que Missie, n'avait pas été capable de dissimuler son soulagement. Elle se dit avec détachement que ces deux-là iraient bien ensemble, si la jeune fille parvenait à surmonter sa passion adolescente pour Steve. Son mari. Cette nuit, elle avait beau se répéter ces deux mots, ils avaient perdu tout leur sens. Son mari. Un étranger. Peut-être avait-il toujours été un étranger pour elle mais qu'elle s'était refusé à le reconnaître?

Et où avait-il encore disparu, à présent ? Avec décision, Ginny se redressa. Elle en avait assez de tous ces faux-semblants et de tant d'incertitudes. Que Mr Bishop aille au diable avec tous ses complots compliqués ! Elle allait retrouver Steve et lui vider son sac. Elle aurait dû commencer par là.

– Mrs Morgan, je vous cherchais. Vous m'aviez promis une danse, n'est-ce pas ? (Nick Benoit l'avait interceptée. D'une main, il caressait sa moustache.) Vous aviez l'air si perdue dans vos pensées que je n'osais vous déranger. J'espère que vous n'avez pas d'ennui, au moins ? Cette soirée est parfaitement réussie. Et bien sûr, je ne peux que vous remercier pour la transformation que vous avez fait subir à ma nièce. Vraiment, en un clin d'œil, vous en avez fait une dame.

Machinalement, Ginny accepta la main qu'il lui tendait. Que pouvait-elle faire d'autre ? Au moins, elle retardait ainsi une inévitable confrontation avec Steve qui ne pourrait avoir que de désagréables résultats. Somme toute, elle n'était qu'une lâche. Nick Benoit n'était pas à même de la blesser mais Steve, si. Et bien trop facilement.

Pourtant, elle se rappela soudain les mises en garde de Bishop. « Nicholas Benoit. Le juge Benoit. C'est un petit homme qui se croit très important et se prend pour un Don Juan. Ne le sous-estimez pas. » Et elle se souvenait aussi de la voix sans timbre de Renate Madden lui racontant ce que le juge Benoit lui avait fait subir. Mais jusqu'ici, elle n'avait vu que le dandy qui l'abreuvait certes de compliments mais lui témoignait toujours un grand respect. Et, ce soir, elle était bien trop préoccupée pour constater qu'il la traitait d'une manière un peu différente. Ses compliments étaient devenus plus hardis mais elle les esquivait, par pure habitude et sans même les entendre. Il la tenait aussi un peu trop étroitement en dansant, mais elle mit cette attitude sur le compte de l'heure tardive et de la quantité de boissons que tout le monde avait ingurgitée. C'était sa faute, mais qu'avait-elle donc espéré ? Que

Steve la reconnaîtrait à première vue et que tout rentrerait dans l'ordre? Elle était aussi naïve que Missie qui valsait maintenant avec Renaldo et souriait à quelque chose qu'il lui disait.

Automatiquement, Ginny cherchait des yeux Steve dans la foule des danseurs. Il avait peut-être décidé de rester dehors. Là-bas, la musique et les gens étaient bien moins guindés. Mais elle ne voyait pas non plus Toni Lassiter. Et Matt Carter, le frère de Missie, errait, un verre de vin à la main. Il l'observait, une lueur bizarre dans les yeux.

– Je dois partir demain pour Dallas. Mais j'espère bien vous revoir dès mon retour. Vous resterez bien encore un peu avec nous?

De quoi parlait cet homme? Comme s'il avait deviné sa pensée, il ajouta :

– Je suis un amoureux de l'opéra. Et une dame que j'admire tout particulièrement honorera l'Opéra de Dallas de sa présence, la semaine prochaine. Francesca di Paoli. La princesse di Paoli. Elle est incomparable.

Sans le vouloir, Ginny se raidit. Cette cantatrice dont tous les journaux avaient lié le nom à celui de Steve. Que faisait-elle au Texas? Pourquoi revenait-elle ici? Quels potins avait donc entendus le juge Benoit à son sujet? O, Dieu, son humiliation n'aurait jamais de fin! Nick Benoit ne tarissait pas de compliments sur son idole :

– Quelle voix! Si limpide même en attaquant les notes les plus hautes! De plus, c'est une femme merveilleusement belle. Mais peut-être que vous l'avez déjà vue sur scène?

– J'ai déjà beaucoup entendu parler de cette cantatrice, naturellement. Mais je crains bien d'avoir été privée du privilège d'assister à l'un de ses spectacles.

Ginny était consciente d'avoir parlé avec une certaine arrogance, mais son partenaire n'en parut guère affecté.

– En ce cas, vous devriez venir à Dallas, vous aussi. Croyez-moi, elle vaut le déplacement.

« Quel homme détestable », se dit-elle. Évidemment, il était au courant de toutes les rumeurs et il voulait connaître sa réaction. Soudain en éveil, Ginny lui décocha son plus brillant sourire.

– J'aurai peut-être la chance d'admirer la signorina di Paoli à mon retour à New York. A moins que ce ne soit en Europe. Je n'ai pas encore fait mon choix entre le nouveau et le vieux monde... (Puis, sans prêter attention à ce qu'il pourrait bien penser, elle ajouta brusquement :) Mais pourquoi parlons-nous d'un sujet aussi ennuyeux que l'opéra? Je dois avouer que je préfère les ballets et les valses de Strauss. Maintenant, vous allez penser que je suis un vrai Philistin!

Il se récria poliment et Ginny poursuivit, avec vivacité :

– Que pensez-vous de mes musiciens? Pensez-vous que tout le monde apprécie ma soirée? Votre belle-sœur...

– Ah oui, mais vous n'êtes pas depuis assez longtemps parmi nous pour savoir que Toni est une créature sujette aux sautes d'humeur. Et puis, si elle vous a paru maussade, il faut la comprendre. Jusqu'ici, elle était la reine de la région. Mais, quant à moi, si je puis me le permettre, je vous avouerai que je suis ravi que vous ayez décidé de visiter Baroque.

Il reprenait ses flatteries, et Ginny se dit qu'elle pouvait facilement s'en accommoder. Mais pourquoi se faisait-il donc un devoir d'ajouter qu'il espérait qu'elle pardonnerait à Toni son brusque départ, sans un mot de remerciement?

– Tout ira bien pour elle, évidemment. Son contremaître la raccompagnera chez elle. J'espère que vous ne nous jugerez pas tous sur cet homme. Depuis la mort de John, je le crains, Toni a développé quelques goûts singuliers. Elle était solitaire et il en a profité. Je n'ai pas besoin d'ajouter un mot de plus, j'en suis sûr. Comme vous le savez, je m'inquiétais pour ma nièce. Son père lui permet de grandir comme une sauvageonne. Mais je pense que vous aviez vu juste. Missie s'adapte parfaitement à ce qui devrait être son véritable environnement, n'est-ce pas?

L'homme continua à parler, passant d'un sujet à l'autre et débitant apparemment tout ce qui lui passait par la tête. Pourtant, pendant son monologue, Ginny se prit à penser avec malaise qu'il était en train d'étudier soigneusement toutes ses réactions pour s'en servir un jour contre elle, le cas échéant. Elle fut heureuse que la danse se termine enfin, lui fournissant une bonne excuse pour s'éloigner.

La soirée s'achevait et elle se sentait lasse et désespérée. Elle ne comprenait plus comment elle avait pu être aussi sûre d'elle et croire qu'elle parviendrait à démêler un écheveau aussi compliqué. Il ne l'avait pas reconnue. Pire, elle savait qu'elle avait voulu qu'il l'aime de nouveau. L'avait-il aimée? Ou bien l'avait-elle cru parce qu'elle avait eu besoin de le croire?

— Il traite les femmes comme des objets, lançait-elle à Renaldo, tout juste bons à être jetés après usage. Cette cantatrice et la façon dont il s'est affiché avec elle, comme s'il avait voulu délibérément m'humilier! Les journaux ont été jusqu'à laisser entendre qu'il envisageait le divorce pour se remarier avec elle. Et le juge Benoit est au courant. Il n'a fait que répéter son nom en m'observant sournoisement. Et puis, il y a cette Lassiter qui me rappelle Concepción, avec son avidité et son avarice. Peut-être que ce sont les seules femmes qui lui conviennent, des femmes de son genre. Mais il a donné une bague à Missie Carter et la pauvre enfant est follement amoureuse de lui. Vous avez vu comme il l'a rendue malheureuse, ce soir? il n'a donc aucun scrupule? Si l'envie lui en prend, il est très capable de l'enlever, tout comme il m'avait enlevée, moi. Renaldo, pourquoi donc restez-vous ainsi à me regarder? Pourquoi ne me dites-vous pas que je suis stupide? Ce soir, j'ai volontairement flirté avec lui. Je l'ai laissé m'embrasser dans un coin, comme si je n'étais qu'une pauvre fille, ramassée dans un dancing. C'est comme cela qu'il m'a traitée. J'ai été folle de me laisser persuader par Mr Bishop. Je n'aurais jamais dû venir ici. Tout est encore pire qu'avant mon arrivée.

Ginny interrompit sa déambulation pour fixer Renaldo avec colère. Les derniers invités étaient partis depuis une demi-heure. Missie devait passer la nuit ici mais elle était déjà montée se coucher, épuisée et traînant les pieds. Elle ne l'aurait admis pour rien au monde, mais elle était morte de fatigue. La señora Armijo l'avait suivie de près. Tout en retenant à grand-peine ses bâillements, elle avait fermement rappelé à Ginny qu'elle aussi avait besoin de sommeil et qu'elle ferait bien de s'étendre au plus vite. Mais Ginny était bien trop nerveuse pour avoir sommeil.

– Pourquoi ne dites-vous rien ? interrogea-t-elle, des éclairs plein ses yeux verts.

Elle avait envie de pleurer mais elle ignorait si c'était de rage ou de chagrin. Renaldo s'étira dans son fauteuil et soupira. Lui aussi avait vécu une soirée éprouvante et il avait besoin de faire de l'ordre dans son esprit.

– Ne ferions-nous pas mieux de rentrer à la maison ? demanda-t-il tranquillement, en scrutant le visage de Ginny. Je commence à croire comme vous que nous avons commis une erreur en venant ici. Et il faut que vous pensiez à vos enfants, désormais. Dites à Mr Bishop tout ce que vous avez appris et annoncez-lui que dorénavant, c'est à lui de prendre les choses en main... (Avec une grimace, il ajouta :) Et puis, vous le savez bien, Steve est parfaitement capable, comme toujours, de prendre soin de lui-même. Tôt ou tard...

– Je dois m'enfuir, dites-vous ? Et montrer au monde et à Steve comme je suis lâche ? Il a raccompagné cette Lassiter chez elle, ce soir. Et cette chanteuse d'opéra revient au Texas. Est-ce qu'il me faut publiquement reconnaître que je suis incapable de garder mon mari ? Oh ! non !

Ginny releva le menton avec une détermination que Renaldo ne connaissait que trop bien et ajouta d'une voix plus rauque :

– Avant de partir, je vais arranger les choses à ma

manière. S'il le faut, je peux me montrer encore plus dure et plus dénuée de scrupules que Steve, vous verrez.

Il aurait été inutile de tenter de la raisonner. Pas ce soir en tout cas. Elle était bien trop décidée à se montrer entêtée et à contredire tous les conseils qu'il pourrait bien lui donner. Mais demain, peut-être serait-elle davantage encline à entendre la voix du bon sens. Le mieux serait de partir et, tout en soupirant, Renaldo se dit tristement que, maintenant, lui aussi avait de bonnes raisons de s'enfuir.

Une fois, il y avait déjà très longtemps, Steve qui nettoyait soigneusement son revolver près d'une fenêtre, s'était interrompu pour lui demander :

– Tu es vraiment content de la vie que tu mènes, Renaldo ? Tu te précipites dès que grand-père t'appelle, tu es le conseiller et le meilleur ami de tout le monde. Bon Dieu, tu n'as jamais envie de partir de par le vaste monde au lieu de t'enfermer avec tous tes bouquins ? Cousin, tu n'aurais jamais dû quitter le séminaire.

A l'époque, Renaldo s'en souvenait bien, il s'était contenté de sourire en secouant la tête. Non, il n'avait aucun goût pour l'existence insensée que prônait son cousin. Toute sa vie, il n'avait cherché que la paix. Il ne méprisait pas exactement les femmes, mais il avait fait le désespoir de sa mère en refusant de prendre épouse.

Renaldo se reprit pour observer Ginny. Elle mordait sa lèvre inférieure et tapait du pied. C'était une femme belle et cultivée. Elle méritait mieux que cette vie de malheur que lui avait apportée son cousin. Mais il avait appris à la connaître suffisamment bien pour savoir qu'en dépit de ses cris de fureur, elle continuait à nourrir une solide passion pour Steve, même s'il les avait tous placés à présent dans une situation intenable. Ginny avait raison. Que Bishop aille au diable avec tous ses plans ! Pour leur bien à tous, et y compris celui de Missie, il fallait que quelqu'un parle à Steve.

53

Steve n'était pas d'humeur à parler.

La lumière du soleil, filtrant à travers les branches, l'avait éveillé. De l'eau ruisselait quelque part, ce qui lui rappela qu'il avait soif et il tendit la main vers sa gourde. Il avait mal à la tête et il se rappelait vaguement avoir encore rêvé d'une femme aux yeux verts. Ces yeux verts le hantaient sans cesse, aux limites de sa conscience.

Dès qu'il eut ouvert les paupières, il se trouva parfaitement éveillé, tout comme ces fauves auxquels on le comparait si souvent. Il savait où il était. Il se rappela comment il était arrivé là, en ce lieu qu'il avait repéré un jour comme un abri possible. Et tout en avalant une eau tiède, dont il détesta le goût saumâtre, il décida d'oublier ses rêves et de songer plutôt à Toni, qui l'avait accablé de récriminations jusqu'à ce qu'il la bâillonne d'une main et lui arrache tous ses vêtements de l'autre. Il l'avait ainsi réduite au genre de soumission qu'elle adorait et puis, après s'être délivré des bras qui voulaient l'enchaîner, il l'avait abandonnée là, et maintenant elle reprenait ses clameurs.

– Commanche ! Un de ces jours, espèce de sale bâtard, je t'écorcherai vif ! Tu m'entends ? Maudit sois-tu ! Reviens tout de suite. C'est moi qui te paye et je n'ai pas encore fini de te dire tout ce que je pense de toi ! Tu m'as ridiculisée ce soir en faisant la cour à cette garce aux cheveux rouges...

Ginny. Il fronça le sourcil en se demandant encore pourquoi ce nom lui revenait si facilement en mémoire. Eh bien, Toni avait au moins raison sur un point : cette femme suscitait le trouble.

– Pourquoi est-elle encore ici ? Pourquoi s'intéresse-t-elle tant à nous ? Elle veut devenir l'amie de tout le monde. C'est ce qu'elle a dit à Nick, cette espèce de menteuse et d'hypocrite ! Et il est assez bête pour la croire. Pas moi. Elle n'a rien à faire ici et je ne la laisserai pas se mêler de ce qui ne la regarde pas. Elle n'a aucune intention de partir, ça se voit à l'œil nu, non ? Nous devons nous débarrasser d'elle.

– C'est pour me dire ça que tu es montée sur ton grand cheval pour venir me chercher ?

– Nous avons encore des affaires en cours et ça la concerne aussi. Alors ?

Il constata sans y prêter attention que les vêtements d'amazone de Toni moulaient parfaitement son corps. Elle avait volontairement laissé la veste entrouverte, afin qu'il puisse bien voir les pointes de ses seins sous la soie légère de sa blouse. Elle voulait qu'il la prenne de dessus son cheval et qu'il la viole. Il le voyait bien à l'élargissement de ses prunelles ambrées et à sa façon de tripoter son fouet. Mais ce matin, il n'était pas d'humeur à ça et il en avait par-dessus la tête de Toni, de ses manigances et de ses récriminations. Un instant, il fut tenté de le lui dire. Il tendit les lèvres dans un sourire sans joie :

– Je n'ai pas encore pris mon petit déjeuner. Je n'ai jamais aimé parler affaires avant d'avoir bu au moins une tasse de café. Tu en prends une avec moi ou bien tu continues à bouder sur ton cheval ?

– Tu sais, Commanche, je ne vois vraiment pas pourquoi je te supporte. En fait, je n'ai même aucune sympathie pour toi.

Sans l'écouter, il s'affairait à allumer un petit feu.

– Tu veux du café ou pas ? s'enquit-il, calmement.

Il ne l'aida pas à descendre de cheval. Mais ce fichu type finirait bien par l'aider, au bout du compte ! Lui aussi avait bien trop à perdre et bien trop à gagner.

– Nicky part pour Dallas cet après-midi. Il court après cette fille d'opéra dont il a toujours été fou. Mais il a dit qu'il en profitera pour en découvrir plus long au sujet de cette Mrs Morgan. Je crois qu'après tout ce que lui a raconté Matt, il n'est plus autant en admiration devant elle. Dis-moi, Commanche, ça t'a plu, ce baiser? Elle est aussi bien que moi pour ça?

– Je n'ai pas pu l'embrasser assez longtemps pour en juger. Mais je te le ferai savoir dès que j'en aurai fait l'expérience.

Toni pouffa, alléchée :

– Vraiment? J'aimerais bien voir ça. Tu crois qu'il te faudra la violer? Dieu, que ce serait excitant! D'abord elle, ensuite moi, tu compares et tu donnes des notes. Ensuite, nous en ferons cadeau à Nicky. Ce sera mieux que de la tuer tout de suite, non? Et même si on la laisse filer après, il y a bien peu de chances pour qu'il lui prenne la fantaisie de raconter ce qui se sera passé. Elle n'aura qu'une envie : fuir cet abominable scandale.

Elle eut un ricanement obscène qui agaça Manolo. Encore une minute et elle allait se jeter sur lui, en le suppliant de retrousser sa robe et de la prendre là, tout de suite. Et vraiment, il n'avait pas l'humeur à ça.

– Tu es merveilleusement répugnante, Messaline, grommela-t-il, en se levant. Mais maintenant que nous avons décidé ce que nous allions faire de Ginny Morgan, tu pourrais peut-être commencer à imaginer comment nous allons l'attraper. Je ne veux pas être le seul à me mouiller dans ce coup-là. Alors, tu ferais mieux de bien réfléchir.

Son sourire triomphant l'avertit qu'elle avait déjà des idées là-dessus :

– Mais j'ai pensé à tout, chéri. Pour commencer, nous aussi, nous irons à Dallas, mais Nicky n'en saura rien. Tu vois, ajouta-t-elle en écarquillant ses yeux ambrés, je ne suis plus sûre de pouvoir lui faire confiance en dépit de nos affaires communes. Dès qu'il s'agit de cette Italienne, Nicky oublie tout et se met à jeter l'argent par les fenêtres.

– Et alors? Pourquoi t'accompagnerais-je à Dallas?

– Voyons, Commanche, tu sais bien que je me sens beaucoup plus en sécurité lorsque tu es près de moi.

Moi aussi, j'ai des ennemis. Et puis, tu penses comme moi et, à Dallas, Nicky est censé s'occuper de quelques-unes de nos affaires communes et je crains qu'il ne soit bien trop distrait pour y songer, alors...

Eh oui, se dit-il cyniquement, avec Toni, il avait aussi en commun le fait de ne faire confiance à personne. Et il avait appris à se méfier encore plus particulièrement d'elle lorsqu'elle ronronnait ainsi, comme une chatte. Mais quelle importance? Il haussa les épaules pour montrer qu'il se moquait bien de toutes ses manigances, tourna le dos et entreprit de seller son cheval.

– Nick devrait arriver demain à Dallas. Et j'ai déjà raconté à tout le monde que je partais rendre visite à des cousins, à Shreveport. Nous pouvons quitter la ville séparément et nous retrouver quelque part, reprit-elle d'une voix aiguë. Où penses-tu donc aller ainsi? Nous n'avons pas encore réglé toutes nos affaires et je ne veux pas rentrer seule au ranch.

Il avait déjà une main sur le pommeau de sa selle. Il se tourna pour la regarder. Toni avait beau être furieuse, elle n'en frémit pas moins sous son regard glacial.

– Très bien, tu t'es arrangée pour me retrouver ici alors que je m'y étais réfugié pour avoir la paix. Maintenant, j'ai quelques petites choses à faire. Je te retrouverai à la maison, patronne. Salut!

Il souleva son chapeau poliment, sauta à cheval et disparut presque instantanément dans les futaies.

– Pourvu que tu te noies dans les marais, salaud! lui lança Toni.

Mais elle savait que déjà il ne pouvait plus l'entendre. Pour la première fois de sa vie, elle se perdit dans ces bois pourtant familiers et c'est le cœur battant et encore effrayée qu'elle retrouva sa maison, au début de l'après-midi. Et d'apprendre qu'elle venait juste de rater une visite de ses nouveaux voisins, qui s'étaient arrêtés chez elle en se rendant chez les Carter, ne fit rien pour arranger son humeur :

– Cette garce se mêle de tout! Je me demande ce

qu'elle cherche vraiment... Nicky verra bien que c'est moi qui avais raison à son sujet.

Toni aurait été encore plus enragée si elle avait su que son contremaître, lui aussi, était en train de se rendre chez les Carter. C'était Missie qu'il avait envie de voir. Qu'est-ce qui avait bien pu lui passer par la tête, hier soir ? Il revit Ginny Morgan enlever une à une les épingles de son chignon pour laisser glisser jusqu'à sa taille ses cheveux d'or et de cuivre. Maudite créature ! Il aurait mieux fait de la renverser contre le mur et la prendre sur-le-champ. C'est tout ce qu'elle voulait et ainsi, il en aurait fini avec elle. Il pensa à ses yeux verts, bridés au coin, brillants comme des émeraudes à la lueur du feu de camp; il pensa à ses lèvres tendres qui s'étaient doucement ouvertes sous les siennes. Oui, s'il l'avait prise, elle ne reviendrait plus le hanter à présent. La femme aux yeux verts qui riait dans ses rêves avait maintenant un visage : celui de Ginny. Il était en colère à la fois contre elle et contre lui-même. Contre elle, à cause de la façon dont elle s'était servie de son corps pour l'attirer. Contre lui, parce qu'il s'était retenu de se jeter sur elle et s'était vengé ensuite de sa frustration en maltraitant Missie qui lui avait fait confiance. Missie était bien trop naïve et Joe devrait cesser de lui laisser ainsi la bride sur le cou. Il fallait la surveiller mieux. Hier soir, elle avait effectivement ressemblé à une femme. Cendrillon, l'avait-il appelée, gentiment. Mais il n'était guère le prince qu'elle attendait. Il allait lui parler et lui expliquer sincèrement qu'il valait mieux se méfier des hommes. Et puis, songea-t-il encore en fronçant sévèrement les sourcils, il parlerait aussi à Matt Carter. Matt avait tendance à un peu trop ouvrir sa grande gueule, surtout lorsqu'il avait bu.

Manolo entreprit d'observer soigneusement les alentours avant de s'approcher de l'arbre favori de Missie. Il valait mieux éviter de se heurter à quelque soldat de Belmont. Certains avaient l'habitude de tirer avant de poser des questions.

Abritant ses yeux du soleil, il plissa de nouveau le front. Où étaient-ils donc tous passés? L'après-midi était un peu trop tranquille. Et puis, il aperçut une jolie voiture à la mode, garée devant la maison, et comprit que les Carter avaient de la visite. Il jura impatiemment et décida d'attendre leur sortie. Il essaya de se convaincre que, seule, la curiosité le maintenait ici.

Dans la maison, Ginny se demandait pourquoi elle avait décidé de s'attarder à Baroque. Renaldo et elle s'étaient disputés au petit déjeuner et il lui avait reproché ce qu'il appelait son entêtement. Mais elle avait toujours détesté partir en abandonnant derrière elle quelque chose qui n'était pas terminé. Chaque fois qu'elle rencontrait le regard insolent de Matt Carter, elle songeait à la nuit dernière et à Steve...

Où avait-il disparu? Ni lui ni Toni n'étaient là, lorsqu'ils s'étaient arrêtés chez les Lassiter. Renaldo avait protesté lorsqu'elle avait voulu s'en asurer. S'assurer! Et de quoi? Un vieux Noir aux cheveux gris, un domestique de Toni, lui avait dit que Madame se promenait à cheval. Évidemment, il n'avait pas mentionné le contremaître de Madame, l'homme qui partageait pourtant le lit de sa maîtresse. Mais Missie avait ouvert de grands yeux et interrogé ingénument, avec toute son innocence habituelle :

– Où est Manolo? Il n'est pas là?

Le visage noir s'était tendu, avec désapprobation.

– Non, miss. Je ne l'ai pas vu ce matin.

Missie avait paru soulagée et Ginny s'était demandé si elle aussi s'était montrée autrefois aussi sincère et aussi transparente.

– Il est peut-être chez nous, s'était écriée Missie quand Renaldo l'avait aidée à remonter en voiture. Oh! j'aimerais tant que vous le rencontriez dans l'un de ses bons moments, lorsqu'il n'est ni méchant ni furieux. Il s'est conduit envers nous en véritable ami et je ne voudrais pas que vous le jugiez d'après les racontars des gens.

Ginny avait croisé le regard de Renaldo par-dessus la

tête de Missie. Le cousin de Steve se mordait les lèvres. La jeune fille ne méritait pas qu'on lui fasse du mal et Steve avait l'habitude d'en faire à toutes les femmes qui passaient sur son chemin. Les sentiments des gens lui importaient peu. Plus que jamais, Ginny était déterminée à le rencontrer enfin en tête à tête pour en finir avec lui. Mais elle commençait à se demander si elle y parviendrait jamais. Apparemment, il disparaissait et réapparaissait selon son bon plaisir. Jusqu'ici, il avait réussi à échapper aux soldats du colonel Belmont qui patrouillaient en lisière des marécages.

Ils avaient raccompagné Missie chez elle et Joe Carter leur avait proposé de goûter à son cognac. A nouveau, la jeune fille s'était enquise :

– Tu as vu Manolo, papa ? Est-il venu aujourd'hui ?

Matt avait répondu, avec un regard de côté dans la direction de Ginny :

– Non, sœurette, pas depuis qu'il est parti hier soir avec Toni Lassiter. Il traîne dans les marais, avec ses amis indiens.

Joe Carter s'était vivement interposé :

– Oh ! il réapparaîtra bien, à un moment ou un autre. Tu sais comment il est, Missie ! Pourquoi ne montrerais-tu pas quelques-uns de tes dessins à Mr Ortega ?

D'ordinaire, Missie était bien trop timide pour exhiber ses œuvres, mais avec le señor Ortega, il en allait différemment. Elle aimait bien son prénom : Renaldo. La sonorité était étrangère et pourtant elle lui était agréable. Et quelque chose lui disait qu'elle lui plaisait vraiment. Ce n'était pas par simple politesse qu'il lui accordait autant d'attention. Elle aimait aussi l'entendre parler de toutes ces villes et de tous ces pays qu'il avait visités. A première vue, elle avait pensé que c'était un homme plutôt réservé et austère. Mais lorsqu'il lui souriait, comme maintenant, quand de petits sillons se creusaient sur son visage bronzé, il paraissait bien plus jeune qu'elle ne se l'était imaginé au premier abord. Il souriait un peu comme Manolo, se dit-elle avec surprise en songeant combien les deux hommes étaient différents. La plupart du temps, le sourire de Manolo n'atteignait pas ses yeux. Tandis que lorsque Renaldo Ortega souriait, toute sa physionomie s'illuminait et Missie se rendait bien compte qu'elle lui plaisait.

– Vraiment, miss Melissa, ces dessins sont excellents. Vous avez rendu l'atmosphère des marais. Ces troncs d'arbres sont vivants. Ils ressemblent à d'horribles vieillards.

Ravie, Missie s'exclama :

– Vous aussi, vous les voyez ainsi ? J'ai toujours cru voir d'affreux gnomes parmi ces arbres !

Missie se pencha contre l'épaule de Renaldo qui tenta de ne pas se laisser distraire de sa contemplation. L'ennui, c'était qu'elle était bien trop naturelle et bien trop ouverte. Comparée à Missie, il n'était qu'un vieil homme cynique. Pourtant, près d'elle, il l'oubliait. C'est en partie à cause des curieux sentiments qu'elle éveillait en lui qu'il avait tenté de convaincre Ginny de quitter Baroque. Comme toujours, il fuyait la vraie vie. Il ne se l'était pas caché ce matin et l'idée l'avait rendu morose. Mais comment tout cela finirait-il ? A sa façon, Ginny était tout aussi tête brûlée que Steve. Pauvre Genia ! Que lui faudrait-il encore endurer ?

Quand ils quittèrent enfin les Carter, Ginny avoua que le cognac lui était un peu monté à la tête. Elle était à moitié ivre :

– Mais ça m'est égal. Ça m'évite de penser. Oh ! Renaldo, pourquoi suis-je si obstinée ? Je ferais bien mieux d'abandonner.

– Vous êtes vous-même, voilà tout, dit-il tristement.

– Vous avez remarqué la façon dont Matt Carter m'a dévisagée ? Comme s'il savait tout à mon sujet. Il a dû voir ce qui s'est passé avec Steve, la nuit dernière. Au fond, je m'en moque. Je voulais tant que Steve me reconnaisse. Seul résultat : Matt Carter me prend pour une traînée. Je suppose que j'en suis une, à ma façon. Renaldo, vous croyez que je suis une traînée ?

– Dormez un peu contre mon épaule et ne tentez pas de me distraire pendant que je conduis ces chevaux.

Ils sont fougueux et difficiles à contrôler, répliqua sévèrement Renaldo. Et ne vous tracassez pas au sujet de Matt Carter. Ce qu'il peut bien penser n'a aucune importance. A notre retour à la maison, nous déciderons s'il vaut mieux rester ou partir. Partir serait la seule chose sensée.

— Mais je n'ai pas envie de réfléchir et je ne suis pas une personne de bon sens. Et puis, Renaldo, je préférerais d'abord dormir un peu. On verra après.

Il dut presque la porter jusqu'à sa chambre. La señora Armijo était dépassée par les événements.

— Chut, *tia.* Elle est simplement surmenée. Laissons-la dormir en paix. Nous ne la réveillerons pas même pour le dîner.

Il était rare que Renaldo prenne un ton de commandement. La señora Armijo ne répliqua pas. Parfois, Renaldo se demandait ce qu'elle pouvait bien penser des intrigues qui se déroulaient autour d'elle. D'instinct, elle se conduisait en bonne duègne et ne se mêlait jamais de rien. Cette fois, elle se contenta de déshabiller Ginny, à demi inconsciente, et de l'aider à s'étendre sur son lit.

— De l'alcool, si tôt dans la journée! Cela ne plairait guère à don Francisco. Ah! les jeunes!

Avec un soupir de bien-être, Ginny enfonça la tête dans son oreiller. Elle réfléchirait plus tard. Pour le moment, elle était bien trop fatiguée.

54

— Ce cousin, il a l'air très emballé par Missie. Il vient la chercher demain, prétendument pour une promenade à cheval. Et tu sais comment est papa, bien trop commode. Quant à la dame, il m'a semblé qu'elle s'intéressait un peu trop à toi. Je vous ai vus danser hier soir et il m'est juste venu à l'idée que...

Manolo était allé à la rencontre de Matt qui, visiblement, ne demandait pas mieux que de lui livrer ses impressions sur ses visiteurs. Il en profitait pour insérer quelques commentaires sournois.

– Tu viens à la maison ? s'enquit-il. Papa a débouché une de ses bouteilles et Missie n'a pas supporté de le voir boire. Elle est allée bouder dans sa chambre. Mais elle en sortira si tu viens.

– Parfois, Matt, tu parles trop, fit Manolo, entre ses dents.

Et il attendit que Matt se mette en colère car, frère de Missie ou non, il avait assez envie de lui casser la figure. Mais Matt se contenta de sourire et, de sa part, c'était une surprise :

– Je croyais simplement que tu aimerais savoir qu'on s'intéresse tant à toi. Surtout que la personne en question est une femme sacrément belle. Si le temps et le lieu s'y prêtent, il faudra que je tente ma chance avec elle, moi aussi, un de ces jours.

Il continua à ricaner en regardant s'éloigner Manolo. Quoi que son père puisse en dire, il n'aimait pas le voir traîner auprès de sa sœur. C'était un Mexicain ou un Indien, quelle différence ? Sa sœur était beaucoup trop bien pour Manolo et peut-être que lorsque Toni s'en serait fatigué, elle se tournerait vers lui, Matt. Elle avait besoin d'un homme de sa trempe pour veiller sur son ranch. Un homme qui serait là tout le temps.

Au ranch, Toni Lassiter donna des ordres pour le dîner et attendit, allongée sur son grand lit dont la femme de chambre venait tout juste de changer les draps.

Dans le ranch Desmoulins, Renaldo fumait un cigare dans la bibliothèque. Il avait pris un livre, au hasard, et le regardait maintenant sans le voir. Dans sa chambre, Ginny dormait, porte close et fenêtre ouverte. Elle était plongée dans un sommeil sans rêves et refusa d'ouvrir les yeux lorsque quelqu'un la secoua rudement par les épaules. C'était Manolo.

Les paupières lourdes, elle ouvrit la bouche pour protester et il la bâillonna d'un mouchoir roulé en boule qu'il lui enfonça dans la gorge. Puis il lui attacha la tête à l'aide de son foulard qu'il enleva de son cou.

– Désolé, ce n'est pas de la soie, lui lança-t-il tandis qu'elle commençait à se débattre frénétiquement.

De tout son poids, il la maintint tranquille tandis qu'il lui liait les mains aux montants du lit. Comment était-il entré ici ? Le pourquoi de sa visite, lui, était bien trop évident.

– Je vais toujours au bout de mes entreprises. Et j'ai entendu dire que vous vous posiez des questions à mon propos. Je me suis dit qu'autant valait venir ici. Comme cela, vous ne vous inquiéterez plus !

Il était toujours aussi haïssable que par le passé. Le voilà qui s'apprêtait, avec un parfait sang-froid, à la violer. Et toujours sans la reconnaître, sans se souvenir de ce qu'ils avaient été l'un pour l'autre ! Pourquoi avait-il eu besoin de la bâillonner ? Ses yeux lui criaient sa rage et son humiliation. Elle savait pourquoi il était venu. Il s'en rendit compte à sa soudaine immobilité lorsqu'il enleva la couverture et lui arracha la fine chemise de nuit, seul vêtement qu'elle portât sur son dos. Il examina son corps nu, ses petits seins ronds et fermes et eut l'étrange impression d'avoir déjà vécu toute cette scène. Il y a quelques instants à peine, elle se débattait encore. Pourquoi donc demeurait-elle si calme à présent ?

Il avait eu l'intention de s'emparer d'elle rapidement, brutalement, et puis de la planter là. Mais maintenant, sans le vouloir, il penchait sa tête contre son cou et posait ses lèvres juste là où son sang battait, si vite. Sa peau était douce comme de la soie. Un parfum suave baignait chaque centimètre de son corps. Et sans pouvoir s'en empêcher, il s'enfouit le visage dans la masse de ses cheveux. Ainsi, au lieu de la violer, il cherchait à la séduire, songea Ginny, oubliant tout au contact sauvage et familier de ses lèvres et de ses mains. Aussi longtemps qu'elle vivrait, il conserverait ce pouvoir sur elle. Et puis elle ne pensa plus à rien : le corps de Steve couvrait enfin le sien et comblait cette soif qu'il avait si bien éveillée en elle.

Il regretta de devoir la quitter. Il se serait bien attardé toute la nuit près de ce corps à la fois soumis et passionné. Mais il n'en avait pas le temps. Il était venu ici en quête de revanche, pour lui donner un avertissement et, maintenant, il s'étonnait de sa faiblesse.

Toni l'attendait. Mais ce soir, il n'avait rien à lui donner sinon quelques minutes d'une compagnie maussade.

– Tu ne peux pas rester ? Qu'est-ce que tu racontes ? Je t'ai dit que...

– Tu m'as donné rendez-vous, Messaline, et me voilà. Mais tu risques de recevoir la visite des hommes du colonel Belmont si Ginny Morgan est assez furieuse pour lui faire part de mon passage chez elle.

– Tu as fait quoi ?

Toni commença par hurler, puis, devant son visage dur, elle pouffa, d'une rire nerveux :

– Tu as vraiment fait ça ? Oh, Dieu, tu es merveilleux ! Comment c'était ? Elle s'est beaucoup débattue ? Tu as dû la frapper ? J'espère qu'elle est pleine de bleus et de meurtrissures, la garce ! Elle perdra tous ses grands airs, après ça. Dis, Commanche, tu crois qu'elle va s'enfuir d'ici, affolée ?

Soudain, il se sentit très fatigué, très las, et la vue de Toni l'emplit de dégoût. Il regrettait déjà de s'être confié à elle. Après tout, il ne lui devait rien. Il n'avait pas à lui fournir d'explications.

– Je te raconterai tous les détails lorsque nous nous reverrons à Dallas. Mais pour l'heure, j'ai intérêt à me blottir au plus vite dans les marais. A tout hasard.

– Mais je veux que tu me racontes tout, tout de suite ! Je peux te cacher à la cave, au cas où les soldats viendraient. Tu n'as pas confiance en moi, Commanche ?

Il connaissait bien sa cave. C'était une vraie prison. Le vieux Lassiter l'avait bâtie à l'intention de ses esclaves récalcitrants. Et il n'avait pas du tout confiance en Toni, pas une seconde !

Il le lui dit et il s'en fut, sans se soucier de ses lèvres humides et du regard brillant qu'elle avait toujours lorsqu'elle était excitée. Il l'abandonna sur la demi promesse de la retrouver sur le chemin de Dallas, du côté de Shreveport.

Ainsi, il irait donc à Dallas. Un peu contre son gré, car il songeait encore à la femme aux cheveux d'or et de flammes et il se demandait ce qui se passerait s'il retournait chez elle. Il se souvenait de la façon dont son corps avait soudain capitulé contre le sien, de ses yeux verts mi-clos quand ses cuisses s'étaient séparées et que ses jambes s'étaient agrippées aux siennes. Il la désirait encore. Non, ce n'avait pas été un viol. Négligeant toute prudence, il avait desserré ses liens afin qu'elle puisse se libérer sans trop de difficultés. Que ferait-elle s'il revenait ? Rien que d'y penser, il devait être fou. A présent, elle devait être folle de fureur, très probablement. Elle devait s'être fait un devoir d'oublier qu'elle s'était non seulement donnée à lui, mais avait répondu à toutes ses caresses. Les femmes de ce genre n'étaient que des allumeuses. Elles promettaient tout et ne donnaient jamais rien. Mais, somme toute, comment pouvait-il savoir quel genre de femme elle était ?

La fuite était la seule solution de bon sens. Même si cela signifiait qu'il lui faudrait supporter Toni et toutes les manigances qu'elle adorait tant. Il ne se souvenait pas vraiment de Dallas mais avait l'impression d'y être déjà allé. Après avoir longtemps pris les choses comme elles venaient, Manolo commençait à s'interroger sur lui-même. Il se demandait quel homme il avait été avant d'ouvrir les yeux sur le visage inquiet de Teresita, la mémoire vide de tout souvenir. Il ne croyait plus qu'il était le beau-frère de Teresita. Un ami de son défunt mari ? Peut-être. Un Commanche ? Peut-être, puisqu'il en connaissait la langue. Mais un Commanche qui savait aussi le français et l'espagnol, ce ne pouvait être possible. Des maux de tête le harcelaient chaque fois qu'il cherchait vraiment à rassembler des souvenirs ou à se remémorer ses rêves.

Au bout du compte, il décida de gagner Dallas tout seul. Toni le découvrirait bien. Sinon, il ne lui serait pas difficile de la retrouver. Et puis, il était curieux de savoir ce que fabriquait le juge Benoit. Il aurait un avantage sur Toni s'il le découvrait avant elle. Et il valait toujours mieux en savoir plus long que Toni, ça la rendait plus facile à manœuvrer.

Il découvrit rageusement que tous les murs de Dallas étaient recouverts d'affiches, les unes annonçant les représentations d'une cantatrice italienne, les autres qu'une prime d'un montant inhabituellement élevé de trente mille dollars était offerte pour sa capture à lui, vivant, et son renvoi à Baroque où il était réclamé pour interrogatoire. On le recherchait pour « vol de bétail et autres délits ». Suivait unc description bien trop détaillée. Il n'aurait pas dû se contenter de la bâillonner. Il aurait dû l'aveugler, la garce!

Il l'avait mal jugée, songeait-il, furieux. Elle était bien plus intelligente qu'il ne l'avait cru. Sur les affiches, il n'était pas question de viol, évidemment. Mais qui ne croirait pas à son histoire de vol de bétail? Surtout si elle jurait l'avoir vu à l'œuvre... C'était bien imaginé. Il ne lui restait plus, en conséquence, qu'à se faire tout petit et à passer inaperçu, pendant tout son séjour à Dallas. D'ailleurs, il ferait mieux de retourner à Baroque donner à Ginny Morgan la bonne leçon qu'elle méritait vraiment, à présent.

N'empêche, après avoir loué une chambre dans un hôtel minable et déguisé le plus possible son apparence, il ne put retenir une certaine admiration pour elle. Heureusement, Dallas était une grande ville et il était facile de s'y mêler aux cow-boys qui encombraient les rues. C'était une ville en pleine expansion. Toutes sortes de gens venaient à Dallas et le shérif préférait fermer les yeux sur leurs agissements, à moins que leur affaire ne soit vraiment grave. Dallas avait la réputation d'être une ville ouverte. A condition, évidemment, d'y faire attention.

Steve faisait très attention. Les mêmes affiches avaient sans doute été posées dans toutes les bourgades de la région et tous les chasseurs de primes du pays devaient être à ses trousses, sans parler du juge Benoit qui serait bien trop content d'avoir sa peau. Et Toni, cette douce et rapace Antoinette Lassiter dont l'avarice surpassait les appétits sexuels. Une nouvelle complication ! Et mis à part la prime, Toni et Benoit devaient être en train de se demander ce qu'il pourrait bien révéler de leurs projets en cas de capture. Surtout que les affiches précisaient explicitement qu'il devait être pris vivant. Sinon, adieu la prime !

Il se demanda combien de temps il lui restait, avant son arrestation. De toute évidence, Ginny Morgan avait soif de son sang. Elle voulait assister en personne à sa pendaison. Les femmes pouvaient être plus cruelles que les hommes, surtout lorsqu'elles se sentaient humiliées.

Que faisait-il donc encore à Dallas ? Il ferait mieux de gagner le territoire indien où il lui serait facile de se cacher. Il se regarda dans le miroir brisé qui ornait le mur fendu de sa chambre et n'y vit que le visage d'un étranger. Qui était-il donc ? Un homme pouvait tout oublier de son passé, sans perdre pour autant sa personnalité profonde. Il avait le sentiment d'avoir toujours aimé le danger. Il n'y avait aucune peur dans les yeux bleus qui l'interrogeaient dans la glace. Il ne sentait en lui aucune appréhension. Au contraire, il lui fallait contrôler une certaine exaltation joyeuse.

Il s'était inscrit à l'hôtel sous le nom de Sam Whittaker. Il ne savait pas pourquoi ce nom lui était soudain venu à l'esprit. L'employé avait à peine levé la tête de son journal pour lui tendre une fiche. Manolo était épuisé. Il avait besoin d'une bonne nuit de sommeil pour s'éclaircir les idées et décider d'un plan d'action.

La chambre était étroite. C'était d'ailleurs plutôt un cagibi qu'une chambre. Mais elle avait une fenêtre qui ouvrait sur les toits et lui permettrait de s'échapper rapidement, en cas de besoin. Pour se donner encore davantage de temps, le cas échéant, il coinça la porte à l'aide d'une chaise branlante.

Le lit était répugnant. Il n'y avait qu'un unique drap de coton, déchiré et taché de jus de tabac. La couverture portait encore les traces des bottes de tous ceux qui étaient montés dessus. Il aurait mieux fait d'aller se coucher à l'écurie, avec son cheval. Et il avait besoin d'un bain. Mais il était fauché. Il ne possédait que les quelques dollars et les boucles d'oreilles d'émeraude qu'il avait prises sur la table de chevet de Ginny Morgan. Plus par habitude que pour autre chose! Il s'était dit aussi que cela amuserait Toni. Mais la garce mentionnait le vol de ses pendants d'oreilles sur ses affiches et à présent, il n'était plus question de les vendre. Il la ferait payer lorsqu'il reviendrait. Il y était bien décidé. Cette fois, il lui donnerait de bonnes raisons de se plaindre.

En fin de compte, il préféra se coucher sur le plancher plutôt que sur ce lit dégoûtant. Il s'enveloppa dans la couverture de son cheval, préférant son odeur à celle des humains qui l'avaient précédé en ces lieux. Chaque petit bruit dans le couloir l'éveillait. Il ne dormit que par bribes. De combien de temps disposait-il? Il lui fallait trouver Benoit...

Nicholas Benoit avait réservé une chambre dans le meilleur hôtel de la ville. Par chance, elle se trouvait au même étage que celles abritant deux messieurs qu'il devait rencontrer pour affaires : Mr McGregor, un Écossais, et lord Lindhaven, un Anglais très fier de son titre. Tout deux représentaient divers intérêts britanniques et étaient fort désireux d'investir aux États-Unis, dans le commerce de bétail. Avec l'invention du fil barbelé, le temps était dorénavant aux grandes affaires d'élevage. Et Nick Benoit s'intéressait autant aux offres des deux hommes qu'aux renseignements qu'il parvenait de temps à autre à leur tirer, au sujet de Ginny Morgan.

Lord Lindhaven était un gaillard efflanqué, aux cheveux jaunes et aux épais favoris. Il confessait avoir compté parmi les admirateurs de la jeune femme, lors de son passage en Europe.

– Entendu dire... hum! qu'elle s'était retirée dans votre région du Texas, Mr Benoit. Je ne comprends pas ce qu'il lui a pris, à moins que cela ait quelque chose à voir avec son mari fugueur. J'ai beaucoup entendu parler de ses affaires, à New York. Surprenant qu'il ne soit pas avec elle, n'est-ce pas! Une femme si belle! Même le tsar Alexandre était à ses pieds. Il s'est affiché partout avec elle et lui a offert de somptueux bijoux. Tout le monde a été surpris lorsqu'elle a décidé de revenir en France.

Lindhaven caressa longuement ses favoris, avant de poursuivre :

– Je dois reconnaître avoir presque perdu la tête pour elle. Je l'ai rencontrée bien des fois, vous savez. Je l'ai même invitée chez moi, dans le Surrey. Mais il y avait tant d'hommes qui lui faisaient la cour... Elle a été mariée un moment avec un prince russe. Mais ça n'a pas duré longtemps. Ensuite, elle a épousé ce Morgan qui avait surgi de nulle part, avec des tas d'argent. Il a été très lié avec la Paoli. Il paraît même qu'il l'aurait volontiers épousée aussi, s'il n'avait déjà eu une femme. Mais je ne comprends vraiment pas pourquoi il s'est débarrassé de sa femme, en l'expédiant en Europe. Cette charmante Virginia! Dommage qu'elle ait eu des enfants si vite. Je me demande bien ce qu'elle en a fait, par exemple.

Nick Benoit s'intéressait tant aux révélations de son nouvel ami qu'il en perdit son cigare. Mr McGregor tint alors à intervenir :

– Je ne sais où vous avez la tête, Lindhaven, mais quant à moi je suis ici pour affaires. Je suis un homme marié, et heureusement marié, Dieu merci. Ma femme ne s'en va pas arpenter tous les pays d'Europe et, si je peux me permettre, elle n'apprécie guère mes propres petits voyages d'affaires. Alors, si on en revenait à ces histoires de terrains?

– Oui, je suis convaincu que Mrs Morgan souhaite vendre sa propriété, dit doucement le juge Benoit. Comme lord Lindhaven l'a remarqué, elle n'est guère femme à s'enterrer ici pour toujours. Ma belle-sœur m'a également autorisé à parler en son nom. J'ai sa procuration, bien entendu...

55

Francesca di Paoli avait l'habitude de faire ressentir sa mauvaise humeur à tout son entourage. Mais ce soir, elle était plus maussade encore qu'à l'ordinaire. Les éclats de cristaux qui jonchaient le tapis de sa chambre en témoignaient. Elle avait brisé tous les vases à sa portée. D'ores et déjà, Bert Fields avait hâtivement battu en retraite, suivi par l'impresario effrayé qui tentait de calmer le ténor épouvanté, auquel reviendrait tout à l'heure l'honneur de lui donner la réplique, à l'Opéra. C'était à la patiente Costanza que revenait la tâche de faire revenir à la raison la bouillante princesse.

– Cet imbécile s'imagine vraiment pouvoir jouer Alfredo ? Peuh ! Violetta ne lui jetterait jamais un regard. Elle préférerait plutôt sauter au cou du baron. Comment pourrais-je jamais prétendre être amoureuse de lui ? Il est bien trop gros. Et sa voix tremble dans les aigus. Il me rend malade. Et ce n'est pas le seul. L'autre, ce petit juge qui m'admire tellement, il me donne la nausée, aussi. Je ne supporte pas les moustaches cirées et les petits hommes au regard globuleux. Et il ne cesse de m'expédier des fleurs à l'odeur douceâtre... Que fais-je ici, dis-le-moi. Dans cette ville perdue et poussiéreuse, avec ses immeubles en bois et ses hôtels qui ne conviendraient même pas pour loger des chèvres. Je te le demande, que fais-je ici ?

– Vous connaissez très bien la réponse, fit Costanza,

sèchement. C'est vous qui avez voulu venir ici. Et c'est vous qui avez écrit au juge, votre admirateur fidèle. Et pourquoi? Parce que vous n'êtes qu'une sotte, *carissima,* vous espérez revoir votre bandit aux yeux bleus. Vous n'êtes qu'une sotte et vous feriez bien mieux de l'oublier. Il ne vous vaut rien et je vous l'ai toujours dit. Songez comme il vous a traitée.

– Assez, assez de ces sornettes! Tu répètes toujours les mêmes choses. Que s'est-il passé, en fait? Il a dit qu'il devait veiller à ses affaires. Et alors? Sa femme est ici, au Texas, et elle est bel et bien toute seule, non? Le sénateur lui-même ignore où il se trouve. Je lui ai parlé à San Francisco et il ne voulait pas trop s'attarder auprès de moi parce qu'il était accompagné de son épouse. Une petite blonde insignifiante. Mais je l'ai bien observé. Cet homme est soucieux. Je m'en suis bien rendu compte. Et ce cousin, Costanza? Le sénateur Brandon n'en a pas soufflé mot.

– Ma petite, vous êtes bien trop nerveuse. Vous chantez, ce soir, ne l'oubliez pas. Ce gentleman anglais, lord Lindhaven, celui qui vous a envoyé des fleurs, sera dans la salle. Cela ne vous ressemble guère de continuer à désirer aussi ardemment un homme.

– Je ne le regrette pas, je t'assure. Je le déteste, crois-moi. Mais ce n'est pas à un homme de me quitter. C'est moi qui décide, ne l'oublie pas. C'est pour cela que je veux le revoir. Pour lui crier ce que je pense de lui.

Costanza se fit conciliante :

– Mais oui, c'est cela. Mais maintenant, il est temps de vous habiller. Quelle robe mettrez-vous? En voilà, une jolie Violetta! Vos cheveux pendent lamentablement. Asseyez-vous et calmez-vous. Voulez-vous que je place une fleur dans votre chevelure? Nous en avons des tonnes, grâce à votre ami le juge.

– Ne me parle plus de cet homme! Lui ai-je vraiment promis de dîner avec lui ce soir? Oh!

Francesca se mit à jurer en un argot des faubourgs qui suscita la réprobation de sa femme de chambre.

– Qu'est-ce qui vous prend? Si quelqu'un vous entendait... N'oubliez pas que vous êtes princesse!

Francesca se planta sur le tabouret, face au miroir. Ses joues étaient empourprées et ses yeux noirs lançaient des éclairs :

– Princesse, peuh! Ce titre stupide ne signifierait rien s'il n'y avait ma voix. Je peux jurer tant que je veux, faire tous les caprices qui me passent par la tête : je suis une prima donna. Et je m'exerce pour mon nouveau rôle : Carmen. Il m'ira très bien. Je la comprends parfaitement, cette fille des faubourgs. Ce pauvre Bizet, il a essuyé un tel échec à l'Opéra-Comique. Grâce à moi, il pourra remonter la pente.

– Je n'aime pas cette pièce, fit Costanza d'un ton assuré – mais elle ne parvint qu'à provoquer le rire de Francesca.

– Ça m'est bien égal, ce que tu penses. Je ne me conduirai que selon mon bon plaisir et tant pis pour ce que diront les gens! Steve, au moins, le comprenait. Lui et moi, nous sommes pareils, à cet égard. Et je le reverrai, j'en ai le pressentiment.

Sans se préoccuper de la foule de ses admirateurs qui attendaient devant l'entrée des artistes, Francesca, des diamants dans sa chevelure d'ébène, se rendit à l'Opéra dans une voiture fermée. Pour la plupart d'entre eux, elle appartenait à un autre monde. C'était une vraie princesse, vêtue, comme une princesse, de soie et de brocart. Deux gardes du corps à l'aspect peu engageant veillaient sur elle. Francesca décocha un sourire ensorceleur à la foule, salua de la main et disparut dans le bâtiment. Fous de joie, deux cow-boys tirèrent des coups de feu en l'air. La lourde porte de bois se referma sur Francesca et la foule commença à se disperser.

Manolo, qui se faisait appeler maintenant Sam Whittaker, se trouvait dans l'assistance. Il avait aperçu la cantatrice du juge Benoit et l'avait trouvée étonnamment jolie. Il serait bien allé l'écouter chanter s'il avait eu les moyens de se payer un billet d'entrée. Benoit y serait, lui, ainsi que les deux messieurs britanniques qui habitaient son hôtel. Ils prétendaient s'intéresser au commerce du bétail. Tout cela n'avait pas été très difficile à découvrir. Il serait bon tout de même d'en apprendre davantage. Il ferait peut-être bien de profiter de leur présence au spectacle pour fouiller leurs chambres. Auparavant, il prendrait un verre quelque part.

Le saloon le plus proche, c'était le *Chien rouge,* un endroit prétentieux où les filles étaient couvertes de paillettes et où les consommations coûtaient plus cher qu'ailleurs. Mais il était situé juste en face de l'Opéra et les clients y étaient nombreux. Par malchance, un adjoint du shérif, chargé de veiller au maintien de l'ordre aux abords du théâtre, s'y rendit aussi. Il fut accueilli par un chœur de lazzi :

– Eh ! regardez qui est là ? C'est notre adjoint flambant neuf !

– Red, qu'est-il arrivé à cette chanteuse que tu es censé protéger ? Elle a préféré se faire raccompagner par quelqu'un d'autre ?

– Fermez-la ! Sinon, je vous enferme tous pour trouble de l'ordre public.

Red Moriarty était un Irlandais qui travaillait autrefois aux chemins de fer. Il tirait plus vite que la moyenne. De plus, le shérif était son beau-frère. Et ce soir, il était furieux parce qu'il n'appréciait pas sa mission qu'il jugeait frivole. Pour l'heure, il avait bien envie de taper sur quelqu'un, juste pour se calmer les nerfs. Il cherchait aussi sa fille préférée. Il trouva les deux à la fois. Il en oublia toutes les recommandations du shérif, qui lui avait conseillé de garder son calme au moins toute la soirée.

La fille était pratiquement dans les bras d'un étranger de haute taille, qui avait choisi de boire son verre à l'autre bout du bar. Elle protesta lorsque Red l'agrippa par le bras :

– Qu'est-ce qui te prend ? J'essaye de me faire offrir un verre, c'est tout !

– Dommage, Lola Mae, tu t'es choisi un vagabond

qui n'a pas les moyens de s'en payer un lui-même. Vous l'avez réglée, votre consommation, monsieur ?

Moriarty croisa un regard bleu dans lequel ne se lisait aucune crainte. Il put même y discerner un peu de mépris. Il se souvint trop tard des appels à la modération du shérif.

– Ça fait partie de votre travail, monsieur le représentant de la loi, de vérifier si les clients paient régulièrement leurs verres ? A moins que ce ne soit pas exactement votre problème, pour l'instant.

– Ce n'est pas un endroit pour les vagabonds incapables d'offrir à boire à une dame. En général, les types dans votre genre finissent leur nuit en prison. Vous feriez mieux de rester à l'autre bout de la ville, monsieur.

Moriarty tempêtait à présent. Il avait aperçu le revolver que l'autre arborait à la hanche. Mais la plupart des tueurs étaient généralement vêtus avec une grande élégance. Cet homme ne pouvait être rien d'autre qu'un traîne-savate, déguisé en fin tireur. L'homme soupira, d'impatience ou de peur.

– Écoutez, shérif, je ne cherche pas d'ennuis. Je bois tranquillement sans me mêler de ce qui ne me regarde pas. Alors, pourquoi ne pas me laisser en paix ? Si vous cherchez la bagarre, passez votre chemin. De toute façon, je compte vider les lieux dès que j'aurai fini mon verre.

Moriarty crut percevoir une reculade. Il s'en voulut d'avoir eu peur, un instant plus tôt, et sa colère grandit :

– Et insolent, avec ça ? Vous n'avez donc aucun respect pour les agents de la loi ? Eh bien, je vais vous l'apprendre. Ivresse sur la voie publique. Votre compte est bon. Et pendant que vous serez sous les verrous, je vérifierai si vous n'êtes pas recherché quelque part.

Red Moriarty commit une ultime erreur. Il tendit la main vers son revolver. Ce fut sa dernière. Il voulut montrer à tout le monde comme il tirait vite. La dernière chose qu'il aperçut sur cette terre, fut une boule de feu qui sortait du canon de l'inconnu. Il y eut alors un grand silence, troublé uniquement par les cris hystériques de Lola Mae. Chacun regardait le canon encore fumant. Quant au tireur, il s'éclipsait déjà par la porte de derrière.

Il eut un instant l'envie de tuer aussi cette femme, qui l'agaçait avec ses cris. Il n'aurait pas dû tirer sur l'adjoint. En tout cas, pas de manière à le tuer. Hélas, quand il s'agissait de jouer du revolver, seul l'instinct le guidait. Il n'était plus capable de réfléchir. Et voilà qu'il sentait une arme à barillet s'enfoncer dans son dos!

– Ne bougez plus!

C'était le shérif qui, d'une voix excédée, ajouta :

– Qu'est-ce qu'il se passe ici? On y braille plus fort qu'à l'Opéra!

Et tout le monde se mit à parler à la fois.

Manolo se retrouva dans une cave transformée en cellule. Un trou noir sous la prison, auquel on accédait par trois marches glissantes. Au moins, il était toujours en vie et c'était une chance puisqu'il avait tué le beau-frère du shérif. Mais ce dernier s'était rappelé qu'il y avait une prime pour la capture de ce hors-la-loi, à condition qu'on le ramène vivant. Vivant. Combien de temps faudrait-il à Nick Benoit, ou à quelqu'un d'autre, pour le retrouver?

Il faisait froid, ici. Il n'était pas seul. Il y avait aussi un Mexicain qui attendait patiemment d'être pendu pour meurtres et vols à main armée.

– Toi aussi, tu es là pour assassinat, hein? Comme moi. Nous ne verrons jamais le moindre tribunal. Le bon peuple viendra nous chercher. Avec des cagoules, pour ne pas risquer d'ennuis. Et ils nous pendront. Personne ne nous retrouvera jamais.

Il n'y avait ni paillasse ni couverture dans ce cachot. Seulement un sol glacial et un seau dans un coin. Le Mexicain s'appelait Ruiz et lorsqu'il découvrit qu'il avait affaire à un compatriote, il devint très amical :

– Ils nous traitent pis que des chiens. Et pas qu'en prison, c'est partout pareil dans la région. Si tu étais un *gringo,* ils t'auraient sûrement jeté une couverture. (Il eut un petit rire triste et craintif.) Bah, quelle importance puisque nous allons mourir ! Je suis ici depuis un jour et demi et tout ce temps, j'ai guetté l'irruption de ces hommes avec leurs cagoules. Ils attendaient peut-être que quelqu'un vienne me tenir compagnie. Il n'est pas bon pour un homme de mourir seul.

Ruiz se mit à tousser et les menottes à son poignet tintèrent dans l'obscurité.

– *Amigo,* tu ne parles pas beaucoup. Tu as peur ?

Les fers coupaient ses chairs. Il avait déjà été en prison, autrefois. Comment s'était-il échappé ?

– Moi aussi, j'ai peur. Tout comme toi. C'est pour cela que tu ne dis rien ?

– Si nous devons être pendus, pourquoi ne pas rester un peu tranquilles pour nous préparer à cette épreuve ?

– Comment pourrait-on se reposer ici ? Tu crois vraiment que tu pourras dormir ? Il y a des rats. Et puis on reste à l'affût de tous les bruits, en se demandant si ce n'est pas eux qui arrivent. Ces *gringos,* ils ne nous donneront pas même l'assistance d'un prêtre !

Notre héros ferma les yeux avec détermination, s'allongea à même le sol et refusa d'écouter encore Ruiz. La pendaison ! Le shérif permettrait-il qu'on s'empare de lui ? Il décida que ce n'était pas son problème et, à sa propre surprise, il parvint à s'endormir. Il se réveilla d'un coup quand la porte grinça.

– Ah ! *Dios,* marmonna Ruiz. Je ne suis pas encore prêt à mourir. Pourquoi si vite ? J'ai une femme, deux petits enfants. Qui veillera sur eux, maintenant ?

Ils avaient des visiteurs. Leurs silhouettes se dessinaient à la lueur orange d'une lanterne. Reconnaissant l'une d'elles, sous sa vaste cape, le compagnon de Ruiz soupira :

– Tais-toi donc. Ils finiront par te pendre rien que pour te faire taire. D'ailleurs, ceux-là viennent pour moi. Reste tranquille et ils ne s'occuperont pas de toi.

– Désolée, Commanche, déclara Toni, avec la voix

haletante qu'elle avait toujours lorsqu'elle était excitée. Tu n'aurais pas dû tuer le gentil beau-frère du shérif. Et tu n'aurais pas dû venir ici du tout puisque nous avions rendez-vous sur la route. Et moi qui croyais vraiment que tu avais changé !

Elle tourna la tête vers le shérif qui leva sa lanterne, éclairant le visage des hommes qui le suivaient sur l'escalier. Parmi eux, il y avait le juge Benoit. Manolo discerna une lueur de triomphe dans ses yeux sombres, avant qu'il ne se compose une physionomie sévère.

— C'est l'homme que nous cherchions, shérif, j'en ai bien peur. Ma belle-sœur l'a engagé en dépit de mes avertissements. Il lui a dit s'être amendé et elle l'a cru. Mais vous voyez quel homme c'est ! Apparemment, il s'est spécialisé dans le vol des femmes seules, des femmes qui n'ont pas auprès d'elles un homme pour les défendre. Vous avez vu les accusations portées sur cette affiche, dans votre bureau.

— Tant d'argent, souffla Toni, d'une voix douce. Elle doit vraiment t'en vouloir beaucoup.

— Toni ! lança le juge Benoit pour l'arrêter. (Se tournant vers le shérif, il reprit :) Nous nous attendions à quelque chose de ce genre, à ce qu'il suive ici Mrs Lassiter et provoque un désastre parce qu'elle l'avait renvoyé. Il lui faudra répondre d'autres crimes à Baroque. Par exemple de l'assassinat de l'ancien contremaître de Mrs Lassiter.

— C'est une pendaison ou un procès ? interrogea Manolo, volontairement insolent.

Toni se mordit les lèvres. Manolo regarda les hommes, derrière le shérif. Il lut des envies de meurtre dans leurs yeux.

— Cette affiche offre trente mille dollars pour ma capture, vivant. Vivant, shérif. Ça vous est égal, tout cet argent ?

Se souvenant soudain de l'énormité de la somme, le shérif hurla :

— Dites donc, vous, qui parle ici de pendaison ? Nous aurons un procès régulier, conformément à la loi...

— Au diable la loi ! protesta l'un des hommes. Vous savez très bien pourquoi nous sommes venus, Tolbert. Ce salaud a tué ton beau-frère de sang-froid et Red était ton adjoint. Et il a bien d'autres crimes à son actif d'après ce que nous venons d'entendre. Les gars, laisserons-nous un pareil serpent vivre assez longtemps pour être jugé ? Il a même essayé de salir cette jolie dame par ses insinuations.

— Allons, messieurs... commença le shérif — mais quelqu'un s'empara de son revolver et le repoussa avec mépris.

D'après les regards qu'ils jetaient à Benoit, Manolo devina qu'il s'agissait d'hommes payés par lui. Quelqu'un leva la lanterne. Il y eut un rire.

— Salaud, tu seras pendu !

— Faites-le d'abord avouer ! Qu'il raconte tout sur les bijoux qu'il a volés ! hurla Toni. Qu'il parle d'abord !

Benoit approuva de la tête. Et parce qu'il était le plus proche de lui et que Steve ne pouvait guère agir avec ses menottes, il le frappa. Il enfonça ses poings dans son ventre, eut plaisir à le voir se plier en deux avant de succomber à son tour sous les pieds et les poings de ses hommes.

Il eut le temps de se demander si, au lieu de le pendre, ils allaient le battre à mort. Puis il s'évanouit sous les coups. Quelque part, dans la brume, loin de son corps meurtri et douloureux, Toni ricanait.

Il gisait sur le sol, une corde autour du cou. Il constata soudain avec honte que les petits gémissements qu'il entendait sortaient de sa propre gorge.

— Il revient à la vie, apparemment, Mr Benoit. Est-ce qu'on en finit tout de suite avec lui ?

— Déjà ! s'écria Toni. Nicky, il n'a toujours pas parlé des bijoux qu'il a volés. Et vous m'aviez promis...

— Mais oui, Toni chérie, je vous l'ai promis. J'ai eu le temps de réfléchir pendant que ces garçons s'amusaient. Nous aurons notre part du gâteau. Mais maintenant, c'est à mon tour d'enseigner une leçon à cette espèce de fauve. Et à l'autre tueur qui se cache dans le coin là-bas, aussi. Je veux que tous deux apprennent à quoi ressemble une pendaison.

Il y avait des crochets, scellés au mur. Ils avaient dû être utilisés autrefois pour accrocher des quartiers de viande ou mettre des oignons à sécher. Ils étaient suffisamment solides pour supporter l'agonie d'un corps d'homme. Ruiz hurla et son cri s'arrêta net.

– Maintenant, hissez-le. Pas trop vite, il ne faut pas lui rompre le cou. Pas encore. Je veux qu'il se balance, bien lentement.

La pendaison, c'était une corde étroitement serrée autour de votre cou et qui vous empêchait de respirer. La pendaison, c'était vos poumons qui cherchaient vainement à aspirer de l'air tandis que vos pieds battaient désespérément dans le vide.

Mais, à la dernière minute, Steve tomba la face contre le sol et la pression de la corde se relâcha un peu autour de son cou. Il avait la nausée. Toni ricanait toujours.

Ce n'était pas encore fini. Nick Benoit dit quelque chose et ils le relevèrent pour que Benoit, qui se considérait comme un excellent boxeur, pût s'exercer un peu sur son visage. A présent, son corps trop douloureux était incapable d'éprouver la moindre sensation. A demi inconscient, il vit du sang sortir de son nez cassé. Il s'évanouit encore avant que Benoit en eût terminé avec lui. Il n'était plus que contusions, meurtrissures et souffrances. Des voix le ramenèrent à la réalité :

– Tu m'entends, porc, je veux que tu saches ce que l'avenir te réserve avant de t'abandonner à la merci de cette dame.

– Faites-lui goûter du fouet, dit une voix perçante. Ça devrait le réveiller. Il m'en frappait tout le temps, Nicky. Mais je n'osais protester. Je l'avais vu tuer Billy-Boy et j'avais peur de lui.

Il sentit le fouet sur son dos. Il était au-delà de la douleur mais il savait que les coups se feraient plus durs s'il ne criait pas.

— Voilà, j'avais bien dit que cela le réveillerait ! Il est tout à fait conscient. Vous pouvez lui parler, Nicky.

— Tout cela est très simple, en vérité...

A qui appartenait donc cette voix affectée ? Un jeune médecin ? Mais ce médecin portait aussi des bottes et... Dans sa tête, les pulsations se firent si fortes qu'elles étouffèrent la voix qui poursuivait, très satisfaite de quelque chose.

— Nous comptions ramasser la prime en vous ramenant à Baroque vivant. Mais tout juste vivant, vous comprenez ? Vous y rentrerez à pied, la corde au cou. Et si vous tentez de protester, vous serez battu.

— Oh ! mais nous le rouerons de coups, quoi qu'il en soit. Avec un fouet, comme mon père lorsqu'il châtiait ses esclaves, pouffa encore Toni. J'ai toujours rêvé de disposer d'un esclave, un homme, bien sûr, qui m'obéirait au doigt et à l'œil. Ça te plairait, Commanche ?

— Restez tranquille, Toni. Et vous, là, vous apprendrez à ramper devant moi, vous m'entendez ? Vous ne serez plus qu'une pauvre bête brisée, à notre arrivée à Baroque. Vous aurez perdu l'esprit. Vous comprenez, à présent ? Toni et moi n'aurons plus à craindre votre perversité et vos bavardages car vous ne serez plus capable de parler.

La douleur. Elle envahissait son cerveau. Que faisait-il sur ce plancher, gisant dans son sang et ses vomissures ? Et ces voix qui parlaient, qui parlaient. Ne le laisserait-on jamais tranquille ?

En fait, lui aussi voulut dire quelque chose. Mais comme tout le reste de son corps, sa gorge, elle aussi, était paralysée. Il ne parvint à émettre qu'un vague grognement et il suscita de nouveau ce ricanement haut perché qui, lui sembla-t-il, ne s'arrêterait jamais.

— Vous voyez, Nicky ? Je crois qu'il a tout compris.

— Je l'espère. Souvenez-vous, il ne faut pas le tuer ! Contrôlez-vous, ma chérie, et songez à ces trente mille dollars. (Nicholas Benoit accompagna sa mise en garde d'un regard menaçant.) Je dois m'en aller à présent. J'ai un rendez-vous important à dîner. J'espère que tous ces... désagréments passeront inaperçus. Je ne voudrais pas que la princesse s'imagine que je n'ai pas aimé son spectacle. Quelle merveilleuse Violetta elle fait ! On dirait une madone.

— Vraiment, Nicky, parfois vous exagérez. Qu'allons-nous faire d'eux, maintenant ?

— Le shérif est parti, annonça l'un des hommes, en crachant son tabac dans la direction du prisonnier. Il doit être en train de boire quelque part. Il fera comme si rien ne s'était passé. Nous n'avons plus à nous inquiéter pour le Mexicain, de toute façon. Nous l'avons laissé pendu trop longtemps et il ne s'en est pas remis. Il a cessé de gigoter.

— Très bien, débrouillez-vous en tout cas pour que celui-ci reste vivant, le temps de ramasser la prime. C'est grâce à elle que vous serez payés, ne l'oubliez pas. Toni, tout dépend de vous, maintenant.

Benoit s'en alla rapidement. Il ne pensait déjà plus qu'à Francesca.

Toni lui en voulut beaucoup. Fichu Nicky ! Ça lui ressemblait bien de lui abandonner tout le sale travail. C'était bien dommage que Commanche ait décidé de les doubler. Quel amant excitant, il avait été ! C'était le seul homme qui s'était montré capable de la dominer. A présent, c'était à son tour de ramper. Elle n'en avait pas encore fini avec lui et ses yeux brillèrent à l'idée de tout ce qu'elle pourrait encore lui faire subir.

— Cet endroit pue. Traînez-le sur ces marches. En sortant, vous lui lancerez un seau d'eau à la figure. Ça le réveillera. Je veux qu'il apprécie à fond tout ce qui lui arrivera.

56

Francesca di Paoli bissa son grand air, salua une dernière fois son public et quitta la scène. Escortée de sa fidèle Costanza et de son impresario imperturbablement bavard, elle se dépêcha de regagner sa loge. Il lui fallait pour cela parcourir tout un réseau de couloirs glacials et faiblement éclairés. Costanza jeta un châle de soie sur les épaules frissonnantes de la diva :

– Quelle ville de barbares ! Ils veulent que ma petite fille attrape la mort, c'est sûr. Vous n'auriez pas dû mettre cette robe. Elle est bien trop décolletée et ne convient pas à une dame comme vous.

– Depuis le temps que nous nous connaissons, tu devrais déjà savoir que je ne suis pas une dame ! lança Francesca, tout en marchant. Mais tu as raison sur un point. C'est bien une ville de barbares. Tu les entends jouer du revolver en hurlant ? C'est miracle qu'ils ne se soient pas tués les uns les autres pendant que je chantais. Quoique j'aurais adoré qu'on me délivre de mon partenaire et qu'une balle bien placée aurait fait mon affaire. Il coassait comme une grenouille, ce soir, et son haleine puait l'ail.

Le pauvre impresario entreprit d'excuser le ténor. Il craignait déjà quelque nouvel éclat.

– Luigi, allez voir ce qui cause tout ce bruit ! Je ne peux pas le supporter. Vous savez comme je suis tendue après une représentation. Et que personne n'entre dans ma loge. Personne. Je ne veux pas de leurs fleurs et de leur mauvais champagne. Dites au signor Fields de les recevoir à ma place. De temps à autre, j'ai besoin d'être seule.

– Mais, Francesca, vous aviez promis de dîner...

– Dîner ? Comment pourrais-je manger quoi que ce soit avec cet homme assis en face de moi, prêt à me dévorer comme une bouchée de caviar ? Tenez-le loin de moi. Qu'il attende, si bon lui semble, je m'en fiche.

De désespoir, Luigi Rizzo s'arrachait les cheveux. Quelle idée avait-il eue de s'occuper d'une prima donna ? Il passait son temps à recevoir des vases et des bouteilles de parfum à la tête. Elle le chargeait de sa sale besogne.

– ... Pourquoi devrais-je supporter cet imbécile ? Supporter, toujours supporter. Je voyage pendant des jours pour offrir ma voix à ce troupeau de porcs. Je suis fatiguée, j'en ai assez. Costanza ! Ce corset me coupe le souffle. Pourquoi l'avoir serré si fort ? Débarrasse-m'en avant que je meure. Et donne-moi un verre de vin. Et ma robe de chambre.

C'était souvent ainsi, après le spectacle. Francesca avait besoin de sa fidèle domestique pour prendre soin d'elle, la rassurer, la cajoler comme si elle n'était qu'une enfant. Elle avait besoin qu'on lui dise que, jamais, elle n'avait aussi bien chanté.

– Calmez-vous, détendez-vous, mon petit. Costanza est là.

C'était presque un rituel entre les deux femmes.

– ... Là, étendez-vous dans ce fauteuil, près du feu. Voici du vin. Je vais brosser vos cheveux et personne ne viendra vous ennuyer, c'est promis. Personne.

C'était ce nouvel opéra, qu'elle chanterait pour la première fois demain, qui la rendait si nerveuse. *Carmen.* Elle avait eu le coup de foudre pour ce livret. Et la musique était si violente, si excitante. Elle devait être folle pour vouloir offrir cette première à cette ville. Ce public-là n'apprécierait jamais. C'est alors que la porte s'ouvrit toute grande et qu'un homme vint tomber à ses pieds. Francesca crut qu'elle était devenue folle pour de bon. Elle eut trop peur pour crier et resta bouche bée.

Oh ! Dieu ! Il était couvert de boue et de sang. Son visage était si meurtri que c'est à peine s'il ressemblait encore à un être humain.

– Cesca...

Sa voix n'était qu'un murmure rauque. Et elle aperçut à son cou un cercle encore sanglant. Un pendu. Et puis, juste avant qu'il s'évanouisse sur le tapis, elle vit ses yeux, si bleus parmi les chairs enflées.

– Oh ! Dieu ! Cette ville de sauvages ! Que t'ont-ils fait ?

D'un bond, elle se précipita vers la porte et la ferma à clé de ses doigts tremblants. Puis elle s'agenouilla près de lui, jurant et pleurant en même temps :

– Mon Dieu, qu'est-il arrivé? Cela t'apprendra à m'abandonner comme tu l'as fait! Je ne te l'ai pas encore pardonné et si tu n'étais dans un état aussi épouvantable, je te flanquerais à la porte. Je te rouerais de coups moi-même. Ah! Costanza, ne reste pas plantée là. Cours chercher un docteur, vite!

– Non, pas de docteur, murmura-t-il, tout aussi péniblement.

Elle se pencha tout contre lui pour bien l'entendre.

– Mais Stefano, tu es mourant...

– Pas de docteur. J'ai des ennuis... pendre... on veut me pendre...

– Reste tranquille et ne dis plus rien. Costanza! Qu'as-tu à rester ainsi? Aide-moi, fais quelque chose!

– Nous ferions mieux de ne pas nous occuper de lui, grogna Costanza beaucoup plus tard. Cet homme! Un bandit, je l'ai toujours dit. Ils disent qu'il a tué. Pas un homme, plusieurs. C'est sûrement ainsi qu'il est devenu aussi riche. Et vous vous faites sa complice en le protégeant.

– Tais-toi donc, vieille radoteuse. Tu ne comprends donc rien? Et ne va pas bavarder à tort et à travers.

Costanza se tut, mais n'en pensa pas moins. Cet homme aurait mieux fait de ne plus jamais revenir gâcher leur existence. Francesca était sur le point de l'oublier. Il ne pouvait leur apporter que des ennuis.

Bert Fields et Luigi Rizzo étaient au courant de sa présence. Ils étaient les seuls. Le secret était bien gardé. Francesca s'était conduite en grande actrice lorsque le juge Benoit était venu frapper à sa porte, avec plusieurs hommes derrière lui.

– Qu'est-ce que c'est? Je ne peux même plus me changer en paix? Vous espériez peut-être m'apercevoir toute nue, n'est-ce pas, messieurs? Je vous le dis, je n'ai jamais vu pays aussi peu civilisé. On y ignore jusqu'au sens de la politesse.

– Mes plus humbles excuses, princesse! C'est par souci de votre sécurité que je me suis permis de frapper à votre porte. Un dangereux criminel s'est échappé. On l'a vu pénétrer dans le théâtre. Et, bien sûr, ma première pensée a été pour vous...

– Ici, dites-vous ? Dans ma loge. Dont la porte est fermée à double tour. Beau prétexte ! Voilà que les criminels texans se mettent à apprécier l'opéra, à présent ! Que me faut-il entendre !

Elle était au bord de la crise de nerfs, une crise bien réelle, et Nicholas Benoit battit en retraite.

L'avoir offensée précisément maintenant, quand il pensait avoir suscité une certaine inclination chez elle... Non, l'homme qu'ils cherchaient ne pouvait avoir eu la hardiesse de pénétrer dans un théâtre où la foule était encore dense. Quelqu'un l'avait aidé à s'échapper. En jouant les ivrognes, un homme mystérieux avait créé une diversion qui lui avait permis de disparaître, sous le nez même de Toni et de huit de ses hommes.

– Je vous en prie, princesse, pardonnez-moi, fit-il encore, sincèrement navré. Mais juste au cas où... je vais vous envoyer Mr Fields et je me chargerai d'assurer votre protection lorsque vous rentrerez à votre hôtel.

– Vous, les Américains ! Pourquoi ai-je jamais quitté l'Europe ? Des sauvages, des barbares...

Nicholas s'efforçait de cacher sa colère devant son idole. Il était furieux contre lui-même, furieux contre Toni qui n'avait pas été capable d'empêcher cette évasion. Comment un homme à moitié mort et à moitié pendu pouvait-il donc s'échapper ? Et où avait-il bien pu disparaître ?

– Il ne peut pas être allé très loin, répétait Toni. Il s'est peut-être caché dans un trou pour mourir, comme une bête blessée. Et même s'il s'est enfui au loin, que pouvons-nous y faire ? Nous avons d'autres moyens de nous en sortir. Nicky chéri, vous êtes si intelligent. Vous comprenez sûrement ce que je veux dire.

Non, il ne voulait pas comprendre. Pas pour l'instant. Mais ses recherches restèrent vaines et Francesca di Paoli semblait décidée à ne plus se montrer à personne. En l'espace de quelques semaines, à peine, tous ses projets étaient tombés à l'eau. Ses contacts étrangers, lord Lindhaven jusqu'ici si amical et le gentil McGregor, se montraient tout à coup froids et même de glace. Des télégrammes de leur direction, à New York et à Londres, leur recommandaient les plus vives précautions. Il n'était plus question pour eux de s'engager, ni même de poursuivre les négociations. Cela ne pouvait tout de même pas avoir de rapport avec l'évasion d'un criminel dont ces messieurs n'avaient sûrement jamais entendu parler.

Pour la première fois dans ses conversations d'affaires, Nicholas Benoit entendit prononcer le nom de Steve Morgan, le mystérieux magnat. L'époux de cette femme qui avait choisi de se cacher à Baroque. De se cacher de qui ? De son mari ?

– Morgan est aussi dénué de scrupules que Gould ou Vanderbilt. Il parvient toujours à ses fins. Et tant pis pour ceux qu'il écrase. Vous devriez aussi prendre garde à son associé, un certain Sam Murdock. Ils le surnommaient « le Roi », avant de découvrir que Morgan était le cerveau qui le faisait agir. Mais ne vous y trompez pas. Murdock est rusé et intelligent.

Quand Toni reprit discrètement le chemin de Baroque, Nick demeura tout aussi perplexe. Qu'est-ce qui avait mal tourné ? Il avait pourtant tout bien prévu. Maintenant, Francesca di Paoli, qu'il avait voulu séduire, le traitait comme s'il n'existait pas du tout pour elle. Et pourtant, il savait qu'elle avait dîné, à plusieurs reprises, avec lord Lindhaven.

Évidemment, Benoit et Toni ignoraient tout de la présence d'un évadé chez Francesca.

– Mais comment m'as-tu retrouvée puisque tu ne te souvenais plus de rien ?

Ce n'était pas encore très clair dans son esprit. Il se souvenait du cachot, de la douleur, de l'escalier, de la voix perçante de Toni Lassiter :

– Vas-y, rampe, Commanche. Tu n'as pas fini de ramper, alors, autant t'y habituer tout de suite.

Ils l'avaient noyé sous des baquets d'eau froide. Il

était trempé et il tremblait. Ils lui avaient laissé la corde au cou et l'avaient attaché par ses menottes au pommeau de la selle de Toni. Il se souvenait comme elle l'avait regardé, triomphante :

– J'espère que tu as encore assez de vie pour courir, Commanche.

Son cerveau embrumé n'avait pas entendu les premiers coups de feu. Puis, il y eut une voix d'ivrogne.

– Hé, on lynche quelqu'un ? J'ai toujours adoré ça ! Je peux participer ?

« C'est Port », s'était-il dit, sans savoir comment. Il y eut d'autres coups de feu. Il sentit qu'il était libre. Il tomba sur ses genoux tandis que Port lui murmurait très vite à l'oreille :

– Écoute, je suis tout seul et je peux pas les retenir longtemps comme ça. Alors, cours, et le plus vite possible. Tu peux aller jusqu'au théâtre. Ce n'est pas très loin.

Les spectateurs étaient en train de sortir de l'Opéra. Il avait plongé parmi eux. Trouver Francesca...

– Tu as une visite, lui annonça-t-elle, le troisième jour.

C'était Port :

– Bravo, j'étais sûr que tu réussirais. Qu'as-tu encore fabriqué ? Bishop est plus furieux que jamais et c'est pur coup de chance que je sois passé par là, juste à temps pour te tirer des griffes de Benoit. Vraiment, Steve, tu devrais commencer à apprendre à te montrer raisonnable.

– J'apprends, mais difficilement, répliqua-t-il –, et il surprit le regard dégoûté de Port.

– C'est vrai que, pour toi, tout ça n'est qu'un jeu maintenant que tu es devenu si riche. J'ai failli me mettre à ta poursuite aussi et puis j'ai appris que tu avais libéré Dave. Et sa femme aussi. A quoi as-tu donc joué après ? Au cas où tu l'aurais oublié, je dois faire mon rapport à Bishop.

– J'étais tout à fait amnésique. Tu penses qu'il me croira ?

Port lui lança un regard sceptique et Steve Morgan se rendit compte que son histoire était effectivement peu convaincante. Il avait été si sûr de lui ! Il comprenait bien que Bishop soit furieux. Et que faisait donc Ginny au milieu de tout ce cirque ? Francesca tira de lord Lindhaven tous les potins de Dallas et le renseigna, ainsi que Port.

Bert Fields avait trouvé un médecin discret qu'il couvrait d'or. Dans le grand lit de Francesca, il soigna son corps. Il se montra honnête envers elle. Il avait connu bien des femmes, mais elle n'était pas qu'une maîtresse. Elle était aussi son amie. Elle avait beau avoir un tempérament emporté, c'était une femme intelligente. Ils se comprenaient bien, lui et Francesca. Et pas seulement au lit. Ils étaient tous deux des aventuriers, chacun à sa façon.

Il n'y avait que Ginny qu'il ne comprendrait jamais. Que pouvait-il bien en penser ? C'était un complet étranger qui lui avait appris que sa femme était devenue mère, le faisant légalement père, non d'un, mais de deux enfants. On pouvait faire confiance à Ginny pour ne jamais faire les choses à moitié. Deux enfants donc, d'âge et de sexe indéterminés, dont il ignorait jusqu'ici l'existence. Ainsi, son séjour en Europe avait eu quelques résultats, après tout. Ce qui l'étonnait tout de même, c'est qu'elle soit revenue en ramenant hardiment ses enfants avec elle. Quelle décontraction ! Et puis, elle les avait abandonnés sans frémir pour courir le chercher, lui. Et pourquoi ? Pour voir jusqu'où elle pouvait aller ? Pour se convaincre qu'il n'y avait aucun danger de le voir jamais retrouver la mémoire ? Ou simplement pour juger encore de sa faiblesse à son égard ?

Tant de questions ! Il en grinçait des dents de rage. Qu'avait-elle encore imaginé ? S'il avait eu un peu de bon sens, il l'aurait abandonnée à ce maudit Russe et il serait parti tranquillement de son côté. Et c'est bien ce qu'il devrait faire, maintenant. Qu'elle se pose des questions, elle ! C'était bien son tour.

57

Ginny ne faisait rien d'autre que se poser des questions, depuis l'après-midi où Steve l'avait bâillonnée, lui avait fait l'amour sans mot dire et puis était parti en emportant ses émeraudes. Pourquoi ? Elle en serrait les poings chaque fois qu'elle y pensait. Pourquoi ? Sinon pour prouver à quelqu'un qu'il était venu dans sa chambre. C'est cette colère qui l'incita à offrir une prime pour sa capture. Vivant.

– Je ne permettrai pas qu'il s'en tire comme ça. Ça m'est bien égal de savoir ce que pensera Mr Bishop, ou n'importe qui d'autre. Y compris vous. J'en ai assez de tant de secrets. Je suis fatiguée d'attendre, d'attendre et d'attendre quoi ? Que mon propre mari consente à me violer, à l'occasion ? C'est-à-dire quand cette garce de Lassiter lui en laisse le loisir ? Oh ! oh ! non, Renaldo ! Il est temps d'en finir et de faire comprendre à Steve que même lui ne saurait me traiter avec tant de mépris !

Oui, se disait Ginny, avec colère, elle apprendrait bien à Steve qu'elle aussi était capable de se conduire avec tout aussi peu de scrupules que lui !

Mais les semaines passèrent, lentement, et elle n'entendit parler de rien. Toni Lassiter était à Shreveport, où elle rendait visite à des parents. Avec Steve ? se demandait Ginny. Cette idée lui déchirait le cœur. Et Missie avait été désolée de constater un tel esprit de vengeance chez sa nouvelle amie. Elle ne se confiait plus à elle. Pourtant, elle se rapprochait de plus en plus de Renaldo.

Résultat : Ginny était le plus souvent seule. Renaldo se rendait presque tous les jours chez les Carter non sans prendre la peine de lui demander poliment, au préalable, si elle souhaitait l'accompagner. Chaque fois, bien sûr, elle secouait la tête, non sans maussaderie :

– Non, non, allez-y. Ma présence ne ferait que mettre les gens mal à l'aise, vous le savez bien. Enfin, les gens ! Vous, en tout cas. Eux, ils n'ont plus confiance en moi.

Renaldo ne trouvait rien à lui rétorquer, mais de son regard brun, il l'étudiait avec inquiétude. Il faisait de plus en plus fréquemment allusion à un éventuel retour au Mexique. Il lui avait même suggéré de rendre visite à son père et à Sonya, en Californie.

– Vous pourriez emmener les enfants avec vous. Mon oncle comprendra bien que vous souhaitiez qu'ils connaissent leurs grands-parents maternels. Il trouvera cela parfaitement normal.

Ginny pouffa :

– Sonya ne me le pardonnerait jamais ! Elle ne tient pas du tout à jouer les grands-mères. Quelle drôle d'idée !

Renaldo la reprit sèchement :

– Combien de temps cacherez-vous le fait que vous êtes mère ? Pour l'amour de Dieu, Ginny, ce sont vos enfants et ceux de Steve. Vous n'avez pas le droit de les cacher dans un coin, comme si vous en aviez honte. Je suis désolé de me montrer aussi brutal, mais vous avez des devoirs envers ces deux êtres sans défense. Vous leur devez, au moins, les soins d'une mère.

Elle parut songeuse :

– Vous me trouvez égoïste, n'est-ce pas ? Mais ils me manquent, Renaldo, ô combien ! Parfois, j'ai tant envie de les serrer sur mon cœur que je voudrais voler jusqu'à eux. Je ne sais plus que faire ! Mais il me faut retrouver Steve. Quelle que soit la décision qu'il prendra, je dois lui révéler la vérité. Vous le comprenez ? Je ne peux pas continuer à vivre ainsi, dans l'incertitude et la crainte. (Se levant, elle vint poser une main sur son bras.) Renaldo, il faut me comprendre. Je veux être une bonne mère pour mes enfants. Et j'en serai incapable aussi longtemps que j'ignorerai si je possède encore un mari.

C'est par Renaldo que Ginny apprit, une semaine plus

tard, le retour de Toni Lassiter. Il était le seul, à présent, à pouvoir l'informer de ce qui se passait en ville. Missie avait confié à Renaldo que son frère Matt lui avait dit que Toni était rentrée. Seule. Et de fort mauvaise humeur, en plus. Missie était désolée parce que son frère Matt avait passé la nuit dans la maison de « cette femme ».

La nouvelle ne réjouit pas non plus Renaldo. Il eut la prescience d'un danger. Même Missie paraissait déprimée et il se demanda si ses états d'âme n'étaient pas dus à une inquiétude au sujet de Steve, qu'elle appelait toujours Manolo. Mais Renaldo avait, lui aussi, ses problèmes. Bon gré mal gré, il lui fallait reconnaître qu'il était en train de tomber amoureux de Missie. Que c'était ridicule! Un homme de son âge et une femme-enfant d'à peine dix-sept ans! Il devait être fou. Il ne pouvait s'empêcher de se demander comment réagirait Missie lorsqu'elle s'en rendrait compte. Aucun doute, elle lui tournerait le dos. Il aurait mieux fait de refuser d'accompagner Ginny dans sa folle équipée. Cette aventure n'amènerait que des désastres.

Ginny fut stupéfaite quand Toni Lassiter vint lui rendre visite, deux jours après sa rentrée à Baroque. Elle haïssait Toni et celle-ci le lui rendait bien. Alors, pourquoi? Elle regretta l'absence de Renaldo. Pourtant, pour commencer, Toni se montra presque affable :

– Comme cette maison est devenue belle! Vraiment, vous avez accompli des merveilles. Tout n'était que ruines, auparavant. Cela dit, je ne comprends vraiment pas comment l'on peut souhaiter s'enfermer ici, surtout lorsque, comme vous, on est libre de voyager à sa guise et dans le monde entier.

Les regards des deux femmes se croisèrent et Toni laissa échapper un petit rire.

– ... Vous vous plaisez vraiment ici, non? J'espère que vous continuerez à y trouver la vie toujours aussi paisible et c'est pourquoi je suis venue vous voir. Je vous devais une visite, d'ailleurs. Mon domestique m'a dit que vous étiez passée chez moi, après mon départ pour Shreveport. Quel endroit épouvantable, à propos ! D'un ennui...

– Ah oui ? fit Ginny, sans montrer guère d'intérêt pour les déplacements de Toni, qui n'en poursuivit pas moins :

– Je n'ai pas pu le supporter. J'ai donc décidé de me rendre à Dallas pour juger par moi-même du talent de cette chanteuse d'opéra dont mon beau-frère m'a rebattu les oreilles. Quelle déception ! Sa voix est convenable, certes, et elle est plutôt jolie. Mais cette femme ne tardera pas à peser des tonnes. Elle s'empâte déjà. Je ne comprends guère ce qu'un homme peut lui trouver, à moins que ce ne soit la mode de prendre pour maîtresse des filles d'opéra.

Ça y était ! Elle allait lui enfoncer un poignard dans le cœur. Ginny réussit à ne pas paraître concernée par ses propos tandis que Toni continuait, de sa voix toujours mielleuse :

– Les hommes sont si bêtes, en vérité. Princesse ou pas, je pense que toute femme qui se produit en public ne cherche qu'à bien montrer qu'elle est à vendre. Pas vous ?

Que savait au juste Toni Lassiter et pourquoi était-elle venue ici ?

– Je ne vois aucune raison pour qu'une femme qui a du talent hésite à en faire profiter les autres, assura Ginny.

– Nous n'avons donc pas les mêmes opinions, répliqua Toni, conservant une même politesse forcée. Pour moi, c'est une affaire de goût. De bon goût. Une cantatrice ou une danseuse de flamenco, quelle différence ? Pour un homme, je veux dire.

– Vous semblez en savoir bien long sur les hommes, lança Ginny, d'une voix pleine d'innocence.

Elle fut ravie de l'éclair de fureur qui traversa le regard de Toni. Elle avait momentanément pris un avantage sur cette femme et elle en profita aussitôt :

– A propos d'hommes, je vous dois des excuses. J'aurais dû vous consulter avant de réclamer l'arrestation de votre contremaître. Si j'y ai renoncé, c'est parce que le colonel Belmont et mon cousin m'ont tous deux assuré que toute hésitation de ma part serait jugée comme une preuve de faiblesse et inciterait l'homme à de nouveaux délits.

— Voyons, c'est aussi là l'une des raisons de ma visite. C'est moi qui vous dois des excuses. Que tout cela a été horrible pour vous ! Moi, j'ai toujours réussi à le contraindre à rester à sa place. C'est pour cela qu'il m'a semblé devoir vous avertir. Mon beau-frère Nick vous tient en la plus haute estime. Il ne m'aurait jamais pardonné si je ne vous avais pas mise en garde.

— Mise en garde contre quoi ?

Ginny se retint de gifler cette femme épanouie, qui lui faisait face. Steve lui aurait-il raconté ce qu'il avait fait ? Où voulait-elle en venir ?

— Oui, mise en garde. Je crains bien d'avoir découvert à quel point il peut être violent. Figurez-vous qu'il a eu l'effronterie de me suivre à Dallas. J'ignore pourquoi. Il devait espérer tirer de l'argent de moi, je suppose. Mais il a été assez insensé pour tuer l'adjoint du shérif dans un saloon. Ils s'étaient querellés à propos d'une femme, imaginez-vous ça !

Ginny se contraingnait à rester toujours aussi impassible mais intérieurement, elle bouillait.

— ... Il m'a fallu aller l'identifier. Quelle expérience déplaisante ! Il n'a cessé de proférer des menaces et c'est vous qu'elles visaient bien plus que moi. Je ne sais pourquoi, il ne s'attendait pas à ce que vous lui réclamiez des comptes. Vous ferez bien attention, n'est-ce pas ? J'ai déjà adressé un message au colonel Belmont. Mais si quelque chose vous arrivait, j'en serais épouvantablement désolée. Et Nick aussi. Surtout, n'allez plus vous promener seule à cheval, dans les bois.

Steve avait donc été arrêté et il s'était évadé. Mais il ne lui ferait jamais de mal. Enfin, il ne pouvait plus guère lui faire de mal. Jamais il ne pourrait la faire souffrir encore davantage !

— Je ne veux surtout pas qu'elle s'imagine m'avoir

effrayée avec ses avertissements, confia Ginny à Renaldo. Vous auriez dû entendre toutes ses insinuations, ses remarques sournoises. Vous auriez été très fier de moi. Comme je la déteste! Comment a-t-il pu faire l'amour avec une femme pareille! Vous en seriez capable, vous, Renaldo? Je me demande où il peut bien être, à présent.

Renaldo était incapable de lui répondre. Il se contenta donc de lui rappeler qu'ils étaient libres de partir. Il ajouta que même Mr Bishop semblait avoir oublié son existence et la mission qu'il lui avait confiée.

Mais si Mr Bishop ne songeait plus à Ginny, ce n'était pas le cas de Steve Morgan. Curieusement, c'était Francesca qui ne cessait de lui rappeler qu'il avait une femme. Il avait eu de la chance. En dépit de ses côtes cassées, il guérissait vite. Il faudrait davantage de temps pour que son visage reprenne un aspect normal, mais que diable! il était vivant et c'était l'essentiel. D'ailleurs, sa physionomie ne paraissait pas effaroucher Francesca. Ils étaient allongés l'un près de l'autre, sur le lit. Le soleil de l'après-midi perçait, à travers les volets clos. Steve aurait préféré dormir encore mais Francesca était d'humeur joueuse. Elle s'amusait à faire des boucles avec ses cheveux, puis, à lui en caresser le visage.

– Tu sais, je crois que je te préfère comme ça. Je suis sérieuse, Stefano. Certes, tu étais beau, avant, et tu le savais, n'est-ce pas? Tu es toujours beau mais, comment dire? Tu ressembles davantage à un homme. Même ce nez cassé te va bien.

– Je me ferai casser la figure tous les mois, si cela te fait plaisir.

– Vraiment, Stefano? Tu en serais capable? Jusqu'où irais-tu pour moi?

Il ouvrit un œil, soupçonneux :

– Que diable veux-tu dire?

– Ne fais pas semblant de dormir. Je ne te le permettrai pas. Ce que je voulais dire, c'est combien de temps resteras-tu avec moi, cette fois ? Combien de temps avant que quelques « affaires » stupides et dangereuses ne t'arrachent encore à moi ?

Il se décida à ouvrir tout grands les yeux et l'observa, pensivement :

– Comme tu as de beaux cheveux, Cesca ! Au toucher, on dirait de la soie.

– Toi, tu veux changer de sujet. Pourquoi refuses-tu de me parler sérieusement ?

– Et de quoi ? C'est difficile pour un homme de garder son sérieux lorsqu'il a une femme comme toi à portée de ses bras.

– Très bien, tu sais que je te désire. Mais toi, que désires-tu, Stefano ? Que feras-tu de ta femme ? Retourneras-tu vers elle ?

Sans lui répondre, il fit courir un doigt le long de sa colonne vertébrale. Elle frémit et soupira :

– Tu n'es qu'un sale type, Stefano. Du genre à rouer sa femme de coups et à la tromper avec le premier jupon venu. Quelle vie affreuse nous aurions menée ensemble si nous étions tombés amoureux l'un de l'autre ! Qu'est-ce qui t'oblige à prendre tant de risques insensés ? Tu es assez riche pour vivre à ta guise. Tu n'as pas besoin de mener la vie d'un bandit.

– Cela m'a été un peu trop facile de devenir riche, je suppose, dit-il sombrement. Ce besoin d'excitation, il doit être dans mon sang. Pourtant, je sais bien qu'un de ces jours, je risque de laisser ma peau au coin d'un bois.

– Comment une femme pourrait-elle vivre avec un homme pareil ? Tu n'as donc pas de cœur ?

– Non. Mais j'ai de grandes faiblesses pour les prima donna. Surtout lorsqu'elles ont les cheveux noirs. A toi toute seule, Cesca, tu constitues une très bonne excitation. Nous nous comprenons bien parce que, tous deux, nous savons obtenir ce que nous voulons.

– Mais que veux-tu ? Pas moi, en tout cas. Je le sais et ça m'est égal. Mais pour toi ? Moi, j'ai ma musique et je sais que je serai un jour la plus grande cantatrice du monde. Le monde entier sera à mes pieds. Je sais donc où je vais. Mais toi ? Où vas-tu ?

Il interrompit ses caresses :

– Du diable si je le sais ! Je n'y ai pas pensé. Cesse donc de me tourmenter, Cesca.

Elle se jeta contre lui et décida de tenter sa chance :

– Je quitterai Dallas dans quelques jours. J'irai à San Antonio, puis à la Nouvelle-Orléans et à New York pour finir. Ensuite, je rentrerai en Europe, avant que l'Europe n'ait eu le temps de m'oublier. Si tu n'as rien d'autre à faire, tu pourrais venir avec moi.

– Et me joindre à tes cohortes d'admirateurs ? Non, merci. Je te trouve parfaitement fascinante, moi aussi, mais, tout comme toi, je déteste qu'on me mette la corde au cou.

Et en disant ces mots, il se souvint les avoir prononcés, sur le même ton, à l'intention de Ginny. Elle avait bien vite fait sienne sa propre philosophie. Quelle bonne élève elle avait été, en vérité ! Elle n'avait pas tardé à mettre en pratique ce qu'il avait été le premier homme à lui enseigner.

Il ne pouvait être jaloux de Francesca. Tout comme Concepción, avant elle, elle était tout aussi amorale que lui. Mais Ginny, maudits soient ses yeux verts et son corps trop facilement soumis, elle avait le don de susciter en lui une rage aveugle. Il en perdait toute raison. Il aurait dû la battre, pour lui apprendre la sagesse. Il se l'était souvent promis, mais il ne s'y était jamais résolu. Certaines femmes prennent la patience d'un homme pour de la faiblesse. Et c'était le cas de Ginny ! Comment osait-elle le tromper ? Rien que d'y penser lui donnait l'envie de l'étrangler de ses mains nues.

Il savait que c'était peu raisonnable de sa part, mais Steve Morgan préférait ne pas songer à ses propres infidélités. S'il avait été assez stupide pour se marier, il aurait dû au moins se choisir une femme paisible, douce et bonne ménagère, capable de rester tranquillement à l'attendre à la maison. Et cette garce avait eu en plus le culot de placarder partout des affiches réclamant sa capture. Certes, elle avait eu le bon goût de demander qu'on le prenne vivant, mais les faits n'en étaient pas moins là.

Ce qu'il ne voulait pas reconnaître non plus, c'est qu'il ne cessait pas de penser à Ginny. Était-elle encore à Baroque ? Qu'attendait-elle ? Qu'on lui apporte sa tête sur un plateau ? Il ferait mieux de demander le divorce et de l'oublier à jamais. Mais en était-il capable ?

— Je crois que tu aimes ta femme et que tu as honte de le reconnaître, lui dit Francesca. Sinon, depuis le temps, je serais parvenue à te la faire oublier. Alors, si tu refuses de me suivre, pourquoi ne retournes-tu pas chez elle ? Il serait temps que vous régliez vos comptes, non ?

Ce fut Francesca aussi qui lui rappela l'existence de Nicholas Benoit. Il était reparti pour Baroque, le cœur en bandoulière et l'amour-propre sérieusement froissé. Toni devait l'attendre, le regard d'ambre toujours méchant et les lèvres perpétuellement humides. Soudain, Steve se souvint du plan ridicule qu'il avait ourdi un soir, avec Toni, et de la réputation de Nick Benoit, en matière de femme.

« Nous la donnerons à Nicky, Commanche. Tu crois que ça lui plaira ? »

Et connaissant Toni... Surtout à présent que Steve Morgan s'était arrangé pour que tous les merveilleux projets de Nick tombent à l'eau...

Ils se dirent au revoir avec tendresse, lorsque Francesca partit pour San Antonio. Ils se regretteraient, tous les deux. Seuls, Costanza et Bert Fields poussèrent des soupirs de soulagement. Dieu merci, cette affaire était terminée. Le chapitre était clos. Francesca allait reprendre ses esprits.

Steve Morgan ne ressemblait plus en rien au vagabond que les autorités avaient voulu pendre. Il quitta Dallas un jour après la princesse di Paoli. Auparavant, il avait envoyé aux quatre coins du pays des télégrammes dûment signés Steve Morgan.

De Dallas, il alla à Shreveport. Il y annonça qu'il était

en route pour la Nouvelle-Orléans et, rebroussant chemin, il se dirigea vers Baroque. Quelques mauvaises langues se demandèrent pourquoi Morgan allait en Louisiane inspecter des plantations de sucre alors que sa femme ne se trouvait qu'à quelques kilomètres et que sa maîtresse obtenait des tonnerres d'applaudissements à San Antonio, avec sa remarquable interprétation de *Carmen*.

58

C'était inévitable. Ginny finit par avoir vent de ces rumeurs. Les « avertissements » de Toni Lassiter l'avaient déjà suffisamment agacée. Le juge Benoit, de retour à Dallas, ajoutait encore à sa mauvaise humeur. Il s'était d'abord montré un peu trop familier. A présent, il était carrément hardi. Il avait commencé par lui adresser des reproches, sur le ton d'un ami blessé :

– J'ignorais que votre mari ne comptait pas se séparer des propriétés qu'il possède par ici. Je ne savais pas non plus qu'il était rentré d'Europe, à moins que cela soit d'Amérique du Sud. C'est un ami de Jay Gould, ne me l'aviez-vous pas dit ?

Elle ne lui en avait rien dit. Et son cœur bondissait dans sa poitrine chaque fois qu'elle entendait prononcer le nom de Steve.

– Je ne vois pas pourquoi je vous le cacherai, juge Benoit, mon mari et moi menons chacun notre vie, à notre guise. Il aime voyager de par le monde et moi, je préfère le calme et la tranquillité.

– Je comprends, évidemment, fit Nick Benoit, doucereusement.

Mais elle sentait qu'il devinait son trouble et sa confusion. Mr Bishop l'avait avertie : le juge était un homme intelligent.

– ... La princesse di Paoli s'est montrée plutôt distraite, lorsque j'ai eu le privilège de l'approcher enfin, à Dallas. Et je ne veux pas vous manquer de respect, naturellement, Mrs Morgan, mais votre mari paraît être intervenu pour m'empêcher de mener à bien une affaire que j'étais sur le point de conclure. Je n'en suis pas certain, mais je crois avoir entendu prononcer son nom à plusieurs reprises. Et comme je sais qu'il s'intéresse aux chemins de fer, je me demandais si Mr Gould avait l'intention de construire une voie ferrée par ici. Excusez-moi de vous en parler : je suppose qu'il s'agit d'un secret.

– Si c'est le cas, j'ignore tout de cette histoire, répliqua Ginny, un peu trop vertement. (Elle s'efforça donc de se reprendre :) Steve est un homme parfaitement imprévisible, Mr Benoit. Même moi, je ne sais rien de ses projets.

– Je m'étonne qu'il ne se confie pas à une femme aussi intelligente que vous, dit Benoit, toujours aussi doucement. Je prête une grande attention à tout cela car, voyez-vous, j'habite Baroque et j'aime ma ville. Je vous admire beaucoup, vous le savez. Dites-moi si je puis vous apporter mon aide.

Nick Benoit venait tout juste de partir lorsque Persis Belmont arriva. Elle avait une histoire à lui raconter, mais elle commença par hésiter à la lui révéler :

– Je ne sais pas si je dois vous le dire ou pas, car je ne veux surtout pas vous peiner. Rodney dit que je devrais apprendre à tenir ma langue mais les hommes sont si bornés, quelquefois. Mais si Rodney est concerné, j'aime mieux en avoir le cœur net.

– S'il s'agit d'une femme à qui Steve se serait attaché, croyez-moi, vous ne me surprendrez guère. Je commence à m'habituer à ses frasques, l'assura Ginny, les lèvres serrées.

– Ma pauvre chérie! (La puritaine en Persis Belmont était choquée :) Comment pouvez-vous le supporter? Cette cantatrice avec ses bijoux... Parfois, je méprise tous les hommes. Ils se laissent si facilement séduire.

Bref, Persis Belmont lui confia que Francesca di Paoli avait soudain ressenti le besoin de s'enfermer chez elle et de fuir ses admirateurs, que Steve était apparu dans une loge à la dernière de ses représentations, qu'on racontait qu'ils étaient partis ensemble pour San Antonio. De nouveau, elle était la « pauvre Ginny », l'épouse abandonnée. Elle ne pourrait en supporter davantage. Quand avait-il retrouvé la mémoire ? Et que savait au juste Toni, avec ses mises en garde ?

Renaldo lui apporta le coup de grâce. Il venait de recevoir un télégramme de Steve, envoyé depuis Shreveport, Louisiane. Comble d'impudence, c'était à Renaldo qu'il écrivait et non à elle. « Rentrez immédiatement au Mexique, disait-il. C'est impératif. Et emmenez Ginny avec vous. Mon représentant arrivera prochainement à Baroque. Il prendra le domaine en main. »

– Son représentant, vraiment ! Quel jeu cruel a-t-il encore inventé ? Il veut peut-être amener cette femme ici. Aussi, il me demande de lui laisser le champ libre. Eh bien, qu'il ne compte pas sur moi. Il n'a pas d'ordres à me donner. Je suis encore sa femme et je ne le laisserai pas m'abandonner aussi facilement que cela.

Sans le vouloir, elle se souvint de leur dernier après-midi ensemble. Steve, à la fois lui-même et un autre. Un inconnu. Il lui avait ôté sa robe. Il l'avait caressée. Son corps était si familier et ses gestes aussi. Elle avait oublié sa colère. Elle s'était ouverte à lui. Il savait attiser dans son corps une soif qu'il était seul à pouvoir étancher. Ses lèvres sur sa gorge, sur ses seins. Elle s'était abandonnée, oubliant le bâillon qui l'étouffait et les liens qui déchiraient ses poignets. Pourquoi, pourquoi ? Qu'avait-il voulu prouver ?

– Je ne partirai pas ! cria-t-elle à Renaldo qui hochait la tête, soucieux. Vous m'entendez ? Je ne partirai pas. Faites vos valises, si cela vous chante. Moi, je ne bougerai pas. J'obligerai bien Steve à m'affronter, même s'il souhaite me fuir.

Matt n'en revenait pas. Quelle chance ! Quelle bonne fortune ! Il était l'amant de Toni. Et elle le désirait. Dans un murmure, elle lui avait révélé le désirer depuis toujours. Mais il s'était montré si timide, si lent à se déclarer ! Quant à Manolo, elle tremblait de peur, rien que d'y penser. Il avait tué Billy-Boy sous ses yeux, il l'avait scalpé. Elle ne s'était pas encore remise de la frayeur qui s'était alors emparée d'elle.

– Il a juré qu'il me tuerait aussi, si je lui résistais. Oh ! Matt, que pouvais-je faire ? Il m'a prise de force, sur ce lit, et j'avais trop peur pour protester. Je n'avais personne vers qui me tourner, pas même toi. Tu es si brave ! Je me souviens comment tu t'es attaqué un jour à un cow-boy qui s'était permis de m'insulter. Je t'ai mis à l'épreuve, alors, en faisant semblant d'être en colère contre toi. Mais maintenant, tu me comprends, n'est-ce pas ?

Oui, il comprenait. Il comprenait que Toni lui appartenait, qu'elle était sa femme, la femme dont il avait toujours rêvé. Il l'aimait et il ferait n'importe quoi pour elle. Elle s'en rendait compte, enfin. Sinon, pourquoi Toni, qui était capable de séduire n'importe quel homme, s'abandonnerait-elle à lui, tout à coup ? Un jour, ils se marieraient. Et même son père accepterait cette union. Toni présentait un visage dur au monde. Mais ce n'était qu'un masque, pour se protéger. Au fond, c'était une créature douce et tendre. Elle avait besoin d'un homme pour la défendre. Plus tard, ils auraient des enfants ensemble.

Missie l'accabla de reproches et il la gifla, durement. Elle courut se réfugier, en larmes, dans la maison. Elle se fit consoler par papa et par ses autres frères et, après cette scène, Matt déménagea. Il alla s'installer chez Toni. Elle le fascinait. Il avait sans cesse envie de ce corps magnifique, si blanc, qui ondulait sous le sien. Elle lui murmurait alors à l'oreille des mots qui le rendaient fou. Toni, Toni ! Il était prêt à donner sa vie pour elle. Pour qu'elle le garde toujours à ses côtés, il voulait bien tout sacrifier.

Aussi, lorsque Toni entreprit de lui parler de Ginny Morgan et de tout ce que Nick Benoit avait appris sur elle, à Dallas, Matt acquiesça aisément. Ce n'était qu'une traînée, en dépit de ses grands airs et de ses jolies robes. Il l'avait bien vu, de ses yeux vu, lorsqu'elle s'était laissé embrasser par Manolo, parmi tous ces Mexicains. Elle avait ensuite couché avec lui, lui dit Toni, et cela ne l'avait pas empêchée de jeter les soldats à ses trousses, en prétendant qu'il avait volé son bétail.

– C'est une mauvaise femme, Matt. Elle se moque de nous. C'est une hypocrite. Tu as vu comme elle s'est intéressée à Missie au début et comme elle s'est empressée de la laisser tomber, après avoir obtenu d'elle tout ce dont elle avait besoin ?

– Dis-moi ce que tu veux, mon cœur.

– Nous ne voulons pas de femmes comme ça, à Baroque. Nous ne voulons pas non plus de son prétendu cousin qui tourne sans cesse autour de ta sœur. Nick dit que son mari est en train de racheter toutes les terres de la région, pour y faire passer une voie ferrée. Tu te rends compte de ce que cela signifie ? Des étrangers, des gens du Nord, vont envahir la ville et voudront prendre les choses en main. Nous aussi, à la fin, nous serons obligés de vendre nos terres. Oh ! Matt, tu vas m'aider à empêcher ça ?

Lorsqu'elle l'interpellait ainsi, d'une voix tremblante, il était prêt à charger une armée entière, à lui tout seul.

– Toni chérie, tu n'es plus seule à présent. Dis-moi ce que tu veux que je fasse et...

Matt fut stupéfait lorsqu'elle le lui dit.

– L'enlever, elle ? L'entraîner dans les marais ? Mais, chérie, toute l'armée se lancera à sa recherche !

– Tu as dit que tu ferais n'importe quoi pour moi. Mais si tu ne m'aimes pas assez, Matt Carter, pour...

– Toni, tu sais que je t'aime. Bon Dieu, je te l'ai prouvé ! Je t'ai attendue pendant des années. Mais c'est que...

– Tu as peur ! lança-t-elle, sur un ton accusateur.

— Non. Mais cela produira un tel remue-ménage que...

— Pas s'ils s'imaginent que c'est Manolo, le coupable. Ils croiront qu'il a voulu se venger d'elle et de ses affiches. C'est lui qu'ils rechercheront. Nous rédigerons une demande de rançon et nous la signerons de son nom. Nous demanderons beaucoup d'argent, énormément d'argent, suffisamment pour être riches jusqu'à la fin de nos jours. Et son mari sera dégoûté de Baroque! Oh! Matt chéri, c'est le seul moyen de nous en sortir tous et, si tu m'aimes...

— Toni, bien sûr que je t'aime. Plus que tout. J'ai même abandonné ma famille pour toi.

— Eux aussi comprendront, plus tard, lorsque nous leur expliquerons tout. Tout a mal tourné, depuis son arrivée. Elle est méchante et c'est une menteuse.

— Il faut que je réfléchisse, dit encore Matt.

Mais il cessa de réfléchir sous les caresses de Toni. Il ne la laisserait plus lui échapper, à présent. Il ferait n'importe quoi pour la retenir.

Toni sourit dans l'ombre. Qu'il était bête, ce gros Matt Carter! Comme il était facile à manier! Le voilà qui grognait de plaisir. Oui, il lui obéirait au doigt et à l'œil. Ensuite, Nick n'aurait plus le choix. Il serait bien obligé d'entrer dans son jeu.

Renaldo quant à lui, sans se soucier de l'entêtement de Ginny, préparait leur départ. Le plus difficile pour lui, ce fut de faire des adieux à une Missie éplorée.

— Mais je croyais que vous alliez rester encore. Vous rentrez au Mexique? Comment est-ce là-bas?

Des larmes voilaient les yeux de Missie et, oubliant toute réserve, Renaldo la prit dans ses bras :

— Quel âne maladroit je fais! Melissa, Missie, comprenez-moi, je n'ai pas du tout envie de partir. Mais, oh Dieu, je suis beaucoup trop vieux pour vous. Et bien trop ennuyeux et...

— Non, vous n'êtes pas si vieux, ni si ennuyeux, et je serai très, très malheureuse lorsque vous ne serez plus là.

Elle se mit à sangloter sur l'épaule de Renaldo et lui, qui pourtant n'avait jamais beaucoup aimé les femmes, s'empara du petit visage et l'embrassa. Il l'embrassa doucement, tendrement comme si Missie n'était qu'une fragile porcelaine qui allait se briser sous son poids. Et il l'embrassa avec amour. Missie, l'ignorante Missie, se surprit à trembler de la tête aux pieds.

Quelle enfant stupide elle avait été ! Son premier baiser, celui que lui avait donné Manolo, n'avait eu aucun sens. Et Manolo avait essayé de le lui expliquer, seulement elle n'avait pas compris. Elle n'avait pas envie d'un pirate qui l'enlèverait pour la garder prisonnière. Elle avait envie de tendresse et d'amour. Elle désirait des baisers doux et gentils, des lèvres aimantes, un homme qui saurait l'attendre.

Renaldo tremblait tout autant qu'elle. Missie se sentit devenir une femme lorsqu'elle soupira, les yeux clos, et entoura de ses bras les larges épaules de l'homme qui la serrait contre lui.

– Renaldo ! Renaldo ! s'écria-t-elle, éperdue.

Renaldo était tout aussi bouleversé. Évidemment, il alla immédiatement demander la main de Missie à son père, en Espagnol attaché aux bonnes manières. Il lui avoua aussi être un peu démodé et tenir aux convenances. Missie voyait comme il tenait à elle et elle exultait.

– J'avais bien idée que nous en arriverions là, dit Joe Carter de sa voix bourrue au jeune homme qui se tenait, tout raide, devant lui. J'aurais bien agi de même avec ma Melissa à moi. Seulement, son père à elle ne voulait rien entendre et j'ai été obligé de l'enlever. Alors, vous l'aimez, ma petite fille ? C'est pour de bon, au moins ?

– Oh ! oui ! Je l'aime et je veux en faire ma femme. Je peux subvenir à ses besoins.

– Sûrement que vous le pouvez. Pas la peine de me parler de tout ça, du moment que vous l'aimez. Ça me fait du chagrin, quand même, de la voir partir. Mais ç'aurait été pire de la voir se languir alentour, si vous étiez parti sans me la demander.

— Oh, papa ! s'exclama Missie.

Tout son petit visage brillait. Et Joe Carter n'avait qu'à regarder les jeunes gens pour être sûr que tout se passerait bien.

59

— Je n'en crois rien, répétait Nick Benoit. Comment aurait-il osé...

— Nous avons retrouvé son cheval, dit le colonel Belmont, beaucoup plus inquiet qu'il ne voulait le montrer. Et son chapeau. A part cela, nous n'avons pas d'autres indices que le message insolent envoyé par Manolo. Bon Dieu, toute ma carrière est en jeu ! Alors, si vous avez quelque idée sur le lieu où il a bien pu l'emmener, vous feriez mieux de me le dire tout de suite.

— Si je le savais, je m'y précipiterais, sans perdre de temps en bavardages.

Visiblement, le juge aussi était ému. Le colonel s'excusa de sa brusquerie.

— Je comprends, dit Benoit, désireux de l'apaiser. Qu'allez-vous faire ? Comment allez-vous procéder pour vos recherches ?

— Le shérif rameute des volontaires qui se joindront aux soldats pour la battue. On a déjà commencé à fouiller les marais. J'ai demandé des renforts dans toutes les garnisons de la région.

— Très bien, approuva Benoit. Nous vous aiderons tous, naturellement. Je connais des hommes qui sont pratiquement nés dans ces marais et je vais vous les envoyer. Nous la retrouverons.

— Quel bon comédien vous faites, Nick chéri ! s'esclaffa Toni, lorsqu'il lui raconta la scène. « Nous la retrouverons ! » Je suis convaincue que le colonel a été très impressionné. Tout comme moi. Mais as-tu vraiment envie de la retrouver ? Que ferais-tu dans un cas pareil ?

– Mon Dieu, Toni, vous n'avez tout de même pas été assez folle pour...

– Pas moi, Matt! Alors, n'êtes-vous pas fier de moi?

– Vous êtes folle, répéta-t-il encore, dans un murmure.

– Vraiment! Allons, dites-moi, Nick, cette garce ne vous fait pas envie? Elle ne vaut pas mieux que les autres. Vous pouvez vous amuser avec elle aussi longtemps que vous le voudrez. Cela ne vous excite pas?

– Toni, vous êtes épouvantable.

– Mais oui, chéri. Vous aimeriez bien l'être aussi, n'est-ce pas? Vous le pourrez, demain. Aujourd'hui, nous la laisserons seule et vous la chercherez dans les bois, avec les autres. D'ici à demain, elle aura eu faim et soif et elle sera morte de peur. J'enverrai Matt surveiller les soldats. Ainsi, vous l'aurez pour vous tout seul. Vous vous pourléchez déjà les babines, hein?

– Taisez-vous, taisez-vous donc!

Mais son cerveau avait beau lui conseiller de prendre garde, il n'en était pas moins excité. Et puis, il se vengerait de Steve Morgan qui lui avait pris Francesca, simplement parce qu'il était plus riche que lui. Ginny était son épouse et donc son point faible. A sa façon, elle était tout aussi arrogante que lui. Elle devait être en train de perdre tout son orgueil, à présent. Comme Renate Madden, elle finirait par se traîner à ses pieds.

Toni devina ses pensées :

– Vous aimeriez bien la voir vous supplier, hein? Je lui ai laissé ses vêtements pour que vous ayez le plaisir de les lui arracher. N'est-ce pas gentil de ma part?

Décidément, Toni était intelligente. Au lieu de la cacher dans les marécages où toute l'armée la cherchait, elle avait amené sa prisonnière dans sa cave. De véritables oubliettes!

– Il y a un lit, en bas. Je l'y ai enchaînée par la cheville, comme une esclave.

Ginny Morgan avait négligé de se couvrir de la mince couverture que Toni lui avait jetée. Elle n'avait absolument pas l'air effrayé. Elle était calmement assise sur le bord du lit. Nick Benoit le remarqua d'emblée, lorsque Toni accrocha la lanterne au mur.

– Au moins, vous n'êtes pas timide. Vous avez peut-être l'habitude de vous exhiber devant vos clients.

– C'est un client ? Vous l'avez fait payer d'avance ?

Nick Benoit rougit et Toni siffla de rage :

– Sale putain !

– En étant une vous-même, vous devez savoir ce dont vous parlez. Ainsi, vous avez coutume de fréquenter des prostituées, juge Benoit ?

La façon dont elle insistait sur son titre de magistrat l'emplit de fureur.

– Vous serez ravie de jouer ce rôle pour moi, avant que j'en aie fini avec vous. Vous êtes déjà passée entre bien des mains : un comte français, un colonel mexicain, un prince russe. Vous croyez m'avoir aveuglé en jouant les bonnes épouses, assoiffées de calme et de tranquillité ?

– Vous êtes mal informé, je le crains, juge Benoit, dit-elle paisiblement. En tout cas, c'est un joli complot. Qui en a eu l'idée, vous ou elle ?

– Nicky, elle se montre impertinente. Donnez-lui une leçon, sinon c'est moi qui m'en chargerai.

Ginny Morgan les dévisagea tranquillement, l'un après l'autre. Nick Benoit désira plus que tout briser cette femme qui l'examinait avec un tel mépris.

– Frappez-la, Nicky, haleta Toni Lassiter. Je vais vous trouver un fouet et elle n'aura que ce qu'elle mérite. Nous pouvons l'attacher à ces anneaux, au mur.

– Pensez-vous vraiment que ce soit nécessaire ? interrogea froidement Ginny. Nicky ne serait-il pas capable à lui seul de convaincre une femme de sa virilité ?

Il se précipita sur elle, tel un somnambule et lui déchira sa robe. Elle frémit, les seins nus. Il rit en la caressant. Oui, elle serait difficile à briser mais la conquête de son esprit et de son corps n'en serait que plus satisfaisante, à la fin.

— Je ne pense pas qu'elle vous aime beaucoup, Nicky. Vous la laissez froide. Nous devrions peut-être lui trouver un autre amant, pour la réchauffer. Dommage que Matt ne soit pas là ! Il m'aime à la folie mais il ne demanderait pas mieux que de l'essayer, pour voir. Dépêchez-vous, Nicky ! Nous ferions mieux sans doute de commencer par quelques bons coups de fouet et après...

— Après, quoi ?

C'est Ginny qui, la première, poussa un petit cri. Toni Lassiter pivota sur elle-même tandis que Nick Benoit ne soufflait mot.

— Commanche ! s'exclama Toni.

— Ne vous gênez pas pour moi. Apparemment, il y a ici au moins deux personnes qui s'amusent.

— Commanche, reprit Toni, d'abord hésitante, Commanche chéri, je savais que tu reviendrais. Que j'ai besoin d'un homme, un vrai, auprès de moi ! Nick s'imagine en être un, mais il est si lent ! Et puis, tout cela, c'était ton idée. C'est toi qui y as pensé le premier. Chéri, tu ne m'en veux pas, au moins ? La prime était si élevée, l'offre était si tentante. Tu aurais agi comme moi, j'en suis sûre.

— Peut-être.

Il avait glissé ses pouces dans sa ceinture. Il portait et un revolver et un poignard. Son visage, non rasé, semblait différent. Plus dur. S'était-il battu ?

— Vous voyez, Nicky, Commanche n'a aucun ressentiment envers nous. Je pense qu'il mérite que nous lui réservions un tour.

— Hé, avec elle, j'ai déjà eu mon tour, fit-il, presque avec dédain. Pourquoi vous arrêteriez-vous à cause de moi ? Allez-y, juge Benoit !

— Espèce d'ordure !

Ginny aurait voulu se jeter sur Steve. Il se tenait là, tout tranquillement et il invitait gentiment Nick Benoit à profiter d'elle.

— Espèce d'ordure !

Toni rit et Benoit fit un mouvement vers Ginny. Elle

était attachée par la cheville et, jusqu'ici, elle n'avait pas tenté de se débattre. Mais cette fois, elle se tourna vers lui comme une furie et lui lança un méchant coup de genou à la figure. Il poussa un cri de douleur.

– Pauvre Nicky! s'esclaffa Toni. Elle connaît tous les méchants tours familiers aux prostituées. Allez, Commanche, c'est ton tour. A moins que tu ne me laisses ta place!

– Prends-la, si tu en es capable. Mais détache-la d'abord. Tu n'as pas besoin de ça, Messaline.

Toni approuva et avertit Ginny :

– Si tu veux que je dégage ta cheville, tu ferais mieux de rester tranquille. Je t'écraserai ta jolie figure si tu essaies de me jouer le même tour qu'à Nicky.

Ginny croisa le regard de Steve et ne riposta pas. Toni sortit une petite clé de sa poche et se pencha vers elle. Ginny se leva, secouant sa cheville déjà rouge et enflée. Du même mouvement, lui sembla-t-il, Toni tomba à terre.

Steve savait frapper, tel un puma sauvage. Aucune des deux femmes ne l'avait vu s'approcher, ni l'avait entendu bondir. Ginny le regarda, penché sur elle, les jambes écartées. Soudain incertaine, elle oublia tout ce qu'elle avait prévu de lui dire le jour où ils se retrouveraient. Elle chercha de l'émotion dans ses yeux durs et froids. Elle ouvrit la bouche pour parler, mais il l'interrompit aussitôt, d'une voix sarcastique :

– Si tu restes plantée comme ça sur le lit, je finirai par croire que tu es déçue qu'il ne te soit rien arrivé. Désolé, mais je n'ai pas le temps de te faire plaisir, quant à moi.

Ginny s'empourpra :

– Oh! toi!

– Essaie de m'insulter encore et c'est moi qui te rouerai de coups! Maintenant, suis-moi, à moins que tu n'aies envie de rester là à attendre Matt Carter. Et attache cette chaîne autour de sa cheville, à elle. Va, bouge un peu!

Elle prit plaisir à serrer la chaîne. Mais elle n'en était

pas moins furieuse, à la fois contre elle-même et contre lui. Pourtant, quelle chance qu'il soit survenu si opportunément. Mais, après tout, était-ce bien une coïncidence? Toni avait prétendu que c'était Steve qui avait eu l'idée de cet enlèvement. En y réfléchissant, elle se souvint qu'elle n'avait pas vraiment vu le visage de l'homme qui s'était emparé d'elle et lui avait aussitôt recouvert la tête d'une couverture. Était-ce donc Steve? Elle lança vers lui un regard accusateur. Il se tenait maintenant près de Nick Benoit.

– Non! suppliait celui-ci. Pour l'amour de Dieu, Manolo, Toni a dit la vérité! C'était pour l'argent. Mais nous vous mettrons dans le coup, si vous le désirez!

– C'est fait. Je suis déjà dans le coup et je m'y suis mis moi-même. Après tout, c'est moi qui suis accusé de cet enlèvement. C'est moi que l'on recherche. Je n'ai jamais aimé porter le chapeau pour quelque chose que je n'ai pas fait.

– Je vous en prie! supplia encore Benoit.

– Je croyais que c'était moi qui étais censé ramper.

– Ce n'était pas moi, c'était Toni, je vous le jure.

– C'était vous qui donniez les ordres. Je m'en souviens parfaitement. Je serai juste avec vous. Je vais vous faire voir quel effet cela produit, la pendaison!

Benoit hurla lorsqu'il sentit la corde s'enrouler autour de son cou. Steve le traîna jusqu'à un petit tabouret branlant et il resta là, tentant de garder son équilibre. La corde avait été accrochée au mur de telle manière qu'il s'étoufferait s'il trébuchait. Benoit avait le visage écarlate et les yeux exorbités.

– Allez, restez tranquille, juge. Ce tabouret n'est guère solide, en vérité, mais il n'y a pas mieux dans cette cave.

Ginny retrouva sa voix pour crier :

– Tu ne peux pas le laisser ainsi! Quel genre de fauve es-tu donc devenu?

Il lui sourit doucement :

– Cela, petite, tu auras tout le temps de le découvrir.

Je pourrais le tuer, bien sûr. Mais je lui laisse sa chance. Matt Carter le découvrira, en rentrant.

Elle se rappela alors où elle se trouvait et comment elle y était arrivée. Aussi quand Steve lui prit le poignet et la regarda, elle s'aperçut soudain qu'elle était à moitié nue.

– Décidément, Ginny, tu as pris l'habitude de te faire arracher tous tes vêtements, dès qu'on te laisse la bride sur le cou. Allons, viens, j'ai déjà perdu assez de temps en venant te chercher ici.

Déjà, il l'entraînait sans prendre garde au gémissement qu'elle poussa lorsqu'elle voulut s'appuyer sur sa cheville meurtrie. Personne ne tenta de les arrêter lorsqu'ils traversèrent la maison. Où l'emmenait-il? Elle trébuchait. Ses cheveux l'aveuglaient. Il la tirait toujours, implacable. Des branches cinglèrent son visage et sa poitrine nue. Elle cria lorsqu'elle perdit sa chaussure mais il refusa de s'arrêter. Elle perdit l'équilibre et tomba. Elle n'avait plus qu'une envie après cette course folle : se coucher sur place et mourir. Qu'il la laisse tranquille!

– Nous ne pouvons pas nous arrêter, Ginny. Les soldats de Belmont nous cherchent partout et je ne suis pas d'humeur à répondre à leurs questions. Allez, viens!

– Espèce de brute!

Il la gifla. Elle songea que, décidément, les choses ne changeraient jamais, entre eux. C'était encore une chance qu'il ne se soit pas résolu à la traîner par les cheveux, comme une femme des cavernes.

60

Il finit pourtant par accepter qu'elle se repose un peu. Ginny espérait qu'elle retrouverait un jour son souffle. Comme cela, elle pourrait enfin lui dire ce qu'elle pensait de lui. La nuit était tombée presque imperceptiblement. C'étaient peut-être toutes ces branches, au-dessus de leurs têtes, qui leur cachaient la lumière du jour. Partout, alentour, on entendait ruisseler de l'eau.

Ginny avait l'impression d'être enfermée dans une cage verte. Pourquoi l'avait-il conduite dans ces marais au lieu de la ramener tout bonnement chez elle ? Steve était vraiment devenu un étranger. Que comptait-il faire d'elle à présent ? Il l'avait entraînée en plein milieu de marécages où nul ne la retrouverait jamais. Nick Benoit l'avait supplié d'avoir pitié de lui. Elle, elle ne s'y résoudrait jamais. Qu'il aille au diable ! Elle était sa femme.

Steve Morgan vit la rage dans le regard de Ginny. Sa figure était pleine de boue. Elle n'était couverte que de haillons. Et pourtant, elle luttait encore. Et pourtant aussi, il avait toujours envie d'elle. Ginny. Sa démone aux yeux verts. Sa dangereuse sirène. Elle lui en avait fait voir et il éprouvait toujours pour elle la même passion. Mais Ginny n'en discerna rien dans son regard narquois.

– La nudité te va bien. Ton silence fort inhabituel, aussi. Sans vêtements, et la langue coupée, tu ferais presque une femme parfaite.

Elle lui lança à la figure toutes les injures qu'elle connaissait, en anglais, en français, en espagnol et en dialecte mexicain.

– Tu n'as pas appris grand-chose en Europe, je le vois. Tu n'as sans doute pas rencontré là-bas le genre d'homme capable de venir à bout d'une femme comme toi.

– Parce que tu crois en être capable, toi ?

– Je me demande encore si vous valez la peine que je me donne tout ce mal, madame.

– Madame !

– Il existe d'autres mots et d'autres épithètes, mais ils ne te plairaient sûrement pas.

Elle tenta de se redresser et retomba sur ses genoux. Levant la tête vers lui, avec la plus grande dignité possible, elle déclara froidement :

– Je vois qu'il ne nous reste plus rien à nous dire. Quand tu auras fini de m'insulter, tu consentiras peut-être à me ramener.

– Te ramener où ? Que cela nous plaise ou non, tu es toujours ma femme et il me semble que tu t'es donné bien de la peine pour me retrouver. Et savez-vous, madame, je me demande bien pourquoi. Vous resterait-il encore quelque conscience ? Vous vouliez peut-être vous assurer que j'avais bien tout oublié avant de poursuivre plus avant vos aventures.

– Mes aventures ? hurla Ginny. Tu m'accuses d'avoir des aventures quand toi...

– Épargne-moi tes récriminations, veux-tu ? Et puisque nous abordons ce sujet, comment se fait-il que tu aies négligé de m'informer, il y a plusieurs mois, du fait que tu allais devenir mère ? Cela te paraissait sans la moindre conséquence ? J'ai entendu dire que tu, plutôt que *nous* puisqu'ils portent mon nom, que tu as eu des jumeaux. Ils ont des noms ? Et pourquoi as-tu négligé ton devoir de mère pour t'occuper d'intrigues politiques qui ne te regardent en rien ?

Il était donc au courant. Pourquoi alors la tourmentait-il encore ?

– C'est bien la première fois que je vous vois rester sans voix, madame. Eh bien ?

De rage, Ginny retrouva de la vigueur :

– Pourquoi essaierais-je de me défendre ? Pourquoi tenter de m'expliquer alors qu'une fois pour toutes, tu as décidé de penser pis que pendre de moi ? J'ai abandonné mes enfants, comme tu dis, parce que j'ai été assez sotte pour me faire du souci à ton sujet, surtout après avoir reçu la visite de Mr Bishop. Mais tu n'es qu'une brute sans cœur. J'aurais dû prévoir ta réaction. J'aurais dû deviner que tu t'arrangerais de manière à éviter toute responsabilité et à me faire porter le poids de tes fautes. Tu as toujours été très doué pour ça, Steve Morgan ! Je suis étonnée que tu sois parvenu à t'arracher aux bras de ta chanteuse d'opéra le temps de venir me chercher ici. Mais c'était peut-être Toni Lassiter que tu cherchais ? Vous avez bien des souvenirs en commun, tous les deux, non ? Oh, si seulement j'avais un couteau sur moi...

Elle lui cracha à la figure. Il se contenta de sourire :

– Sais-tu quel est ton plus grand tort, en plus de ta facilité à mentir naturellement ? Tu n'as jamais réussi à apprendre où était la place d'une femme, sans parler de celle d'une épouse et d'une mère. Du moment que j'ai été assez bête pour me marier, j'aurais mieux fait d'épouser la petite Ana Dos Santos. Elle, au moins, a été bien élevée. Elle sait où est sa place tandis que vous, madame, vous paraissez passer votre temps à inciter tous les hommes que vous rencontrez au viol et à la débauche.

– Oh !

– En fait, j'en suis venu à conclure que vous avez besoin d'être battue, bien régulièrement. Mon erreur, c'est de vous avoir donné trop de liberté.

Il parlait d'elle comme de quelque mauvaise acquisition qu'il aurait faite par mégarde. D'abord, il prétendait que tout était sa faute. Se moquant ensuite de sa douleur et de sa fatigue, il l'avait entraînée ici et maintenant, il menaçait de la frapper. Et il poursuivait, toujours aussi sarcastique :

– C'est simplement parce que je me fais, à moi aussi, quelques petits reproches, que j'ai décidé de te donner une autre chance. Mais juste une seule, attention ! Car il ne me reste plus guère de patience.

Si elle en avait eu la force, elle aurait hurlé pour ameuter les soldats. Et Matt Carter aussi, par-dessus le marché. Elle espérait qu'ils tireraient sur lui, sans poser de questions. C'était un homme cruel et haineux. Elle lui montrerait comment elle entendait être traitée. Steve se disait que, plus que jamais, elle ressemblait à une chatte de gouttière. Il l'avait poussée assez loin. La prenant par les poignets, il l'attira contre lui. Un instant, elle parut satisfaite de se retrouver contre sa poitrine, encore haletante de colère. Il crut l'avoir apprivoisée.

— Tu me fais mal, protesta-t-elle, en un léger murmure.

Il desserra son étreinte et elle en profita pour le griffer sauvagement. Elle l'aurait aveuglé s'il n'avait détourné la tête à temps. Du sang dégoulinait de sa joue. Ginny avait même tenté de s'emparer de son couteau, du même mouvement. Il aurait dû se souvenir qu'il ne fallait jamais la sous-estimer. A présent, il était furieux, lui aussi. Quelle garce! Ginny hurla quand il lui tordit le bras. Elle continua à crier jusqu'à ce qu'il presse sa bouche contre la sienne, la réduisant au silence.

Elle continua à se débattre. Les plis de sa jupe déchirée l'empêchaient de bien diriger ses coups de pied. Elle était à moitié évanouie lorsqu'il la relâcha enfin, à bout de souffle. Ses lèvres étaient toutes meurtries et elle ne parvenait plus à respirer. Au loin, Ginny crut entendre des cris et des coups de feu.

— Tu t'es débrouillée pour qu'ils nous retrouvent, marmonna-t-il, à travers ses dents serrées. Qu'est-ce que tu espères? S'ils tirent sur nous, tu as de bonnes chances d'attraper une balle dans la tête, tout comme moi.

— Ça m'est bien égal. Laisse-moi partir. Mieux vaut les balles que toi!

C'était incroyable, mais il riait. Puis, sans un mot de plus, il l'entraîna à nouveau dans une course éperdue. Il s'arrêta un instant pour lui arracher ce qui restait encore de sa robe :

— Ces lambeaux auxquels tu t'accroches si désespérément ne font que t'empêcher de courir. Tu iras plus vite, toute nue.

Quand la nuit vint enfin, Ginny s'aperçut qu'elle n'était plus capable de penser encore. Elle s'attachait à poser un pied devant l'autre et un autre encore. Ils s'enfonçaient toujours plus profondément dans les marais. Elle n'avait plus peur. Elle ne se demandait plus où il l'emmenait. Quelle importance? Du moment qu'il l'emmenait... Traînant les pieds, elle s'accrochait à sa ceinture. D'instinct, Steve était en train de se diriger vers la petite île où il avait vécu autrefois, avec Teresita.

Steve était vraiment imprévisible. Après l'avoir tant maltraitée, il lui avait donné sa chemise. Il l'avait aidée à l'enfiler, car elle ne parvenait plus à remuer ses membres raidis. Ils étaient maintenant à l'abri de la boue et il secouait des couvertures pour qu'elle puisse s'allonger dessus.

Comme tout était calme ici ! Les criquets et les crapauds ne parvenaient pas à troubler la nuit. Les étoiles scintillaient au-dessus des marais. Ginny se sentit loin de tout, isolée et perdue. Personne ne la retrouverait. Elle ne manquerait à personne. Elle était trop fatiguée pour avoir peur encore.

Steve lui apporta à boire quelque chose de chaud. Le liquide lui brûla la gorge. Elle l'avala avec soumission. Elle aurait tout aussi bien bu du poison.

Elle avait eu très froid mais elle se sentait mieux, maintenant, avec la peau nue de Steve contre la sienne et ses bras autour d'elle. Il la prit sans une parole inutile. C'était mieux ainsi. Ils n'en avaient déjà que trop dit. D'un coup, toutes les barrières qu'ils avaient eux-mêmes dressées s'effondrèrent.

Un soir, il y a bien des années de cela, il l'avait serrée ainsi tout contre lui, près d'un feu de camp mexicain. Et il lui avait murmuré à l'oreille : « Rien ne vaut la chaleur humaine, mon amour, surtout par une nuit comme celle-ci. » En ce temps-là aussi, ils n'avaient disposé, pour eux deux, que d'une mince couverture. Et ils l'avaient rejetée pour mieux faire l'amour, comme aujourd'hui.

CETTE FLAMME QUI CONSUME

61

Le colonel Belmont était hors de ses gonds. Sa femme le lui avait bien dit : il était en passe de devenir la risée du comté. Penser qu'un seul homme pouvait le tenir ainsi en échec, lui et tout son détachement !

– Ma pauvre Ginny, avait-elle murmuré. Rodney, fais quelque chose !

Mais que pouvait-il donc faire ? Persis ignorait qu'il avait les mains liées. Quant à Renaldo Ortega, il aurait dû s'inquiéter plus que tout autre à l'annonce de la disparition de sa cousine. Eh bien, non ! La nouvelle l'avait laissé songeur. C'est tout. Le colonel Belmont espérait qu'il resterait aussi calme, maintenant, et qu'il consentirait peut-être à l'éclairer davantage sur tous les événements qui avaient suivi le télégramme que lui avait envoyé Jim Bishop, depuis Washington. Bishop, en tant que chef d'une mystérieuse organisation, n'avait de comptes à rendre qu'au Président des États-Unis. Il lui avait demandé d'aider dans toute la mesure du possible Mrs Morgan et son cousin. Il avait d'abord cru qu'elle aussi appartenait à l'organisation. Et puis, il avait appris que Virginia Morgan était une femme du monde, épouse d'un magnat et fille d'un sénateur. Alors ? Certes, son devoir était d'obéir aux ordres, mais depuis que ce satané Indien était survenu, tout était allé de travers. Il lui fallait maintenant informer le señor Ortega que le danger était plus grand qu'ils ne l'avaient pensé d'abord. Ce Manolo avait à son actif des viols et des crimes. Mais face au regard tranquille d'Ortega, il ne pouvait que lui dire la vérité, toute la vérité :

– Je ne sais pas vraiment ce qui s'est passé. Mrs Lassiter, c'est bien compréhensible, est dans tous ses états. C'est Matt Carter qui est venu me raconter l'affaire, à mon quartier général. Mrs Lassiter a des faiblesses envers un type d'homme : les grandes brutes à la belle gueule. Elle avait engagé ce Manolo après la disparition de son précédent contremaître, Billy-Boy Dozier. Matt m'a avoué que Manolo l'avait tué, au cours d'une bagarre. Mais cela, nous ne pouvons pas encore le prouver.

Renaldo n'en croyait pas ses oreilles. Il écouta avec incrédulité le colonel lui répéter toute l'histoire que lui avait racontée un Matt Carter, essoufflé et hors de lui.

– Cet homme doit être une sorte de maniaque, à l'esprit assoiffé de sang. Il est entré sans se gêner chez Mrs Lassiter. Elle était en train d'inspecter sa cave, avec son beau-frère. Il les a accusés de l'avoir trahi. Il a violé Mrs Lassiter et pendu le juge. Vous vous souvenez du juge ? Un petit homme qui détestait la violence. Quel sauvage !

Renaldo essayait de réfléchir. Son cousin était certes capable de sauvagerie, mais ce n'était pas un criminel. D'autant qu'il avait retrouvé la mémoire... Il s'était inquiété de la disparition de Ginny. Et puis, le message était arrivé. C'était bien là une plaisanterie digne de Steve ! Enlever sa propre femme, vraiment ! Décidément, les relations entre Steve et Ginny ne seraient jamais de tout repos. Et puis il s'était dit que tous deux ne tarderaient pas à se rendre compte qu'ils s'aimaient et que tout rentrerait dans l'ordre.

Le colonel Belmont avait parlé avec Toni Lassiter. Il s'était rendu chez elle. Elle était allongée dans sa chambre obscure. Elle avait confirmé les dires de Matt. Elle était prostrée sur son lit.

– Oh ! j'ai tout vérifié, reprit le colonel Belmont. J'ai doublé les patrouilles. Il y en a une qui a fait savoir qu'elle avait entendu des cris de femme dans les marais. Évidemment, quand les soldats sont arrivés sur les lieux, il n'y avait plus personne. Voilà ce qu'ils ont retrouvé. (Il jeta sur la table des lambeaux de vêtements :) Vous les reconnaissez, Mr Ortega?

– Mais c'est l'habit d'amazone de Ginny. Celui qu'elle portait lorsque...

Renaldo était bouleversé. Il ne comprenait plus rien.

– J'ai raison de m'inquiéter, vous voyez bien, soupira le colonel. Le shérif du coin a réuni des volontaires pour fouiller les marais. Mais les Indiens ne les aideront pas car ils considèrent Manolo comme un des leurs. Quant à mes hommes, ils ont tout autant de chances de se perdre. J'ai adressé un télégramme à Mr Bishop, naturellement. Mais il faudra laisser passer quelques jours avant d'espérer une réponse. En attendant...

Renaldo se demandait jusqu'à quel point il pouvait se confier au colonel. Certes, c'était un homme sincère mais apprendre la vérité ne pourrait qu'ajouter à son embarras.

Ce que Renaldo et le colonel ignoraient, c'était que Toni avait décidé, pour des raisons qui lui étaient propres, de participer elle aussi à la chasse à l'homme. Et, bien sûr, elle avait obtenu le concours de Matt.

Dans les marais, Ginny et Steve se disputaient encore :

– Tu es fou! Ils finiront bien par te retrouver et alors, j'espère bien qu'ils...

– Que tu auras la chance d'être enfin veuve? Ne compte pas trop là-dessus, mon amour.

Toute la nuit, Steve l'avait réchauffée de son corps. Il s'était même montré tendre. Pour mieux la tromper, se disait à présent Ginny. Au matin, il s'était révélé tout aussi distant et narquois que d'habitude. Cet homme était une énigme. Il ne cherchait qu'à la briser. Cette fois, elle ne le lui pardonnerait pas. Elle le haïssait et elle ne se priva pas de le lui dire, ce qui le fit rire :

– Combien de fois m'as-tu répété cela, Ginny? Tu veux que je te prouve le contraire?

– Non, interrompit-elle vivement. Pourquoi voudrais-je te défier? Tu es toujours mon mari. Mais tu ne me transformeras jamais en une esclave soumise et docile.

Il la surprit en s'agenouillant près d'elle et en lui prenant des mains le bol de café qu'elle venait tout juste de réchauffer :

– Dis-moi, Ginny, pourquoi es-tu allée aussi loin?

– Que veux-tu dire?

– Prends-le comme tu voudras. Qu'est-ce qui te fait agir ainsi, Ginny?

Elle lui lança un regard soupçonneux. Quelle confession tentait-il donc de lui extirper? Le matin fut la continuation du cauchemar de la veille. La nuit était oubliée. Il prenait plaisir à lui rappeler qu'elle était à sa merci, qu'il pouvait user d'elle comme d'une maîtresse tout le temps où il se demanderait s'il avait encore envie d'elle pour femme. Il n'avait pas à lui prouver qu'il était plus fort qu'elle. Elle le savait bien. Il y avait suffisamment de contusions sur son corps pour le lui rappeler.

Steve, lui, se demandait depuis quand ils n'étaient plus capables de communiquer l'un avec l'autre. Qu'elle aille au diable! Pourquoi refusait-elle de se soumettre? Pourquoi ne donnait-elle pas son âme tout aussi facilement que son corps? C'était ça l'ennui, avec Ginny. Il ne savait jamais où il en était au juste avec elle. Il regarda son petit visage maculé de boue où brillaient ses yeux indomptables, ces yeux qui l'avaient hanté tout au long de tant de rêves et de tant de cauchemars, et il se dit, surpris par cette révélation, il se dit qu'il l'aimait. Il l'aimait toujours. S'il avait pris tant de risques, ce n'était pas par désir de vengeance, ce n'était pas pour prendre une revanche, c'était parce qu'il l'aimait toujours. Et il n'avait aucune intention de l'abandonner.

Ginny... La première fois qu'il l'avait prise dans ses bras, vierge encore, elle avait murmuré d'une toute petite voix tremblante : « J'ignore ce que je dois te faire, moi. Je ne sais pas ce que je vais ressentir. » Et elle lui était entrée dans la peau. Chaque fois qu'il l'avait blessée ensuite, il s'était blessé lui-même. Pourquoi était-il voué à redécouvrir sans cesse son amour pour elle ? Il la regarda, avec une douceur nouvelle dans les yeux et elle frémit.

— Ginny...

Le bol de café lui tomba des mains. Il fit un mouvement vers elle et elle attendit, haletante. Et puis, il y eut un roucoulement d'oiseau quelque part et le corps de Steve se tendit. Le moment magique était passé.

— Qu'est-ce que c'est ? interrogea Ginny, le cœur toujours battant.

Déjà, il était debout et s'avançait, de sa démarche de panthère, vers les buissons.

— Je pense que nous avons de la compagnie. De toute façon, il leur sera difficile de parvenir jusqu'ici. Il n'y a qu'un sentier très étroit. Un pas de côté, à gauche ou à droite, et on s'enfonce dans les sables mouvants.

Ginny trembla en se souvenant que ce sentier, ils l'avaient suivi de nuit, guidés par la seule lumière des étoiles. Il aurait pu en profiter pour l'assassiner en toute sécurité. Mais il avait veillé sur sa sécurité et il l'avait conduite ici. Pourquoi ? Leurs regards se croisèrent et, comme s'il voulait refouler un désir de tendresse, il lui dit durement :

— Ta tenue ne te permet pas d'accueillir des visiteurs, ma chère. Rentre dans la cabane et attends-moi. Je te laisserai un revolver. Tu sais encore t'en servir, j'espère ?

Elle ignora la moquerie contenue dans la question.

— Où vas-tu ?

— Je préfère être chasseur que gibier. Je vais voir.

— Non ! cria-t-elle avec véhémence.

— Écoute, Ginny, je n'ai pas le temps de recommencer à discuter avec toi.

— Alors, n'essaie pas. Je viens avec toi.

Elle se leva et, machinalement, il lui tendit la main pour l'aider. Elle s'accrocha de toutes ses forces à ses doigts :

— Steve, tu ne te rends pas compte ? J'en ai assez que tu m'abandonnes à t'attendre. Tu as toujours désiré une femme indienne. Les femmes commanches suivent leurs hommes à la guerre et se battent à leurs côtés, s'il le faut.

— Tu es folle, soupira-t-il tendrement. Tu es complètement imprévisible. Mais pourquoi te ferai-je confiance, après tous les tours que tu m'as joués ?

Elle secoua la tête :

— Parce qu'il faut bien commencer à nous faire confiance. Alors, pourquoi pas tout de suite ?

Voilà, la grande question était posée. Et c'est elle qui s'en était chargée et non lui. Sans un mot, il tendit les mains vers elle et entreprit de boutonner soigneusement sa chemise.

— Steve...

— Les squaws commanches ne parlent que si on les interroge. Et elles ne se promènent pas à demi nues dans les bois. Rappelle-toi ça, femme !

62

Missie avait du mal à démêler l'écheveau de cette histoire compliquée. Ainsi, Manolo était le cousin de Renaldo et le mari de Ginny. Mais alors... Elle écouta attentivement le récit de son fiancé avant d'affirmer, d'un ton pratique :

— Je ne crois pas qu'il ait tué le pauvre oncle Nick. C'est sûrement Toni qui a fait le coup. Et elle ne tient pas à ce que ça se sache. Oh ! Matt est tellement stupide. Et elle n'est pas malade du tout, ni prostrée. Je l'ai vue partir avec Matt dans les marais. Elle le mène par le bout du nez, vous savez. C'est pour lui que je m'inquiète le plus. Je ne pouvais pas dire à papa que je les avais vus ensemble parce que je ne suis plus censée me percher sur mon arbre pour observer les alentours. Il dit que si je ne me conduis pas en dame, vous changerez d'avis à mon sujet.

Renaldo n'étant qu'un homme, il consacra quelques minutes à convaincre Missie du contraire avant de se souvenir que Matt était censé guider les volontaires du shérif.

– Le shérif Arnett? fit Missie avec mépris. Il ne trouvera que des alligators dans le marais. Les Indiens n'aideront sûrement pas ce vieux grincheux, et ses volontaires pas davantage. Ce sont tous des amis de Manolo, je veux dire de... Il n'y a que Matt à connaître leurs sentiers. Et encore, que la moitié! Et il n'est pas avec les volontaires, il est avec Toni. Elle portait un revolver, tout comme un homme, et Matt avait son fusil de chasse.

Pour l'heure, le canon de ce fusil de chasse était pointé vers le sol.

– Je ne veux pas être obligé de te tuer, Matthew, fit une voix glaciale, derrière lui.

Instantanément, Matt se figea. Mais Toni se retourna aussitôt :

– Commanche, Commanche, nous te cherchions pour te mettre en garde!

– C'est ça. Lâche ton revolver, Toni!

Avec sa poitrine nue et ses mocassins de style apache aux pieds, il ressemblait plus que jamais à un Indien, n'eût été ses yeux bleu de mer qui scintillaient dans son visage de pirate.

– Mais pourquoi, chéri? Tu as été très désagréable hier, mais je t'ai pardonné. Nous sommes à égalité, maintenant. Et tu l'as prise pour te protéger, en guise d'assurance, n'est-ce pas? J'ai toujours su que tu étais intelligent. J'ai essayé de le dire à Nick mais il refusait de m'écouter. Pauvre Nick! Quelle erreur de l'avoir tué! Maintenant, tout le pays est à ta recherche. Matt et moi, nous avons pensé qu'il fallait te prévenir. N'est-ce pas, Matt?

– Matt, laisse tomber ce fusil avant de te retourner, veux-tu.

Matt se dit que si Manolo lui échappait, Toni ne le manquerait pas. Il n'avait pas aimé le ton caressant qu'elle avait employé pour lui parler. Sa façon de l'appeler « Commanche » ou « chéri ». Évidemment, elle jouait un jeu et c'était à lui de lui prouver qu'il était homme à prendre soin d'elle.

– Mais pourquoi te montres-tu si méfiant, chéri ? roucoula Toni, avant de pousser un petit cri de surprise et de colère.

Sans tourner la tête, Steve comprit que Ginny se tenait maintenant à ses côtés. Il lui avait bien dit de rester cachée, mais il ne fallait pas compter sur Ginny pour obéir à des ordres. Matt Carter choisit ce moment pour tenter sa chance et son fusil explosa entre ses mains. Il le contempla, incrédule, en se demandant par quel miracle il était toujours vivant. Toni hurla :

– Commanche ! Ne me tue pas. Ce n'est pas moi, c'est Matt. Il était jaloux de toi. Il me désirait et il est tellement bête, tu comprends ? Toi et moi, nous sommes pareils. Pourquoi ne le tues-tu pas ? Et elle aussi ? Il n'y aura plus que nous deux et nous n'aurons plus d'inquiétudes à nous faire. Nous imaginerons une histoire quelconque à l'intention du colonel et nous posséderons la moitié du Texas. Qu'attends-tu, Commanche ? Tue-les donc !

– Oui, qu'attends-tu, Commanche ? répéta Ginny, sur le même ton. Vous êtes pareils, tous les deux. Alors, tu vas me tuer, et ce pauvre Matt Carter aussi ? Tu as préparé tout ça avec ta chanteuse d'opéra ? Est-ce que cette garce sait qu'elle a une rivale ?

– De quoi parle-t-elle donc ? Fais-la taire, Commanche. Elle est folle. Tue-la. Ça me plairait de voir ça.

– Moi, ce que j'aimerais voir, *puta,* c'est ton visage défiguré à coups de couteau.

– Reste tranquille, Ginny. Je croyais que tu voulais jouer les femmes commanches.

– Oh ! souffla-t-elle, avec colère.

Et si elle était en colère, c'était surtout parce que Steve ne quittait pas Toni des yeux.

– Commanche ! Si tu me désires toujours...

– Je ne te désire pas, Toni. Je ne t'ai jamais désirée. Je t'ai prise parce que, à un moment donné, ça m'arrangeait. Mais il n'y a qu'une femme qui soit jamais parvenue à m'entrer dans la peau et c'est la mienne. Je l'ai épousée et, souvent, je me demande bien pourquoi !

– De qui parles-tu ? Pas d'elle ! Son mari est...

– Steve, fit Ginny froidement, pourquoi perdre notre temps à nous expliquer ?

Un revolver à la hanche, vêtue seulement d'une vieille chemise d'homme, elle parvenait à se montrer tout aussi grande dame que dans un salon, en dépit de sa chevelure en broussaille. Matt les observait tous deux, stupéfait. Ce fut Toni qui réagit la première :

– Matt, tu as vu ce qu'ils manigancent ? Tu as encore un revolver, fais quelque chose !

Et comme il ne bougeait pas, elle l'exhorta encore :

– Sois un homme, Matt ! Tue-les !

– Tu veux te battre avec moi, Matt ? interrogea doucement Steve. Pourquoi ne pas continuer chacun notre chemin ?

– Ils vont s'enfuir. Matt, il faut qu'ils meurent.

– Comme tu voulais que je meure, moi, il y a encore quelques minutes ?

Toni fit un mouvement vers lui ou vers le revolver qu'il portait à sa ceinture. Tout se passa très vite. Ginny voulut prendre son revolver, mais les doigts de Steve emprisonnèrent son poignet. Pendant ce temps, Matt, de toutes ses forces, frappait Toni au visage. Elle tomba du côté des marais, le nez et les pommettes cassés. Un torrent de sang jaillissait de son visage défiguré. Elle s'enfonçait dans la boue. Son corps écrasait les jacinthes et les herbes qui dissimulaient le sol mouvant.

– Steve, oh mon Dieu !

Matt les regarda, de ses yeux injectés de sang :

– Laissez-la-moi, vous m'entendez ? Elle est à moi. Bonne ou mauvaise, c'est ma femme.

– Mais c'est un marécage ! Elle va...

Matt avait l'air hagard d'un homme qui vient de voir s'écrouler tous ses rêves et toutes ses illusions.

– C'est mon affaire, reprit-il, la voix rauque. Je répondrai de ce que j'ai fait. Elle a tué Nick, vous ne le saviez pas ? Il la suppliait et, d'un coup de pied, elle a renversé le tabouret. Elle riait tandis qu'il... Oh, mon Dieu ! Elle s'est arrangée pour que ce meurtre soit porté au crédit de Manolo. J'ai déjà dit aux soldats que le coupable, c'était toi. Mais elle préférait te retrouver la première, pour éviter toute indiscrétion. Pour une femme, elle est vraiment maligne. Elle est belle, elle a de la cervelle et pourtant...

Sa voix se brisa. Il eut une sorte de gémissement :

– Allez-vous-en maintenant. Je vais la sauver. Je m'occuperai d'elle. Personne ne me la prendra.

– Matt ! Matt, aide-moi, Matt !

– Vous voyez ? Elle a besoin de moi. Elle a toujours eu besoin de moi. C'est moi qu'elle veut. Alors, emmène ta femme et va-t'en. Je veillerai sur la mienne.

Steve prit Ginny par la main et l'entraîna vers la cabane. Elle se débattit :

– Steve, tu ne peux pas...

– Bon Dieu, quand cesseras-tu de te mêler des affaires des autres ? Occupe-toi un peu des tiennes pour changer. Si je n'avais pas besoin de toi pour témoigner que je ne suis pas coupable de l'assassinat de Benoit, je te jetterais dans les marécages et j'inviterais les crocodiles au festin. C'est sa femme. Ce qui leur arrivera dorénavant ne regarde qu'eux deux. Tu ne comprends pas cela ?

– Je ne sais pas. Cette scène était si horrible !

– Il y a bien d'autres choses auxquelles tu devrais penser. Bien d'autres gens aussi.

Comment pouvait-il rester si calme ? Et soudain, il s'empara d'elle, l'appuya contre un tronc d'arbre et l'embrassa longuement. Puis ses lèvres quittèrent sa bouche pour errer sur sa gorge et sur ses seins. Il n'était plus si calme que cela, à présent. Elle s'accrocha à lui, passionnément. Il paraissait avoir oublié que tout un régiment était à sa recherche. Ginny sentit qu'il défaisait les boutons de sa chemise. Elle ouvrit les yeux qu'elle avait fermés pour mieux goûter ses baisers.

– Je ne te comprends pas ! Tu montres tour à tour la plus totale méchanceté et la... Que fais-tu maintenant ? Si quelqu'un survenait ? Je ne sais pas, moi, un de tes amis indiens, par exemple, un de ceux qui ont imité des cris d'animaux pour t'avertir de l'arrivée de Matt.

– Maudite sois-tu, femme! J'essayais de te faire l'amour et tu m'accables de bavardages. Deviendras-tu jamais une créature soumise et enfin docile ?

Elle secoua la tête avec entêtement. Il la serra très fort contre lui et murmura à son oreille :

– Je suppose que je vais devoir te prendre telle quelle, en dépit de ta manie de t'enfuir pour l'Europe et de me laisser en plan. Mais puisque vous avez l'habitude de multiplier les bêtises dès que j'ai le dos tourné, laissez-moi vous avertir, madame, que je songe sérieusement à vous boucler quelque part. Peut-être que je vous enfermerai dans la cave de Toni, une bonne chaîne à la cheville. Je dois dire que vous étiez bien désirable lorsque j'y suis entré.

Elle noua ses bras autour du cou de son mari, telle une noyée. Elle l'aimait. Elle était impuissante à combattre l'attraction qui, toujours, les ramenait l'un vers l'autre, en dépit de tout. Elle n'était plus sûre de rien, sauf qu'elle aimait un homme qui était à la fois son mari et un inconnu, son amant et son ennemi. Dans l'abandon avec lequel elle se laissa aller contre lui, Steve sentit qu'elle se rendait. Son corps s'offrait, comme toujours, mais son esprit ? C'était trop facile d'oublier toutes les questions lorsqu'elle se donnait ainsi, la bouche entrouverte. Qu'est-ce qu'un homme pouvait faire avec une femme pareille, sinon l'embrasser jusqu'à ce qu'elle se taise et l'aimer jusqu'à perdre conscience ?

Il la coucha sur un lit de mousse. A travers ses paupières mi-closes, elle voyait le ciel et puis des branches. Partout, il la brûlait de sa bouche. Elle cria, le serrant de toutes ses forces contre elle. Il n'y avait plus qu'eux au monde. Elle était sa femme. Il était son homme. Personne d'autre ne comptait pour eux.

63

Pourquoi fallait-il toujours qu'il y ait un après ? Couchée dans les bras de Steve, Ginny écoutait son cœur retrouver sa cadence. De nouveau, les questions affluaient à son esprit. Et maintenant ? Il y eut au loin un bruit qui la fit frémir.

– Qu'y a-t-il, ma douce ? lui murmura-t-il en espagnol.

Ainsi, lui aussi se souvenait... Non, elle ne voulait pas quitter le cercle de ses bras. Là était sa place et là elle était bien. Elle ne voulait pas non plus sentir sa chair la quitter.

– J'ai pensé... Il m'a semblé entendre...

– Un coup de feu ? Des voix ? Quelle importance, *querida*, ils sont encore loin.

– Mais, Steve...

– Quand apprendras-tu à te taire, femme ? Il n'y a pas si longtemps, tu parlais de confiance. De quoi as-tu peur, à présent ?

Elle trouva la hardiesse de répondre :

– De toi ! Et j'ai peur pour toi aussi. Parfois, tu es si imprudent. Et, en outre, j'ai peur parce que...

– Parce que quoi, Ginny ?

Elle le regarda droit dans les yeux. Ils étaient sombres et impitoyables et bleus comme les cieux du Mexique.

– Parce que je t'aime, espèce de fou. Et parce que je sais que cela n'est pas fini. Nous n'avons pas encore eu assez de temps pour nous connaître et parfois, j'ai l'impression d'avoir en face de moi un véritable étranger. J'ai mis au monde tes enfants. Ils sont de toi, Steve.

Mais sais-tu, il s'en est fallu de peu que... que je ne le fasse pas. Parce que j'ai toujours peur de ce que tu vas penser, de ce que tu vas me dire, parce que tu m'as si souvent blessée...

— Ginny!

Il était pris au piège de sa propre culpabilité. Il lui avait été bien commode de condamner Ginny. Il n'avait pas eu ainsi à se reprocher ses propres fautes, ni même d'avoir été assez stupide pour la laisser partir. Il avait douté d'elle, il l'avait haïe, mais il l'avait toujours aimée. Il était temps de tirer les leçons du passé. S'il était ici, c'était surtout parce qu'il ne voulait plus jamais se séparer d'elle. Il avait voulu la faire souffrir, au moins un peu, avant de la reprendre. Il avait voulu lui dicter ses conditions. Et comme d'habitude, elle l'avait complètement désarmé par sa sincérité et son manque absolu d'artifices.

— Steve, je ne veux pas retourner à notre vie d'autrefois. Nous ne serons pas deux étrangers, courtois et polis, dans nos chambres à part. Je te désire et je veux que tu me désires. Moi et pas une quelconque cantatrice ou une danseuse ou n'importe quelle autre femme!

Il rit et, se tournant, se coucha sur elle pour la faire tenir tranquille.

— Créature insatiable! Tes exigences seront donc sans limites? Que dois-je encore abandonner pour te rendre heureuse?

— Rien, murmura-t-elle d'une toute petite voix. Rien. A l'occasion, seulement, tu pourras peut-être me dire que tu m'aimes. Mais cela, seulement si tu en as envie, seulement si...

— Que penses-tu donc que je fasse ici, avec toi, alors que j'ai à mes trousses une horde de volontaires, un shérif et un régiment de l'armée des États-Unis? Il te faut en plus toute une avalanche de mots romantiques pour te convaincre?

— Oh! Steve, j'avais oublié.

— Je suis bien content d'être parvenu au moins à te faire oublier quelque chose. (Il fit courir un doigt sur sa peau.) La maternité te va bien. Ton corps est encore plus ferme et plus beau qu'avant. La prochaine fois que tu me rendras père, je m'arrangerai pour être là. Je regarderai ton ventre grossir et je me moquerai de toi. Avec un peu de chance, je parviendrai peut-être à choisir moi-même le nom de mes enfants.

Elle rougit de confusion. Retrouvant son impatience, il était déjà debout et l'aidait, elle aussi, à se lever.

– Mais ils te cherchent ! Que feras-tu s'ils tirent les premiers ?

– Si tu me laissais un peu décider, pour changer ? Ginny, tu es devenue bien trop indépendante et il faudra que j'y remédie.

Nue, jambes écartées, elle le défia de son regard vert et il prit doucement son visage entre ses mains :

– Cesse de discuter, fille aux yeux verts, sinon je vais encore sortir de mes gonds. Dès que tu auras renfilé ta chemise, nous partirons à leur recherche. J'aurai beaucoup de choses à leur expliquer mais Renaldo m'aidera. Ensuite...

– Ensuite... souffla-t-elle.

– Ensuite, je t'emporterai avec moi. Qu'est-ce que tu croyais donc ? Et je passerai énormément de temps à te dire à quel point je t'aime. A condition, évidemment, que tu consentes à te taire enfin pour m'écouter !

Ginny ouvrit la bouche et puis la referma, d'un air décidé. Ses yeux étincelaient comme deux émeraudes. En silence, elle lui tendit les bras et lui, très solennellement, comme dans un salon, l'aida à endosser la chemise tachée de mousse.

Les herbes et les jacinthes ondulaient sur les marais. Mais là où ils marchaient, les mains enlacées, le sol était ferme, la terre se tassait sous eux et le soleil brillait à travers les arbres.

SCIENCE-FICTION et FANTASTIQUE

Dans cette série, Jacques Sadoul édite ou réédite les meilleurs auteurs du genre :

ASIMOV Isaac
404*** Les cavernes d'acier
453*** Les robots
468** Face aux feux du soleil
484** Tyrann
542** Un défilé de robots
552** Cailloux dans le ciel
870*** La voie martienne

BLISH James
752** Semailles humaines

BOVA Ben
1028*** Colonie - 1
1029*** Colonie - 2

BRACKETT Leigh
734* Le secret de Sinharat
735* Le peuple du talisman

BROWN Fredric
767** Paradoxe perdu

BRUNNER John
848** Le long labeur du temps
1058** La planète Folie

CLARKE Arthur C.
349** 2001 - L'odyssée de l'espace
799*** Les enfants d'Icare
904*** Terre, planète impériale
966*** L'étoile
1047*** Rendez-vous avec Rama

CURVAL Philippe
595** Le ressac de l'espace
1020*** L'homme à rebours

DELANY Samuel
760*** Nova

DEMUTH Michel
693*** Les Galaxiales - 1
996*** Les Galaxiales - 2

DICK Philip K.
547* Loterie solaire
563** Dr Bloodmoney
879*** Les clans de la lune alphane
910*** La vérité avant-dernière

DICK Philip K. et NELSON Ray
1067** Les machines à illusions

ELLISON Harlan
626*** Dangereuses visions - 1
627*** Dangereuses visions - 2

FARMER Philip José
537** Les amants étrangers
581* L'univers à l'envers
621** Ose
712** Des rapports étranges
885** La nuit de la lumière

HAMILTON Edmond
432** Les rois des étoiles

HARRISON Harry
741*** Prométhée en orbite
911** Le monde de la mort

HEINLEIN Robert
510** Une porte sur l'été

KAST Pierre
924*** Les vampires de l'Alfama

KEYES Daniel
427** Des fleurs pour Algernon

KING Stephen
835*** Carrie

KLEIN Gérard
628** Les seigneurs de la guerre
935*** La loi du talion

KLOTZ Claude et GOURMELIN Jean
967*** Les innommables

LARSON Glen A. et THURSTON Robert
1083*** Galactica (juillet 1980)

LEIBER Fritz
694** A l'aube des ténèbres

LEVIN Ira
342** Un bébé pour Rosemary

LOVECRAFT H.P.
410* L'affaire Charles Dexter Ward
459**** Dagon

LOVECRAFT et DERLETH
821** L'ombre venue de l'espace

MERRITT Abraham
557** Les habitants du mirage
618*** Le gouffre de la lune
886*** Le visage dans l'abîme

MOORE Catherine L.
415*** Shambleau
700** La nuit du jugement

NOLAN William F.
1019** Retour à l'âge de cristal

OTTUM Bob
568** Pardon, vous n'avez pas vu ma planète?

PADGETT Lewis
689* L'échiquier fabuleux

PELOT Pierre
728** Les barreaux de l'Éden
773*** Delirium Circus
1048*** Parabellum tango

PRIEST Christopher
688*** La machine à explorer l'espace
725*** Le monde inverti
989*** Futur intérieur

RODDENBERRY Gene
1071** Star trek

RUELLAN André
1006** Tunnel

SADOUL Jacques
Les meilleurs récits de :
532** « Astounding Stories » - 1
663** « Wonder Stories »
713** « Unknown »
784** « Startling Stories »
822** « Thrilling Wonder Stories »
880** « Fantastic Adventures »
923** « Weird Tales » - 3
988** « Astounding Science-Fiction » - 2

SILVERBERG Robert
800** Un jeu cruel
997*** Les monades urbaines
1068*** Trips

SIMAK Clifford D.
373** Demain les chiens
609** Le pêcheur
847** Au carrefour des étoiles
903*** Une chasse dangereuse
956*** Mastodonia
1005*** Escarmouche

SPIELBERG Steven
947** Rencontres du troisième type

STEINER Kurt
657* Le disque rayé
779* Les océans du ciel

STURGEON Theodore
355** Les plus qu'humains
369** Cristal qui songe
829*** Les talents de Xanadu

TOLKIEN J.R.R.
486*** Bilbo le hobbit
1037*** Le Silmarillion - 1
1038*** Le Silmarillion - 2

VANCE Jack
707** Cugel l'astucieux
Cycle de Tschaï :
721** 1. Le Chasch
722** 2. Le Wankh
723** 3. Le Dirdir
724** 4. Le Pnume
836** Un monde magique

VAN VOGT A.E.

362** Le monde des Ã
381** A la poursuite des Slans
392** La faune de l'espace
418** L'empire de l'atome
419** Le sorcier de Linn
463** Le livre de Ptath
475** La guerre contre le Rull
496** Destination Univers
515** Ténèbres sur Diamondia
588** Des lendemains qui scintillent
659** L'homme multiplié
813*** Invasion galactique
934** L'horloge temporelle
975*** Rencontre cosmique
1057** L'été indien d'une paire de lunettes
1082** Les monstres (juillet 1980)

WALTHER Daniel

976** L'Epouvante

La série d'anthologies présentant les aspects les plus fascinants de la S F moderne

629* UNIVERS 03
650* UNIVERS 04
695* UNIVERS 06
714* UNIVERS 07
732* UNIVERS 08
754* UNIVERS 09
769* UNIVERS 10
786* UNIVERS 11
815* UNIVERS 12
837* UNIVERS 13
857* UNIVERS 14
887* UNIVERS 15
925* UNIVERS 16
958* UNIVERS 17
977* UNIVERS 18
1007* UNIVERS 19

Editions J'ai Lu, 31, rue de Tournon, 75006 Paris

diffusion
France et étranger : Flammarion, Paris
Suisse : Office du Livre, Fribourg
Canada : Flammarion Ltée, Montréal

Achevé d'imprimer sur les presses de l'imprimerie Brodard et Taupin
7, Bd Romain-Rolland, Montrouge. Usine de La Flèche,
le 20 mai 1980
1720-5 Dépôt Légal 2e trimestre 1980 ISBN : 2 - 277 - 21061 - 7
Imprimé en France